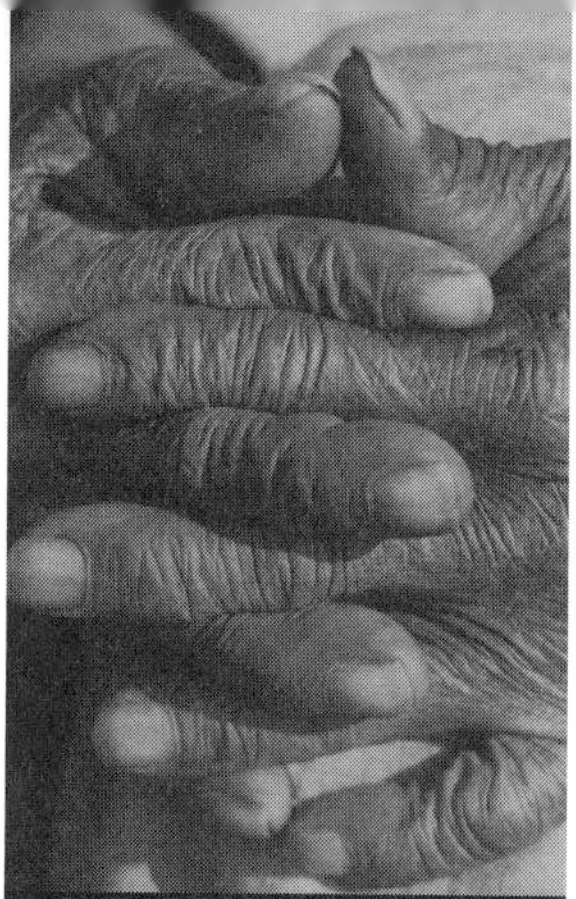

奴隷の文学誌

声と文字の相克をたどる

峯 真依子

青弓社

奴隷の文学誌——声と文字の相克をたどる

目次

はじめに――ボブ・ディランのノーベル文学賞と黒人霊歌から考える　9

第1部　声から文字へ

第1章　十九世紀の奴隷体験記《スレイヴ・ナラティヴ》　18

1　読み書き禁止法というトラウマ　18

2　演説が活字になる過程　23

3　奴隷体験記《スレイヴ・ナラティヴ》の定型と「声」が成熟する過程　29

4　フレデリック・ダグラスの奴隷体験記《スレイヴ・ナラティヴ》　36

第2章　二十世紀の連邦作家計画《FWP》スレイヴ・ナラティヴ　46

1　ニューディール政策による連邦作家計画《FWP》　46

2　ガイドブック　50
3　オーラル・ヒストリー　56
4　元奴隷の声が記録されるまで　61
5　読み書き禁止法の証言　69

第2部　文字から声へ

第3章　ラルフ・エリスンとヴァナキュラーな声　98

1　十九世紀奴隷体験記《スレイヴ・ナラティヴ》と『見えない人間』　98
2　リテラシーと自由の神話　101
3　声を求める旅　109
4　エリスンの未完のプロジェクト　112
5　FWPインタビューと『見えない人間』　117
6　奴隷小屋からのストーリーテリング　122

7　プレ・テクストとしての奴隷制度　132
8　ニューヨークに現れる南部　142
9　「ラインハート」という未知なる可能性　151
10　声と文字をめぐる三つの文学評論　157

第4章　アーネスト・J・ゲインズと復活した奴隷たちの声　180

1　新・奴隷体験記《ネオ・スレイヴ・ナラティヴ》　180
2　再燃した奴隷体験記《スレイヴ・ナラティヴ》の代筆の問題　185
3　再評価されるFWPスレイヴ・ナラティヴ　191
4　FWPスレイヴ・ナラティヴを擬装すること　197
5　言い間違い、同じ言葉の繰り返し　204
6　話の脱線、時間軸の混乱　209
7　読者に話しかけてくる奇妙な本　212
8　百十歳の無敵のヒロイン　219
9　『グラマトロジーについて』と声と文字の問題　237

第5章　トニ・モリスン作品の声と文字の問題　256

1　『ソロモンの歌』の奇妙な名前をめぐる描写　256
2　ユニークな名前に隠された意味　265
3　名前と識字　277
4　最小の声の物語としての名前　288
5　『ビラヴィド』の亡霊はなぜ肉体をもたなければならなかったか　293
6　亡霊は行間から現れる　294
7　声と肉体　298
8　妹と文字文化　302
9　おびただしい数の奴隷の復活　305
10　言葉にならない怒りを文字にすること　308

むすびにかえて　325

カバー写真――The aged hands of Mr. Henry Brooks, ex-slave of Greene County, Georgia.
Photo by Jack Delano, May 1941.

装丁――神田昇和

はじめに——ボブ・ディランのノーベル文学賞と黒人霊歌から考える

二〇一六年、ボブ・ディランがノーベル文学賞を受賞した。初のミュージシャンへのノーベル文学賞授賞は、文学の意義や定義をめぐる議論を引き起こすことになった。このあまりにリベラルな審査結果に対しておそらく誰もの頭に真っ先に浮かんだのは、なぜ歌手が文学賞を受賞できるのか、という領域をめぐる問いだろう。当のスウェディッシュ・アカデミーは、「アメリカの歌の伝統に新たな詩的表現を創造した」として、ボブ・ディランの功績をたたえた。そのコメントを要約してみると、次の三点になる。

一、文学に対する考え方は、そのときどきで変化する。はるか昔、詩は竪琴と一緒に旋律をもって歌われ、暗唱されるものだった。それが、詩の本来の姿だった。

二、ボブ・ディランは、二十世紀のアメリカのポップ・ミュージックに身をささげ、ラジオで流れ、普通の人が聴くようなレコードから、プロテストソングやカントリー、ブルース、初期のロック、ゴスペル、大衆音楽を吸収し、自ら似たような曲を作り始めた。だが、彼の手にかかると別のものが生まれた。しかも、彼はわれわれにとって身近なことを歌い、彼によって詩の言葉はその高度な表現法を取り戻した（まるでデルポイの神託が、夕方のニュース番組でくだるかのよう）。

三、彼はギリシャやローマの詩人、ロマン派の詩人たち、ブルースの王と女王たち、珠玉のスタンダード曲を作った忘れられた巨匠らのかたわらに座るにふさわしいシンガーであり、もし文学界の人々が不賛成の意を表するなら、神々は字を書くのではなく、歌い踊る存在であることを思い起こす必要がある。[1]

ギリシャ以来の文学史に沿って見れば、現代のディランがギターを抱えて歌う姿は古代の詩人のあり方に重なるともいえ、また二十世紀のアメリカのポピュラー音楽からの大きな影響を受けて日常の歌（詩）を歌い上げることで詩の可能性を高め、詩を再創造した、という評価である。とくに私が驚いたことは、「神々は字を書くのではなく、歌い踊る」とまとめていた点である。これは、文学は書かれたものに限らず、声としての言葉の表現をすべて含むということであり、二十一世紀の文学の大幅なカテゴリーの変更が宣言されたととれなくもない。この点こそが、ディランの受賞の話題よりも、実は大きな扱いになるべきだったのではないだろうか。

なるほど、たしかに二十世紀にヒップホップ音楽が登場して以来、音楽が文学に徐々に近づきつつあるという漠とした感覚が、誰しも心のどこかにあったはずである。一方、さかのぼってみれば古代ギリシャの詩にはメロディーがついて歌えるようになっていて、身のこなしなどの所作を伴いながら神々の前で歌い踊るなど、古くは文学のほうでも現在の音楽に近かったのだろう。ややうがった見方をすれば、詩を読むよりも、音がついた言葉（歌詞）を耳で鑑賞している人のほうが圧倒的に多い時代に、文学の範囲を拡大することで、文学という概念の新陳代謝を図りたかったのかもしれない。

だが、一つ腑に落ちないのである。なぜ「神々」は、アメリカまで出かけていくと、ペンやタイプライターを放り出して歌や踊りを思い出すのだろうか。文字で書かれた文学よりも、声で表現される文学が祝福されるという、ラディカルでリベラルな文学カテゴリーの地殻変動は、なぜアメリカの受賞者を通じて見いだされるのだろうか。というのも、近年のアメリカ出身の受賞者を振り返ってみれば、ディランの前は一九九三年のアフリカ系アメリカ人作家トニ・モリスンだった（第5章「トニ・モリスン作品の声と文字の問題」で論じる）。モリスンは、自身の作品を「聴覚の文学」と形容したことや、グリオという語り部の寓話を通じて口頭伝承の重要性を語ったこともあるなど、声とは切り離せない作家である。モリスンにディラン。この流れを見ると、文学はいま、声の時代を迎えつつあるのかもしれない。

ここで少々個人的なことを述べることをお許しいただきたい。十代の頃、近所のキリスト教の教会のオルガニストとして、日曜礼拝や結婚式の伴奏を頼まれることがよくあった。日曜日の朝、私は、参列者らがある曲をゆったりと歌い、普段よりもよく声も出ていて、息を合わせて最後のロングトーンを伸ばしきるのを、オルガンを弾きながらじっと聴いていた。声とオルガンの響きが空気のなかに溶けて消えたとき、この曲は絶対に何かが違うと思った。そのうちに、他の曲とは明らかに異質な曲がこれ以外にもあることに気がついた。シンプルなメロディーラインは無駄がなく、このうえなく美しい。そしてどこか悲しげであるのに、同時に印象的な言葉の繰り返しで増幅される強さがある。一体、何がどう他の讃美歌と違うのか、そのときの私には説明がつかなかったが、「根幹から何かも違う」という確信と謎解きへの好奇心が心のなかで膨らんでいった。讃美歌集をよく見ると、それらの曲には、一つの共通点があることがわかった。すべて、「黒人霊歌」とあった。

いまならば、当時の疑問に対して以下のように答えることができる。すなわち、黒人霊歌の多くが、他の多くの讃美歌とは違って、作曲家が鍵盤の前に座って五線譜に音符を書いて作った曲ではなかったのである。書いた曲であれば、複雑な和声になるまで五線譜の上で推敲を重ねることもできる。ときに突然のひらめきによって、趣向を凝らした転調を加えることもできるだろう。だが、多くの黒人霊歌は、そうやっては作られていない。歌い始めが創作の始まりであり、譜面など用意されていないため、あまり複雑にしすぎると誰の記憶にも残らない。歌いながらいろいろな音程やフレーズを試行錯誤して、おおかたの決まりごとのようなものができ、そこに誰かが新しいニュアンスを加える。その作業が人から人へ、一つのプランテーションから別のプランテーションへ、かつ世代を超えて絶え間なくおこなわれる。とすれば、黒人霊歌は最も覚えやすく、また最も気持ちを込めて歌いやすくなるように、とてつもない数の無名の歌い手たちによって絶えず更新されながら鍛え抜かれた「音の集合知」だということもできる。

そして、ここがアメリカの面白いところだが、その後、この「音の集合知」の成熟作業に、さらに移民たちが加わっていく。彼らによって、おそらく歴史上類を見ないスケールと時間的スパンでアメリカに集められた世界中の音楽は、周囲にあった他の音楽との融合を繰り返し、結果的に新たな成果をアメリカの「音の集合知」に還元していった。

一方、必ずしも音階がついていない声の語りによっても、アメリカの「音の集合知」はますますその知を増していった。アフリカン・アメリカンの民話や、ネイティヴ・アメリカンの神話や民話、そして西部開拓者たちが話術を競って夜な夜な楽しんだほら話《トール・テール》など枚挙にいとまがないが、そこには必ずしも文字に書くことで発達したわけではない口承の物語や、もしくはそれをどう面白く語るか、といった語り方そのものの技芸や話術への関心が人々とともにあった。たとえばマーク・トウェインのように耳がいい作家は、様々な階層、様々な人種が語る方言を文学に取り入れた。文学にヴァナキュラーな声を取り込んだのは、ウィリアム・フォークナーもしかりである。このように、アメリカにはこれまでに、無数の人々によって担われてきた「音の集合知」としての声の土壌があり、その魅力にアメリカの文学作家たちは抗しえなかった。

きっと「神々」さえも、そうなのである。だからこそ文学が、ギリシャ以来忘れてきた声との関係を結び直そうとし、また声としての言葉を見直そうとしているいま、必然的に「神々」は、アメリカに引き寄せられることになったのである。

本書の問題関心からいえば、モリスンやディランを通じて文学が声としての言葉を思い出そうとしているとき、アフリカン・アメリカン文学がこれまで取り組んできた文学上の試みは、実は極めて有益な先例になる。というのも、やや先走り的にいえば、アフリカン・アメリカンの作家たちは、読み書きが法律で禁止されるという過酷な体験をしなければならなかった奴隷制度以来、識字を得ること（文字）と、聴覚で育んだ豊かな黒人霊歌のような口承文化（声）との間でどう折り合いをつけるか、いわば声としての言葉を文学でどう表現するかということに長い間取り組んできたからである。

さて、ここで本書の構成をごく簡単に説明しておきたい。本書は、声と文字という視点で、奴隷体験記《スレイヴ・ナラティヴ》から現代作家に至るアフリカン・アメリカン文学の流れを包括的に分析するものである。声と文字という視点で各作品を文学史的に俯瞰することで、以下の二つの問いを明らかにする。

まず、なぜ彼らの文学では、空気を伝わる波である物理的な音声としての声と、筆者が口を閉じた状態にありながらも発せられるテクスト上の声とが親密な関係を保ち続けるのか。もう少しいえば、なぜアフリカン・アメリカン文学は、口承の（oral）文化を聴覚的（aural）なイメージをもつ文学表現として表現し、また奴隷制度の時代に支配的だった言語の音声的な（oral）側面を、再び霊気の（aural）ように、文学のなかでよみがえらせようとするのだろうか。

次に、アフリカン・アメリカン文学は、なぜそのような込み入ったことをしなければならないのか、ということである。あえて極論をいえば、それほどまでに声に固執するならば、音楽という表現手段を選んでもいいはずである。しかし、彼らはペンを握り、文学にとどまり続ける。だとすれば、アフリカン・アメリカンの作家たちと、書くこと（文字）の間には、どのような切実な結び付きがあるのだろうか。

以上の二つの問いを念頭に置きながら、本書はまず、識字を妨げられた奴隷が文字、文学、記録としての出版物に大きく結び付いていく代表的な二つの時代（南北戦争前と一九三〇年代のニューディール期）を社会史的に追ってみたい（第1部「声から文字へ」）。次に、現代の作家たちが、その二つの時代の元奴隷が書いた記録や彼らの口述記録から、ヴァナキュラーな声の語りを文学でどのように再現しようとしているか、また奴隷制度以来の声と文字をどれほど重要なテーマとして表してきたかを文学論的に考察する（第2部「文字から声へ」）。

以上の考察を通じて、本書は、アフリカン・アメリカン文学の声と文学の葛藤の軌跡をたどっていく。また、そのことによって、昨今の「文学」の意義、声と文学の関係を問い直す議論がいっそう活発化することを願っている。

注

（1）「二〇一六年ノーベル文学賞発表スピーチ」*Nobelprize.org.* Nobel Media AB 2014.（http://www.nobelprize.org/nobel_prizes/literature/laureates/2016/presentation-speech.html）［二〇一八年三月二十八日アクセス］

［付記］以下の本文で使用している記号のうち、引用文中の〔　〕は引用者による補足を、（略）は省略を表す。加えて、引用文中の傍点や下線はすべて引用者が付した。また、外国語文献からの引用にあたっては、日本語訳がある場合は訳文を参照したが、適宜、原文を参照して訳文に変更を加えた。日本語訳がない場合は、すべて引用者が訳した。

第1部　声から文字へ

第1章　十九世紀の奴隷体験記《スレイヴ・ナラティヴ》

1　読み書き禁止法というトラウマ

まず、アフリカン・アメリカンが文字から切り離されていた時代を振り返ることから始めたい。奴隷制度の時代、アメリカ南部各地に読み書き禁止法という奴隷が識字を得ることを禁止する法律が存在し、それがアフリカン・アメリカンの文字文化へのアクセスを妨げていた。彼らが読み書きを学んだ場合は、厳しく処罰された。奴隷が文字を禁止されたことは、奴隷を情報や知識から遠ざけておくことで大規模な反乱を防ぐという目的があった。

まず、典型的な読み書き禁止法があったジョージア州を見てみたい。以下は、一八二九年と三三年に制定された読み書き禁止法である。

・一八二九年法
十一条　また、すべての奴隷、ニグロ、または自由黒人、もしくはすべての白人が、他の奴隷、ニグロ、または自由黒人に、筆記または印刷された文字の読み書きを教えた場合には、当該自由黒人または奴隷は、罰金と鞭打ちの刑に処せられるか、または法廷の裁量によって、罰金か深南部への売却に処せられる。また、もし白人がこの罪を犯したとすれば、彼、彼女、彼らは、五百ドル以下の罰金と、当該犯人が裁かれている法廷の裁量によって、公共刑務所での懲役を科せられる。(1)

・一八三三年刑法
十八条　奴隷、ニグロ、または自由黒人に、筆記または印刷された文字の読み書きを教えるか、または奴隷、ニグロ、または自由黒人に、事務処理として書き物をすることを、斡旋し、提供し、許可するすべての者は、軽罪の責任を負う。有罪となった場合には、罰金に処せられるか、または法廷の裁量によって、郡の公共刑務所での懲役、またはその両方を科せられる。(2)
十九条　この州では、自分の所有下および自分の支配下に印刷機かタイプを所有し所持するすべての者が、すべての奴隷または自由黒人が活字を組み、もしくは事業場の他の仕事をするうえで、当該の奴隷または自由黒人に読み書きの知識を要求し、こうした奴隷または自由黒人を使用または雇用し、もしくは使用または雇用されることを許可した場合には、軽罪の責任を負う。また有罪となった場合には、百ドル以下の罰金に処せられる(3)。

表1　州の読み書き禁止法

州	奴隷、自由黒人に対する読み書き禁止法	奴隷、自由黒人に対する読み書き禁止法に関連する法
アラバマ	1831年、56年	1833年
ジョージア	1829年、33年	なし
ルイジアナ	1830年	なし
ミシシッピー	1823年	なし
ミズーリ	1847年	1845年
ノースカロライナ	1830-31年	なし
サウスカロライナ	1740年、1800年、34年	なし
ヴァージニア	1819年、31年、49年	1842年
フロリダ	なし	1851年
テネシー	なし	1851年、60年
アーカンソー	なし	1840年
メリーランド	なし	1850年

(出典：Heather Andrea Williams, *Self-Taught: African American Education in Slavery and Freedom*, University of North Carolina Press, 2005, pp. 203-213.)

このように、ジョージア州では奴隷たちに関わるすべての者、そして奴隷もしくは自由黒人を問わずすべての黒人に対して、彼らが文字にふれるあらゆる可能性を取り除きながら、読み書きが禁止された。その他の州では表1にあげた各年代に、それぞれ「読み書き禁止法」や「読み書き禁止法に関連する法」が議会を通過した。しかし、他の州がおしなべてジョージア州のように厳密だったかといえば必ずしもそうではなく、通常アメリカ人が読み書き禁止法について想像するほどには、その法的な強制力は一概に認められるものではなかった。たとえば、州によっては「読み書き禁止法に関連する法」に、ある地域に住む特定の者を教える許可などを含めたケースもあり、ある一定の制限付きで、混血の子どもに対する識字への許可を認める規定を明記している場合もあった。

また、一般的に信じられていることに反して、主人が自分の奴隷を教育してはならないという法律そのものは存在せず、一八五〇年代までに南部の四つの州（ノースカロライナ、サウスカロライナ、ジョージア、ヴァージニア）が、読み書きを個々の奴隷に教えることを全面的に禁止した。[4]ただそれでも、ヴァージニア州では、もし教える者がその奴隷の主人でありさえすれば、奴隷に読み書きを教えることを禁止しなかった。[5]したがって実際のところは、奴隷が文字文化にアクセスすることは法律上では認められていなかったが、主人から字を習う可能性は残されていたといえる。

これらの事実が意味しているのは、たしかに様々なレベルの読み書き禁止法が南部諸州で存在していたが、主人と奴隷の関係でおこなわれることについて州法が介入する傾向は弱かったということである。奴隷に識字を与えるか否かについての主人の裁量権は事実上制限されていなかったばかりか、読み書き禁止法が厳格だった四州のうちの一つであるヴァージニア州でさえ、結局は主人の判断次第ということが成文化されていたのであり、「奴隷主はそれが自分の奴隷の運営に干渉するものとみなせば、いかなる法律も無視する傾向があり、自らのプランテーションを自分の王国として考えることを好んだ。（略）[6]」といった当時の事情がうかがえる。

したがって全体としていえば、「初期のアメリカで読み書き能力のなかった人々は、深刻にいかなる権利も奪われていたようには見えず、また完全に経済的・社会的・政治的領域に参加することができた。（略）読み書きができない者は、文字の社会に、読み書きができる者のスキルを利用することで参加することができた」[7]わけである。しかし、「白人で読み書きができない者が、他の白人のスキルを借りたり買ったりすることで社会参加が認められていたのに対して、奴隷や、しばしば自由黒人にはそれが認められていなかった」[8]。つまり、読み書き禁止法には、奴隷、自由黒人を含む南部のあらゆる黒人の識字能力をコントロールすることで、彼らの社会参加の機会を奪う力が確実にあった。そのことを象徴的に表すのが、この時代の読み書き禁止法が、その後のアフリカン・アメリカンの選挙権の剝奪に利用されていく事実である。

実は一時的に（南北戦争後のほんの短い期間）ではあるが、憲法修正第十四条、第十五条によって市民権と選挙権を保障された黒人たちが、アメリカ黒人史のなかでも画期的な一時期を形成したことがあった。「南部の黒人のなかには政治やビジネスの世界で、大きく社会進出を果たす者も出てきた。このような黒人の台頭に危機感を覚えた南部白人社会は、ただちに逆襲に出て、黒人から選挙権を奪い取る巧妙な手管を考え出した。南部の多くの州は、州憲法のなかに「人頭税」や「識字テスト」を採り入れて黒人を選挙から閉め出していった」[9]のである。

この「識字テスト」とは、「人頭税」と同様に投票者となりうる前提条件として設けられたものだが、実際にはアフリカン・アメリカンをふるいにかけ、彼らから選挙権を奪うために機能した条件であった。白人に識字能力がなかった場合、それでも投票者になりうるための救済措置として「祖父条項」があり、一定時期以前に祖父・親が投票した場合には、その子と孫は識字テストを免除された[10]。一方、アフリカン・アメリカンに識字能力がなかった場合、彼らの祖父と親が奴隷で投票権をもたなかったため、「祖父条項」が適用されて投票者になれる可能性はほぼゼロに近かったといえる。このように、アフリカン・アメリカンにとって識字の問題は、単に十九世紀の奴隷制度との関わりだけにとどまらなかった。最終的には、一九七〇年に「識字テスト」が州の選挙資格として違憲無効とされるまで(11)、長く尾を引く問題になった。

2　演説が活字になる過程

南部州で奴隷に読み書きが禁止されていたのとは対照的に、十九世紀半ばの北部では、元奴隷が自身の奴隷体験を手記として綴った奴隷体験記《スレイヴ・ナラティヴ》と呼ばれる読み物が空前の人気を博していた。一八三〇年頃から六三年までに出された奴隷生活に関する記述は、数パラグラフのような少量から数ページのもの、また定期刊行物に発表され、本として再び印刷されたものまでを含めると四百以上になる(12)。また、三六年から南北戦争終結の六五年までには、奴隷制度の即時廃止を訴えるアボリショニストの奴隷体験記《スレイヴ・ナラティヴ》が八十冊以上出版された(13)。このように、一定の社会的影響力をもちながら元奴隷たちが書いた本が次々に発表されたということは、アメリカの歴史上初めてのことだった(14)。

どれほどのブームだったかは、ユヴァル・テイラーによると、出版を後押ししていたアボリショニズムの気運が一八四〇年以降高まってからの商業的成功はとくに目を見張るものがあり、単著としてイギリスとアメリカで出版された元奴隷フレデリック・ダグラスの四五年のナラティヴは五年間で七刷（アメリカ）、また九刷（イギリス）と刷を重ね、六〇年までに三万部以上を売り上げている。[15] また、ダグラスの五五年の著書『わがくびきと自由』(*My Bondage and My Freedom*) は、二日で五千部を売り上げた。[16] 大作家ナサニエル・ホーソンの『緋文字』が十三年間で一万三千部から一万四千部だったことを考えると、奴隷体験記《スレイヴ・ナラティヴ》の人気のほどを推し量ることができる。[17] もちろん、この時代に公共的領域が、新しい印刷文化の急激な発展によって形作られ、それまで政治的局面から排除されていた女性やアフリカン・アメリカンを包摂するようになった要因もある。印刷文化の爆発は、奴隷体験記《スレイヴ・ナラティヴ》というジャンルの確立を促し、一方で奴隷体験記《スレイヴ・ナラティヴ》はその印刷物を通じて、政治体制のなかにアフリカン・アメリカンの声を響かせ始めることを可能にした。[18]

現代のアフリカン・アメリカン文学を代表する作家の一人であるアリス・ウォーカーは、かつて奴隷体験記《スレイヴ・ナラティヴ》を「肉体の逃亡と魂の自由とが一つに結び付けられている」[19] と評したが、この元奴隷の一人称の作品は、いずれも大筋としては隷属状態にある者がどのようにして不条理と闘い、人間性をかろうじて保ち続けながら、危険な逃亡によって自由を獲得できるのか、というストーリーである。そこには、人が自由を求めて必死に闘うという時代を超えた普遍性がある。なかでもとくに名作と名高いダグラスとハリエット・アン・ジェイコブズの奴隷体験記《スレイヴ・ナラティヴ》は、現代でも読者を引き付けてやまない。

彼ら奴隷体験記《スレイヴ・ナラティヴ》の作者たちは、その多くが着の身着のまま南部から逃亡してきた奴隷だったにもかかわらず、いくら読者層が厚かったとはいえ、どのようにして自伝の出版といった機会を手にしたのだろうか。実は、逃亡奴隷の語りは、年間に数百も開催される反奴隷制集会でまず講演を依頼されることから始まった。反奴隷制集会で、実際に「聴衆／読者と想定されていたのは、本物の奴隷など身近に見たこともない北部の白人中産階級の市民だったから、彼らの想像力の内に奴隷制の非道さの具体的イメージを喚起し、反南部感情を煽るには、体験者の生々しい証言はうってつけ」だった[20]。だからこそ、奴隷の即時解放を求める「アボリショニストらは、新たに南部から北部に自由を求めて逃げてきた潜在的な話し手を見つけることに絶えず気を配っていた」[21]。とくにその逃亡奴隷が才能ある話し手だった場合には、そこからさらに説教、嘆願書、パンフレット、新聞、週刊誌、月刊誌、季刊誌、他にもエッセー、戯曲、小説、旅行記などと活躍の場が広がっていったのである[22]。

例として、逃亡奴隷だったダグラスを挙げたい。一八四三年の秋に、ニューイングランド反奴隷制協会がスポンサーとなった「コンベンション一〇〇」というキャンペーンの日程表を見てみると、ダグラスが、自由黒人の活動家とともに集会に登壇していたことがわかる。彼は、八月三十日から三十一日にオハイオ州グリーン・プレインで連日講演をおこない、移動日を挟んで九月四日から七日にかけて同州オークランドで四日間連続講演をおこなったあと、再び移動日を挟んで九月十一日から十二日にはインディアナ州ケンブリッジでというように、実に十一月七日のペンシルベニア州ピッツバーグの最終日に至るまで、極めて過密なスケジュールで講演をおこなっていた[23]。

これはダグラスに組まれたツアーの一例にすぎないが、奴隷体験記《スレイヴ・ナラティヴ》の出版前あるいは出版直後に幾度も繰り返し演説がおこなわれていたことをふまえると、奴隷体験記《スレイヴ・ナラティヴ》の読者を講演に誘導し、一方で講演の観客に奴隷体験記《スレイヴ・ナラティヴ》を読んでもらうことを促すような、いまでいうところのメディアミックスのようなスタイルだったといえるだろう。たとえば、奴隷体験記《スレイヴ・ナラティヴ》の巻末に補足がついて、アボリショニズム関連の詩、奴隷制度との闘いにあって、金銭や精神的なサポートを読者へ訴える文章などを添えることも珍しくなかった。[24] なかでも集会との関係を最もよく示しているのが、ルイス・クラークとその弟のミルトンのナラティヴである。彼らのナラティヴの巻末には、「次の質問は、私が公の場で人と会う際によくきかれるので、ここに返答を載せておくのがいいだろうと思った次第である[25]」と、質疑応答として三十数項目にわたって頻繁に会衆から受ける質問とそれらに対する次のような答えを添えている。

問い「ケンタッキーでは奴隷たちは、一年に何回休日があるのですか?」、回答「奴隷たちは通常、クリスマス休暇が六日間、そして年間に二、三日別に休暇があります。世論はおしなべて、奴隷主にたっぷりと休みを要求しているようですが。(略)[26]」。このような質疑応答のスタイルが、巻末につくこともある。また、歌の譜面が巻末にあり、読後の余韻に浸りながら、プランテーションの風景を回想的あるいは感傷的に読者が歌えるようになっているソロモン・ノースアップの奴隷体験記《スレイヴ・ナラティヴ》も特徴的だ。[27] この歌が講演でも歌われていた可能性は否定できない。さらには、前掲のクラーク兄弟のミルトンはもともと人気が高い講演者だったが、彼らのナラティヴが一八四六年に出版されると、その本の成功が講演の巡業先でのミルトンの人気を押し上げた。[28] 一方、ルイスのほうの序文を書いたジョセフ・C・ラブジョイ(暴徒に殺された白人アボリショニストのイライジャ・P・ラブジョイの兄弟)はルイスについて、「彼の講演を聞いたことがある多くの者たちは、彼の話をまとまった形で記録してもらいたいと強い願望を示してきた。そのため、彼はそれを印刷することを決心した[29]」と記してさえもいる。

このように奴隷体験記《スレイヴ・ナラティヴ》は講演とシンクロしているか、少なくとも両者の間には、決して切り離すことができない一体感が見て取れるのである。事実、演説者がアボリショニストである支持者から自分の体験を書くように励まされると、彼らは話し慣れていたために、話していたとおりに書けばよかった。[30]そうすると、結果的に演説で繰り返される話は、それが本になる前の物語のリハーサルの役割を果たすことになる。一方、奴隷体験記《スレイヴ・ナラティヴ》が口述筆記だった場合は、当然その者は、これまで自分が講演で話してきた内容をそのまま代筆者に口述しただろうことは想像に難くない。必然的に、演説でのエピソードが本の各章になったのである。[31]

もちろんこの時代の奴隷体験記《スレイヴ・ナラティヴ》では多様性は認められるものであり、安易に一般化はできない。だが、元奴隷の語りの内容について、ジョン・セコラは、奴隷体験記《スレイヴ・ナラティヴ》の作者らが、集会での講演を繰り返した経験から会衆が何を期待しているのかをよく学んでいたことの重要性を指摘する。[32]たとえば、彼らの奴隷制度の体験は、空前のヒットを達成したハリエット・B・ストウの『アンクル・トムの小屋』などの奴隷制度を描いた小説に素材を提供したが、そこで描いてあるような読者の共感を得やすい拷問の経験や泣ける話を、元奴隷が集会でも語ったことが講演記録に残っている。たとえば自身の奴隷体験記《スレイヴ・ナラティヴ》を発表したあと、小説『クローテル』を書いたウィリアム・ウェルズ・ブラウンが一八五四年にイギリスのマンチェスターでおこなった講演内容を文字に起こした記録を見てみると、残酷な鞭打ち、奴隷売買による愛する者たちとの別離などをたたみかけるように列挙すると会場から喝采が起きたことがわかる。[33]奴隷体験記《スレイヴ・ナラティヴ》の作者たちは、当時の人々の心の琴線に触れる物語を、観客との交流のなかから即興的に、かつ確実に選び取っていったのである。

また、白人中心主義のなかでは、黒人が意見できる限界、礼儀作法、自己表現の謙虚さが常に求められ、彼らは「話す言葉のあやを使いこなす」ことを学ぶ[34]。北部でも厳しい生活に直面する逃亡奴隷にとって、奴隷体験記《スレイヴ・ナラティヴ》の成功こそが公共の場での市民権の要求を可能にした[35]。そうなると、政治的アジテーションでありながら、「客を喜ばせることも、事実上ゴールのうちの一つ[36]」になっていく。生き延びるためには、その語りに魅力がなければならない。もしくは、演説という性質上、語り手は観客の喝采を受けるためならばあらゆる工夫をこらし、また熱狂させるためならばあらゆる手法を取り入れるのである。

したがって、今日、奴隷体験記《スレイヴ・ナラティヴ》を分析する際、そのストーリーテリングの手法が「冒険譚もしくは感傷小説[37]」「ロマン主義的[38]」、さらには「様々な文学的装飾[39]」を用いているなど、色とりどりの評価を与えるのだが、実はどれも真実を語っているのかもしれない。白人の会衆を前に話す際、彼らは演説という言葉の格闘技で、様々な要素のミクスチャーをおこない、その語りは当時としては極めてエンターテイメント性が高いものになっていったといえるだろう。

一方、そこに文学作品としての普遍的価値があるかといえば、必ずしもそうではない。本来は声で語られていた演説が活字になったためか、おそらく集会ではさぞ盛り上がっただろう場面も、活字で読めば単に冗長で繰り返しがやや多い描写である。これはその作品が、元奴隷が語って白人の協力者が代筆する口述筆記だったことを意味する場合や、代筆者/編集者がアマチュアで十分な推敲がおこなわれなかったことを意味する場合もあるだろうが、結局のところ、声(演説のモード)がテクストに持ち込まれたといえるのではないか。また、奴隷体験記《スレイヴ・ナラティヴ》とは、いわゆる純粋な文学活動ではなく、あくまでも当時の政治運動とセットとして考えなければ成り立たない作品群だった。だからこそ、南部で奴隷が解放されたあとは役目を果たしたというべきか、次第に読まれなくなり、その後の消息がわからなくなった作者（主人公）も少なくないのである。

以上を振り返ってみると、奴隷体験記《スレイヴ・ナラティヴ》になるプロセスとして、まず読み書きが禁止されていた南部から、奴隷たちが北への逃亡に成功し、南北戦争前夜の反奴隷制運動のなかで白人の観客に対して演説をした。そして壇上から力の限り声を振り絞り、逃亡の様子を舞台で再現してみせた語りこそが、彼らの声が活字になる最初のきっかけとなったといえる。(40) W・J・オングの言葉を借りるならば、アフリカン・アメリカンはいわゆる「声の文化」から「文字の文化」への大きな転換(41)を、奴隷体験記《スレイヴ・ナラティヴ》を著す過程で経験した。あるいはジェリー・フィリップスがいうように、少なくとも「奴隷体験記《スレイヴ・ナラティヴ》は、それが独自の文学ジャンルへと発展したとき、奴隷制度に反対する講演のパフォーマティヴな声を受け継いだ(42)」のであった。

3　奴隷体験記《スレイヴ・ナラティヴ》の定型と「声」が成熟する過程

ここでは、奴隷体験記《スレイヴ・ナラティヴ》の内容が具体的にどのようなものだったのかを確認しておきたい。以下は、ジェイムズ・オルニーが分類した一般的な奴隷体験記《スレイヴ・ナラティヴ》の特徴を要約したものである。

A　肖像画とサイン（署名）。
B　タイトルページに必ず「彼自身によって書かれた（Written by Himself）」という記載あり。「彼自身によって明かされた事実の口述筆記」や「友人によって書かれた」なども。
C　証明書、白人アボリショニストの友人らによる序文や前書き。
D　詩のような題辞。
E　実際のナラティヴ。
一、書き出しは「私は生まれた（I was born）」。二、両親のこと。三、残酷な主人。四、強靭な奴隷の存在。その者はしばしば「生粋のアフリカ人」である。五、読み書きを学ぶための困難と克服。六、「キリスト教徒」である奴隷主。七、食料や衣類の種類と量、労働について。八、奴隷競売。九、逃亡の失敗。十、ようやく逃亡に成功。十一、自由になったことをきっかけに名字を変える。十二、奴隷制度への回想。
F　補足。(43)

これまでも多くの研究者が指摘してきたことだが、奴隷体験記《スレイヴ・ナラティヴ》は個々の出来事の背景やディーテールはそれぞれ異なるにもかかわらず、全体としてはこのようにリスト化が可能なほど紋切り型のプロットとなっている。一般的な奴隷体験記《スレイヴ・ナラティヴ》がこうした「前もって作られている鋳型」に注ぎ込むようにして物語を語っていたという事実(44)は、ほとんどの作者が時代の表舞台から消えていったこと、また結局のところ、そのほとんどが文学的価値を見いだされることなく「奴隷体験記《スレイヴ・ナラティヴ》がアメリカ文学のカノンから消えた」理由を説明している。(45) しかし、この定型には別の役割があった。

ここであらためて思い起こしたいのが、奴隷体験記《スレイヴ・ナラティヴ》の本来の目的、奴隷解放という政治運動である。大枠では、アンテベラム期（南北戦争前の時代）の国政は、奴隷制度の存続が違憲か合憲か、合衆国憲法の解釈をめぐって激しい論争の最中にあり、(46) 奴隷体験記《スレイヴ・ナラティヴ》は南部奴隷制に対抗するためのいわば一次資料であった。北部の市民のなかに奴隷制度に反対するような世論を形成するのに必要な奴隷制度の当事者からの証言として、その役割を果たしていた。この逃亡奴隷による一人称の作品は、当時の北部の知識人や人道主義者らに強い共感と、奴隷解放という差し迫った危機感と使命感を与え、覚醒作用をもたらしながら奴隷制をめぐる論議を激化させた。(47) 北部が、南部を悪として正しく断罪するには、真の根拠によらなければならない。だからこそ、すべての奴隷体験記《スレイヴ・ナラティヴ》は、真実のレトリック、つまり目撃証言のレトリックを共有しているのである。(48)

ここで、先ほどのオルニーの定型を一つずつ見てみたい。まず「A 肖像画とサイン」だが、ナラティヴの最初のほうのページにある肖像画は、一見何げなく、十九世紀の自叙伝によくあるもののようである。だが、肌の色の明暗は子細にわたって描いてあり、読者に作者の出自がよく伝わるように配慮されている。誰がこれを書いたのか、これは本当に元奴隷本人による証言なのだという、内容の真実味を増すための仕掛けの一つとして肖像画とサインは機能する。次に、「B 彼自身によって書かれた」に関しても同様である。読み書きができなかった者である場合には、「彼によって語られた」「彼らによって口述された」という様々な副題を常につけて、この物語が本人による実話であってフィクションではないことを強調する。さらに「C 証明書」は、このナラティヴが、いつ、どこで、どのような人物が書いたのかについての白人によるお墨付きで内容が事実であることを保証する文章であることから、これも同じくナラティヴが実話であることの証明書になっている。

では、奴隷体験記《スレイヴ・ナラティヴ》の本文を占める「E 実際のナラティヴ」はどうだろうか。「一、私は［奴隷に］生まれた」というフレーズは最初の一文か、ほぼ出だしにある奴隷体験記《スレイヴ・ナラティヴ》特有の書き出しだが、一八四〇年代半ば頃から発表された作品に多く見られ、例として数十作品のタイトルを挙げることが可能なほどである。この特徴的な書き出しについて、オルニーはナラティヴの元奴隷なる人物が本当に存在することの「誓言」になっているると述べているが[49]、これはまた目撃証言が真実であることを宣誓するものであった。その他、二から十二に関しては、前で確認したように演説と本が地続きだったため、演説とともに定型化していった可能性は否定できず、一度このような定型ができると、逆にそれを語ることこそが、本物の元奴隷であることの証しになったと推測される。これらをふまえると、実は奴隷体験記《スレイヴ・ナラティヴ》の定型とは、その一つひとつが、奴隷制度の体験談が本物であることを演出する神聖な手続きだったのではないか。現代のわれわれにとってはマンネリと感じられる定型には、その証言が真実であることを読者に担保する役割があったと考えられるのである。

この点でウィリアム・L・アンドルーズは、興味深い視点を提示してくれる。「アンテベラム期の黒人の物語、元奴隷の体験記に特徴的な題材と形式は、一八四〇年代から五〇年代までにスタンダードになっていたので、大部分では、声が極めて核心的論点になった」[50]というものである。すなわち、ナラティヴの存在意義でもあった反奴隷制のレトリック――証言行為に伴う一定の定型や、白人読者を引き付ける「言葉のあや」の使いこなし——を洗練させる一方で、奴隷体験記《スレイヴ・ナラティヴ》の作者たちは、本当に自分が言いたいことを作品で表現できる自分自身の「声」を次第に模索し始めたのである。やがて奴隷体験記ジャンルそのものの人工性を隠蔽し続けながらも、いかにその文学的可能性を開花させていくか、[51] 言い換えれば、作品のなかの自分の語りの「声」をどのように磨くか、ということが、奴隷体験記《スレイヴ・ナラティヴ》の作者にとって最大の関心事になっていった。

一方、作品で自分が語る「声」を見いだせない者は少なくなかった。前述のように奴隷体験記《スレイヴ・ナラティヴ》の作者の多くが逃亡奴隷であり、その著作には口述筆記だった作品が少なくなかったからである。南部から逃げた元奴隷にとって、北部での生活は識字文化に制限なくふれることが初めてできた時期に相当する。したがって、たとえ読み書きができるようになったとしても、誰もが一人で一冊の本を書けたというわけではなかった。[52] 口述筆記によって奴隷体験記《スレイヴ・ナラティヴ》が出版された場合、筆記を担当したのは、反奴隷制運動の活動家などの白人の協力者だったため、内容の信憑性や操作性は不問のまとなった。

このような代筆の問題を常にはらみながら、奴隷体験記《スレイヴ・ナラティヴ》は、どのように自分自身の「声」を見いだしていったのだろうか。「声」の四つの発展段階を論じたのが、ロバート・B・ステプトである。彼によれば、発展初期の段階として、「折衷的ナラティヴ（eclectic narrative）」[53] があり、その代表的作品としてヘンリー・ビブの奴隷体験記《スレイヴ・ナラティヴ》を挙げている。ビブの場合、本文で自分の体験を述べたあとすぐに「次の手紙が説明してくれるだろう」と読者に告げ、[54] 自分が述べたことが真実である証拠として、白人の協力者たちが書いた手紙などの記録を幾度となく本文に挟み込む。そのスタイルはすでに確認したように、奴隷体験記《スレイヴ・ナラティヴ》の本来の目的である奴隷制度を証言するという、いわば証言行為のレトリックを忠実になぞっている。だがそれは同時に、自分が書いていることだけでは作品が存在しえず、あくまでも白人の協力者たちのお墨付きを必要としていると意識していることを意味している。ビブの作品で、彼の「声」は自立的な権威をもちえず、テクスト全体を支配できない。

ステプトは、次なる発展段階の「融合的ナラティヴ（integrated narrative）」(55)として、ノースアップを挙げている。元奴隷の話を権威づけるための白人による手紙、序文、保証書などが、「折衷的ナラティヴ」のようにテクストの上位概念として文中に添付されるのではなく、作者本人の言葉で言い表され、奴隷体験記《スレイヴ・ナラティヴ》の作者の語りの「声」のなかにそれらが溶け込んでいるタイプである。この段階の場合、元奴隷の記録が本物であることの白人たちの証明が、彼自身が語るエピソードの一つとして生き生きと書かれ、作者の語り＝地の文に組み込まれている。元奴隷の「声」のほうに、より信頼が置かれているといえる。

さらなる発展段階は、ダグラスに代表される「一般的ナラティヴ（generic narrative）」である。ナラティヴのなかで、白人によるお墨付きはもはや必要とせず、作家の「声」のコントロールが全編に行き渡り、より高度な表現力、比喩、メタフォリカルな手法も用いられ、もはや自伝という次元に達している。(56)

最終的な発展段階として、これまで白人という他者のお墨付きを必要としてきたナラティヴが、今度は逆に別の作品を権威づけるケースがある。たとえば、前掲のブラウンの小説『クローテル』には自分自身の奴隷体験記《スレイヴ・ナラティヴ》を添えて、それによって小説のリアリティを高めている。これをステプトは、「権威づけのナラティヴ（authenticating narrative）」と呼んでいる。[57]

以上の「声」の発達過程は、本来は単なる政治的プロパガンダだった作品が、次第に文学に近づくプロセスでもあり、アンドルーズによって「黒人の自伝の漸次的な小説化」とも言及される。[58] 彼はまた、小説としてのクオリティを持ち合わせた作品に、ダグラス、ジェイコブズ、そしてアフリカン・アメリカンの民話を用いたユーモアあふれる作風のジェイコブ・D・グリーンの三作を選ぶ。[59] 実はダグラスやジェイコブズなど、このような「小説化」の変化を経た作品こそが、まさしく奴隷体験記《スレイヴ・ナラティヴ》の古典と呼ばれるものであり、ナラティヴを書いた元奴隷たちがなしえた一つの文学的到達点だったといえる。こうして、自分の「声」を探し求める過程で、奴隷体験記《スレイヴ・ナラティヴ》は独自の発展を遂げたのである。[60]

そして、以上を通じてより重要なことは、自分の「声」を直接読者に届けるには、自分で字を書くことができなければならないということである。そのとき、奴隷体験記《スレイヴ・ナラティヴ》で定型のうちの一つとして繰り返し描かれた「五、読み書きを学ぶ」エピソードは、極めて重要な意味をもつ。たとえばダグラスの奴隷体験記《スレイヴ・ナラティヴ》はリテラシーを求めるもがきを列挙するナラティヴであると、ヒューストン・A・ベイカー・ジュニアがふれているように、[61] 読み書きをめぐるエピソードが物語の中心的なダイナミズムを支えている。

4　フレデリック・ダグラスの奴隷体験記《スレイヴ・ナラティヴ》

ダグラスの一八四五年の奴隷体験記《スレイヴ・ナラティヴ》はあまりにも有名ではあるが、ここで少し確認しておきたいのは、そのなかの次のような場面である。少年時代のダグラスは主人の親切な夫人からABCを教わるが、その事実を主人に知られる。主人は奴隷に字を教えることが違法であり、また奴隷が字を覚えてしまうと手に負えなくなりやがて奴隷としての価値がなくなるという理由によって、ダグラスに字を教えることを禁じる。そのときダグラスは、「黒人を奴隷にする白人の力」の根本原理が奴隷が読み書きを奪われていることにあると気づく。[62]彼が奮闘し始めるのが次の描写である。

その頃、私の習字帳は板塀やレンガの壁や歩道だった。ペンとインクは一本のチョークだった。（略）それから、ウェブスターの綴り字教本のなかのイタリックスの語をまねて書き始め、本を見ないで書けるようになるまでそれを続けた。（略）こうして、数年間にわたる長い退屈な努力のあと、私はついに書き方を覚えることに成功したのであった。[63]

文字社会への入場を果たそうと、子ども時代から果敢に闘っていた彼の読み書きへの熱望は、結局そのときの逃亡は失敗するものの自分で書いいた偽造した通行許可証につながり、ついにはウィリアム・ロイド・ギャリソンの新聞「リベレーター」を購読するまでになる。それをきっかけに、反奴隷制集会で話をするようなった、という結末で実を結ぶ。そのようなダグラスの読み書きを求める葛藤は、次のようなラストに集約されている。

私は自ら署名する、フレデリック・ダグラス。(FREDERICK DOUGLASS.)(64)

このように大文字で書いた名前でしめくくり、最後の一字までテクストを完全に自分のものとして書き表すことに神経を注いでいる。まるで、叙述するにあたって、テクストの世界のうえで奴隷のナレーターが神のような権威となり、テクストの外の世界へ自分の権威を伸ばそうとするかのようである。(65)自伝を書くという行為は、他人に所有されてきた奴隷が、主語・述語を完全に自分のものとして記述する、つまり自分を自分で所有する行為であるともいえる。また、書くことを通じた大きな変化は、自己変革だけにとどまらない。奴隷体験記《スレイヴ・ナラティヴ》は、その場の聴衆を対象とした演説の声とは異なり、書くことによって活字の再読を通じた半永久的な「声」の保存を可能にするのである。識字を得た彼らの「声」がたしかに保存されたことは、時代を超えていまなお、古典となった数作品は読み継がれ、彼らの「声」が読者に届いていることからも明らかである。

ところで、最後にふれておきたいのは、奴隷体験記《スレイヴ・ナラティヴ》が現代のアフリカン・アメリカン文学に興味深い痕跡を残している点である。たとえば、ヘンリー・ルイス・ゲイツ・ジュニアらは、アフリカン・アメリカン文学の歴史を振り返って、それらが総じてフィクショナルであり、かつ自伝的な形式をもつことについて言及している。[66] それについて、こう解釈することができるだろう。彼らの文学史は、奴隷体験記《スレイヴ・ナラティヴ》という特異なテクストを起源としていて、いわゆる文学作品を書くことで幕を開けたのではない。[67] 政治運動のなかで、彼らは最初から自分自身をさらけ出す必要があった。というのも、自分の言葉、ときにそれを書いている自分自身さえもが、奴隷制度を語る動かぬ証拠、証明そのものでもあったからである。すべては、ここから始まった。その後の作家たちが意識的にも無意識的にも自伝的形式を共有するのは、彼らの文学的起源が奴隷体験記《スレイヴ・ナラティヴ》であることと決して無関係ではないのである。

注

（1）Williams, Heather Andrea. *Self-Taught: African American Education in Slavery and Freedom.* University of North Carolina Press, 2005, p. 204.

（2）*Ibid.*

（3）*Ibid.*

（4）Cornelius, Janet. “We Slipped and Learned to Read: Slave Accounts of the Literacy Process, 1830-1865.” *Phylon,* vol. 44, no. 3, 3rd Qtr. 1983, p. 173.

（5）Ibid. たとえば最初にアフリカン・アメリカンの識字率が明らかになった一八五〇年の国勢調査で奴隷の非識字率は一〇〇%だったが、それは疑わしいとされる。詳しくは Graff, Harvey J. *The Literacy Myth: Literacy and Social Structure in the Nineteenth-Century City.* Academic Press, 1979, p.

68を参照されたい。

(6) Ibid., pp. 173-174.

(7) Salvino, Dana Nelson. "The Word in Black and White: Ideologies of Race and Literacy in Antebellum America." *Reading in America: Literature & Social History*, edited by Cathy N. Davidson, Johns Hopkins University Press, 1989, p. 146.

(8) Ibid.

(9) 前田絢子『エルヴィス、最後のアメリカン・ヒーロー』(角川選書)、角川学芸出版、二〇〇七年、三五―三六ページ

(10) 横坂健治「アメリカ合衆国における選挙権の平等——政治的平等研究(二)」「早稲田法学会誌」第三十一巻、早稲田大学法学会、一九八一年、三六五―三六六ページ

(11) 同論文三七七ページ

(12) Sekora, John. "Black Message/White Envelope: Genre, Authenticity, and Authority in the Antebellum Slave Narrative." *Callaloo*, no. 32, Summer 1987, p. 483.

(13) Taylor, Yuval, editor. Introduction. *I Was Born a Slave: An Anthology of Classic Slave Narratives, 1772-1849*. Vol. 1, Lawrence Hill Books, 1999, p. xvi.

(14) 現在でも未確認だった作品が見つかることがあり、奴隷体験記《スレイヴ・ナラティヴ》の正確な数は把握できない。二〇〇七年にヴァージニア州立大学図書館で、それまで未確認だったヘンリー・ゴーイングズというヴァージニア生まれでカナダに逃亡した元奴隷の『南部奴隷制からの逃亡覚え書き』が発見されている。筆者は〇九年に、ヴァージニア州立大学のアルバート&シャーリー・スモール・スペシャル・コレクション・ライブラリーに保管されたこのオリジナルを読む機会を得たものの、これが自分で書いたもの

か、ゴーストライターの協力による口述筆記か判別できなかった。内容は慣習的な奴隷体験記《スレイヴ・ナラティヴ》を踏襲したものだったが、特筆すべき点としては「黒人に世界の労働市場で平等に競争の機会を与えれば、社会的責任を負う用意はあるだろう。もし彼らにまっとうな給与が支払われれば、喜んでまっとうに働くだろう」と、奴隷制度を非難するにあたり、自由労働の重要性を強く主張していることなどが挙げられる。詳しくは、Goings, Henry. *Rambles of a Runaway from Southern Slavery*. Stratford, 1869, p. 34を参照されたい。

(15) Taylor, *I Was Born a Slave*, p. xx.

(16) *Ibid.*

(17) *Ibid.*, p. xxi.

(18) Bruce, Dickson D., Jr. "Politics and Political Philosophy in the Slave Narrative." *The Cambridge Companion to the African American Slave Narrative*, edited by Audrey Fisch, Cambridge University Press, 2007, p. 35.

(19) アリス・ウォーカー「自分の生を救い出すこと――芸術家の生におけるモデルの重要性について」、ゾラ・ニール・ハーストン／ルシール・クリフトン『語りつぐ』所収、青山誠子／藤本和子／小池美佐子／堀場清子／中村輝子訳（「女たちの同時代――北米黒人女性作家選」第七巻）、朝日新聞社、一九八二年、二二二ページ

(20) 西本あづさ「奴隷体験記《スレイヴ・ナラティヴ》における個人の物語と集団の歴史――ハリエット・A・ジェイコブズの『ある奴隷女の人生の出来事』」「アメリカ研究」第三十五号、アメリカ学会、二〇〇一年、一〇〇ページ、また黒人男性の肉体性についてはアボリショニストの講演とブラックフェイスのミンストレル・ショーの共通点を以下で論じている。Gilmore, Paul. "De Genewine Artekil: William Wells

Brown, Blackface Minstrelsy, and Abolitionism." *The Genuine Article: Race, Mass Culture, and American Literary Manhood.* Duke University Press, 2001, pp. 37-66.

(21) Starling, Marion Wilson. Author's Prologue. *The Slave Narrative: Its Place in American History.* Howard University Press, 1988, p. xvi.

(22) Sekora, "Black Message/White Envelope," p. 494.

(23) Ripley, C. Peter, editor. *The Black Abolitionist Papers: The United States, 1830-1846.* Vol. 3, University of North Carolina Press, 1991, pp. 418-419.

(24) Olney, James. "I Was Born: Slave Narratives, Their Status as Autobiography and as Literature." *Callaloo,* no. 20, Winter 1984, p. 51.

(25) Clarke, Lewis, and Milton. "Narratives of the Sufferings of Lewis and Milton Clarke, Son of a Soldier of the Revolution, during a Captivity of More Than Twenty Years among the Slaveholders of Kentucky, One of the So Called Christian States of North America: Dictated by Themselves."*I Was Born a Slave,* vol. 1, p. 653.

(26) Ibid.

(27) Northup, Solomon. "Narrative of Slomon Northup, a Citizen of New-York, Kidnapped in Washington City in 1841, and Rescured in 1853, from a Cotton Plantation near the Red River, in Louisiana." *I Was Born a Slave: An Anthology of Classic Slave Narratives, 1849-1866.*. Vol. 2, edited by Yuval Taylor, Lawrence Hill Books, 1999, p. 308.

(28) Clarke, "Narratives of the Sufferings of Lewis and Milton Clarke," p. 602.

(29) *Ibid.,* p. 607.

(30) Foster, Frances Smith. *Witnessing Slavery: The Development of Ante-bellum Slave Narratives.* Greenwood Press, 1979, p. 56.
(31) Sekora, "Black Message/White Envelope," p. 502.
(32) Ibid., p. 501.
(33) Garrett, Paula, and Hollis Robbins, editors. *The Works of William Wells Brown: Using His "Strong, Manly Voice."* Oxford University Press, 2006, p. 37.
(34) Gould, Philip. "The Rise, Development, and Circulation of the Slave Narrative." *The Cambridge Companion to the African American Slave Narrative*, p. 20.
(35) Phillips, Jerry. "Slave Narratives." *A Companion to the Literature and Culture of the American South*, edited by Richard Gray and Owen Robinson, Wiley-Blackwell Publishing, 2004, p. 53.
(36) Taylor, *I Was Born a Slave*, p. xix.
(37) *Ibid.*
(38) Gould, "The Rise, Development, and Circulation of the Slave Narrative," p. 26.
(39) Foster, *Witnessing Slavery*, p. 58.
(40) 講演者からキャリアを始めた元奴隷として、ダグラスやビブの他、ヘンリー・ボックス・ブラウン、W・W・ブラウン、アンソニー・バーンズ、クラーク兄弟、エレン&ウィリアム・クラフト、ジョサイア・ヘンソン、ランスフォード・レーン、ジェイムズ・W・C・ペニントン、モーゼズ・グランディ、オースティン・スチュワード、ヘンリー・ワトソンなどが挙げられる。詳しくは、Sekora, "Black Message/White Envelope," p. 497を参照されたい。
(41) オングは、アフリカン・アメリカンが「声の文化」から「文字の文化」への移行を経験したあとも、部分的に声の文化が支配的であること、たとえばダズンズ（dozens）、ジョウニング（joning）、サウンディング（sounding）などの声の芸術形態がある一定の若い黒人男性によって担われてきたことにふれている。Ong, Walter J. *Orality and Literacy: The Technologizing of the Word.* Routledge, 2002, p. 44.（W－J・オング『声の文化と文字の文化』桜井直文／林正寛／糟谷啓介訳、藤原書店、一九九一年）

（42）Phillips, "Slave Narratives," p. 51.

（43）Olney, "I Was Born," pp. 50-51.

（44）Connor, Kimberly Rae. *Imagining Grace: Liberating Theologies in the Slave Narrative Tradition.* University of Illinois Press, 2000, p. 41.

（45）*Ibid.*, p. 42.

（46）辻内鏡人『アメリカの奴隷制と自由主義』東京大学出版会、一九九七年、四八―五三ページ

（47）高橋勤『コンコード・エレミヤ――ソローの時代のレトリック』金星堂、二〇一二年、一一五ページ

（48）Phillips, "Slave Narratives," p. 44.

（49）Olney, "I Was Born," p. 52.

（50）Andrews, William L. "The Novelization of Voice in Early African American Narrative." *PMLA*, vol. 105, no. 1, Jan. 1990, p. 23.

（51）巽孝之『ニュー・アカデミズム――米文学思想史の物語学　増補新版』青土社、二〇〇五年、二二〇ページ

（52）白人の助けを借りないで本を書いた元奴隷は、W・W・ブラウン、ダグラス、ビブ、ペニントン、

ジャーメイン・ログエン、スチュワード、リチャード・アレンなどであり、不明な点は残るもののジョン・トンプソン、ノア・デイヴィス、ソロモン・ベイリー、G・W・オフリーらも自分で書いた可能性が高いといわれる。詳しくは、Blassingame, John W. "Using the Testimony of Ex-Slaves: Approaches and Problems." *The Slave's Narrative*, edited by Charles T. Davis and Henry Louis Gates, Jr., Oxford University Press, 1985, p. 83を参照されたい。

（53）Stepto, Robert B. *From Behind the Veil: A Study of Afro-American Narrative.* University of Illinois Press, 1991. p. 4.

（54）Bibb, Henry. "Narrative of the Life and Adventures of Henry Bibb, an American Slave: Written by Himself." *I Was Born a Slave*, vol. 2, p. 84.

（55）Stepto, *From Behind the Veil*, p. 4.

（56）*Ibid.*, pp. 4-5.

（57）*Ibid.*, p. 5.

（58）Andrews, William L. *To Tell a Free Story: The First Century of Afro-American Autobiography, 1760-1865.* University of Illinois Press, 1986, p. 272.

（59）*Ibid.*

（60）本書ではふれることができなかったが、当時の奴隷体験記《スレイヴ・ナラティヴ》に、パッシング小説のはしりともいえる（しかも、女の奴隷が白人男性になって逃亡する）クラフト夫妻の作品があることを挙げておきたい。変装して逃亡する道すがら、夫が妻を「ご主人さまは」と描写するそのこと自体のおかしさもあるが、当時のアボリショニストの活動が婦人組織にも支えられていたことをふまえると、この作品の読者層の検討も含めて論じるべきだと指摘しておく。クラフト夫妻の奴隷体験記《スレイヴ・ナラティヴ》は以下を参照されたい。

Craft, William. "Running a Thousand Miles for Freedom: Or, the Escape of William and Ellen Craft from Slavery." *I Was Born a Slave*, vol. 2, pp. 481-531.

(61) Baker, Houston A., Jr. *The Journey Back: Issues in Black Literature and Criticism*. University of Chicago Press, 1984, p. 43.

(62) Douglass, Frederick. "Narrative of the Life of Frederick Douglass, an American Slave: Written by Himself." *I Was Born a Slave*, vol. 1, p.552.（フレデリック・ダグラス『数奇なる奴隷の半生――フレデリック・ダグラス自伝』岡田誠一訳〔りぶらりあ選書〕、法政大学出版局、一九九三年、フレデリック・ダグラス、樋口映美監修『アメリカの奴隷制を生きる――フレデリック・ダグラス自伝』専修大学文学部歴史学科南北アメリカ史研究会訳、彩流社、二〇一六年）

(63) Ibid., pp. 556-557.

(64) Ibid., p. 595.

(65) Andrews, *To Tell a Free Story*, p. 105.

(66) Davis, and Gates, "The language of Slavery." Introduction. *The Slave's Narrative*, p. xx.

(67) もちろん、数は少ないがその以前の時代にアフリカン・アメリカンの文学史が全く存在しないわけではない。それについては以下を参照されたい。Bruce, Dickson D., Jr. *The Origins of African American Literature, 1680-1865*. University Press of Virginia, 2001. しかし、ブルースもそのなかで認めるように、アフリカン・アメリカン文学の伝統が形成されたのは奴隷体験記《スレイヴ・ナラティヴ》を通じてであり、ギャリソンの「リベレーター」を皮切りに、冊数とそれぞれの分量ともに傑出した奴隷体験記《スレイヴ・ナラティヴ》が登場した一八三〇年代以降のことである。

第2章　二十世紀の連《F》邦作《W》家計画《P》スレイヴ・ナラティヴ

1　ニューディール政策による連《F》邦作《W》家計画《P》

それでは、奴隷制度の時代に南部で暮らしていた、逃亡することもなければ、奴隷体験記《スレイヴ・ナラティヴ》を書く機会もなかったごく普通の奴隷たちは、一体何をしていたのだろうか？　二十世紀になって、そのような元奴隷たちがようやく語り始めることになる。それは、奴隷解放から約七十年を経た一九三六年のことだった。ニューディール政策の一環として失業中のホワイトカラー層を雇用した連邦作家計画（Federal Writers' Project。以下、ＦＷＰと略記）は、南部でまだ存命中だった元奴隷にインタビューをした。元奴隷への聞き書きとして収集されたＦＷＰスレイヴ・ナラティヴの対象者は、二千百九十四人分にのぼる(1)。また、そのインフォーマントの数は、三六年当時の元奴隷の総人口の二

％に相当した(2)。

前章の十九世紀の奴隷体験記《スレイヴ・ナラティヴ》との違いを簡単に説明すれば、ＦＷＰスレイヴ・ナラティヴは、完全にインタビュー形式による語りの記録である。このことが意味するのは、十九世紀のものとは異なり、ＦＷＰスレイヴ・ナラティヴは書き言葉ではなく、話し言葉だったということである。この点で、この二十世紀のＦＷＰスレイヴ・ナラティヴは、作家たちにとって、奴隷の声の語りをのちに文学のテクストで再現させるための重要な役割をもつことになる。

一方、同時代的な文学への影響という点でも、ＦＷＰは注目すべき点がある。一九六二年に日本で刊行された「黒人文学全集(3)」に「ライト、ボンタン、マッケイ、エリスン、モトレイ、ヤービィなどほとんどの黒人作家がこれに参加した(4)」という、短いが看過できない言及がある。事実、このＦＷＰには、ラルフ・エリスン、ゾラ・ニール・ハーストン、リチャード・ライトなどそうそうたる顔ぶれの黒人作家たちが参加していた(5)。したがってＦＷＰは、大恐慌期のホワイトカラーを対象とした一つの経済政策として社会科学的な見方で捉えてしまうには、文学との関わりがあまりに大きいといえる。ここではまず時代背景という大枠から捉え、徐々にＦＷＰの性質への理解を深めていきながら、二十世紀の奴隷体験記《スレイヴ・ナラティヴ》であるＦＷＰスレイヴ・ナラティヴの内容を実際に見ていきたい。

周知のようにフランクリン・ルーズベルト大統領は一九三三年以降、二九年に始まった恐慌に対処するため、一連の経済・社会対策、いわゆるニューディール政策を実施した。ニューディールのなかでも最大の機関となる雇用促進局（Work Progress Administration。以下、ＷＰＡと略記）は、三五年の緊急救済支出法による雇用保障計画によって、三五年から四三年までの八年間続いた。その間に、WPAは八百五十万人を雇用し、それによってアメリカの全家族の約四分の一が恩恵を受けたことになる。[6]三五年五月の開始以降のたった半年間だけを見てみても三百万人が雇用されていて、二千五百の病院が建てられるか改善がなされ、また五千九百の学校、千の空港滑走路、そして約一万三千の公園が作られたといわれている。[7]賃金は決して高くなく、平均して男性は一日あたり五ドル、女性は三ドルだった。[8]黒人はWPAの規定上は白人と同額の給料であり、これは黒人にとって画期的なことだったが、女性は（肌の色にかかわらず）、男性よりも総じて賃金が低く恩恵を受けていたとはいえなかった。[9]

WPA事業の内訳（一九三五年七月―四〇年十二月）を具体的に見ていくと、ブルーカラーへの支出が全体の百四億九千万ドルのうち七八・五％の八十二億四千万ドルを占める一方で、ほぼ残りの二一・三％にあたる二十二億三千万ドルは非建設事業（ホワイトカラー向けの雇用計画）として割り当てられていて、主に保健事業や教育関連事業、公共サービスなど向けであった。[10]その公共サービスの一つとして、WPAがアート関連のプロジェクト、別名フェデラル・ワンを開始させ、そのフェデラル・ワンの一つがFWPとなる。それは、「アート、音楽、演劇、そして執筆活動の分野で能力がある現在失業中の人々を雇用するという国家的プロジェクト」[11]であり、フェデラル・ワンにはFWPの他にも、連邦美術計画（Federal Art Project）、連邦音楽計画（Federal Music Project）、連邦演劇計画（Federal Theater Project）などがあった。

このアート・プロジェクトについて政府当局は、世論、マスコミ、保守派議員などから激しい非難や嘲笑を執拗に浴びせられ、「不況のさなかに「悲劇」を演じ、ダンスを奨励するような余裕財政資金などあろうはずがない」などと断じられたものの、政府当局は「彼らも、他の人間と同様に食べなければ生きてはいけないのだ」と反駁したという[12]。事実、このプロジェクトは芸術に携わる多くのアメリカ人を飢えから救った。彼自身が元ＦＷＰのエディターであり、のちにＦＷＰを研究したジェリー・マンジオンによれば、ＦＷＰに入れるか入れないかは生きるか死ぬかという問題であり、たとえば、恐慌による打撃が大きかった州の一つネブラスカでは、飢死があまりに差し迫った問題だったため、ＦＷＰがなければ、実際に自殺という選択肢をとる可能性もあるような状態だった[13]。具体的にどれだけの人がアートプログラムで生活の機会を得たかを確認すると、ＦＷＰでは人員が最も多かった一九三六年の四月に六千四百七十一人に給料が支払われていて、三八年に人員削減があったものの、年平均で四千五百から五千二百人が常時ＦＷＰで働くことができていた[14]。

その当時、偶然アメリカでＷＰＡのアート・プロジェクトがおこなわれるのを目の当たりにした日本人女性が、そのときに起こった大きな時代の転換点を次のように語っている。その女性、芸術家の夫とともにニューヨークで生活をしていた石垣綾子は次のように回想する。

> Ｗ・Ｐ・Ａの芸術プロジェクトは、芸術にたずさわる者たちが、象牙の塔を飛び出して生活擁護を要求した結果であった。（略）外国生まれも差別されることなく、黒人の人種差別もなく、社会批判や反体制の芸術的表現の自由を得たのも、彼らのたたかいがもたらしたものであることは言うまでもない。社会全体のなかにたたかう情熱がみなぎっていて、それが芸術家を

燃焼させる原動力となったのである。

　画家ならばモデルも画材の材料もすべて支給され、できあがった作品を納めればよかった。それらは政府のあらゆる建物の壁をかざった。かびくさい陳腐な絵にかわって、斬新で民衆の呼吸を伝える美術作品が、ほんの短い期間に、冷たい建物の雰囲気を一新してしまった。公園の木かげには彫刻が立ち並べてすえられた。(15)


石垣がこのように回想するのは芸術プロジェクトのなかでも連邦美術計画と推測できるが、この記述からは、当時、平等主義の理想が存在し、また「民衆の呼吸を伝える」ということに対する芸術家たちの熱意があふれていたことが伝わってくる。アフリカン・アメリカンの作家にもまた、生活の救済と作品発表の機会が与えられた。だからこそ、驚くほどの顔ぶれのアフリカン・アメリカン作家らもまた、ＦＷＰに集まっていたのだといえる。

　さて、ＦＷＰがおこなった事業には、大きく分けて二つのものがあった。一つは、ガイドブックのような地誌編纂であり、もう一つはオーラル・ヒストリーの収集である。

2　ガイドブック

まず、最初に着手されたガイドブックの事業を見ておきたい。ニューヨークのジャーナリストで劇作家、そして政治活動家でもあったＦＷＰのナショナル・ディレクター、ヘンリー・オルスバーグが最初に試みたことは、アメリカの全州、そして数多くの町のガイドブックを作ることだった。このとき作られた様々な州のガイドブックをひもといてみると、州によって方針が異なるが、大まかに二つのフォーマットがあることがわかる。

一つは、その町のランドマークとなるような場所をまずピックアップして、その建築、産業、もしくは自然の豊かさの紹介に特化しているもの。二つ目は、より一般的なタイプであり、その市や町をまんべんなく描いていて、歴史的な場所や名所を紹介する包括的な編集となっている。ただ、後者の一般的なタイプのものには、ニューヨークのガイドブックなどがその典型例だが、そこに暮らす人々、たとえばマイノリティの文化や生活の紹介として、人種についてのトピックが設けられてもいる。その他、異色のものとしては、後でふれるがニューオリンズのガイドブックがあり、アフリカン・アメリカンの文化やフォークロアを多く収録していたことで人気が高かった。

このガイドブックではもちろん基本的に旅行を奨励していた[16]が、実物は極めて分厚いので移動に持参するにはそれほど適していなかったと思え、しかも内容も道路地図以外にも人々の衣食住や郷土史、様々な民族文化が紹介されるなど、通常の観光案内のイメージとはそぐわない。むしろ、その町ごとのエンサイクロペディアといった印象さえ受けるのである。これについて宮本陽一郎は、次のようにいう。

ＦＷＰについて考えるとき素朴に浮かぶ疑問は、ニューディール政権が雇用促進局の事業を、失業した作家たちに対する経済的援助にまで拡大したとき、なぜそれがステート・ガイド・シリーズの刊行に象徴される、膨大な規模の地誌編纂事業に向けられなければならなかったのかという問題である。(17)

たしかに、国家規模でこのような大事業がおこなわれたとき、ガイド・シリーズという名のもとに「地誌編纂事業」、いわば人々の生活や文化、民族、地域性といったテーマがなぜあえて選択されたのかは腑に落ちないところがある。そこで当時のＦＷＰで共有されていた理念を確認しておきたい。たとえば、ジェラルド・ハーシュは次のように述べる。

> ＦＷＰの役人はロマン主義的ナショナリストで、彼らは普通のアメリカ人の経験が、新たに活力を得た文化と芸術の創造に貢献すると見なしていた。〔他の〕多くのロマン主義的なナショナリストとは異なって、彼らは国家の伝統を定義しようとする際に同質性を強調し、過去を栄光の時代と捉える人種主義的で保守的なアプローチを拒絶した。かわりに、国家の伝統を定義する際には、アメリカではすべての集団が考慮に入れられるべきであり、またアメリカを形作る多様な集団は、自分たちとは異なった集団から学ぶことで利益を得ることができると論じた。（略）彼らはロマン主義的ナショナリズムと、文化多元主義（cultural pluralism）を両立させることを希求したのだった。(18)

ハーシュによると、これらの「ロマン主義的ナショナリズム」と「文化多元主義」という言葉は、必ずしも当時のFWPの役人たちは使ってはいなかったが、この二つのキーワードによって、FWPがもっていた思想は説明されるという。[19] では、「ロマン主義的ナショナリズム」と「文化多元主義」とは何なのか。まずハーシュによれば、FWPとは、国家政策として「「アメリカ人」というタームに、新しい意味を案出する」ことを目指したプロジェクトだったという。[20] そのときアメリカの普通の人々の生活や、民族、地方、もしくは地域性に根づいた多様性に、アメリカの国家の伝統としての価値が見いだされていったのである。

また、アメリカ国家の伝統の価値を発見していくのは、多様な民族、多様な地域性にこそ、プリミティヴなアメリカの本当の姿があるとするロマン主義的な視線であった。これまで光が当たらなかったような集団やアメリカの普通の人々の生活に眼差しが注がれ、国家イメージの創成の鍵となるのである。これについて太田好信は、一九三〇年代アメリカの文化をめぐる言説の一つに、地方の存在がクローズアップされていたことを指摘する。

大恐慌は、技術発展が人間を幸福に導くとは限らないという認識を示した。これは十年代のような、いわゆる「進歩的時代」の逆転である。多くの批評家たちは大都市に集中するテクノロジーを文明として位置づけ、それが作り出す人間の不幸に対抗する文化を地方に見い出していった。このような共同体への憧憬は、もちろんアメリカの地方へ、またメキシコなどのいわゆる「異文化」への興味として表現されてもいる。[21]

こうして、文明がもたらした進歩というかつての希望は大恐慌時代に行き詰まりを見せ、一九三〇年代の失望のなかで、それまであったテクノロジーへと邁進する未来志向のベクトルは、「共同体への憧憬」や「異文化への興味」に反転する。そして少数派の集団や地方に光が当たり、それらがアメリカの想像上の国家創成のビジョンに用いられることになる。また、恐慌下では、これまで少数派だった集団に注目して資金を費やすことで経済回復をより促進することも期待された。[22]

さて、FWPの最初の事業の成果はどのようなものだったのだろうか。出版業界の売り上げを掲載する「パブリッシャーズ・ウィークリー」によれば、一冊二、三ドルで売られたアメリカン・ガイド・シリーズは安定した売れ行きで、初版がだいたい五千部から一万部の間であり、またニューオリンズのガイドブックは、地方研究のなかでも抜きんでた人気で六週間ベストセラーにランクインするなど、注目度は高かった。[23]

ジェトン・P・ブリュワーがカタログ的に網羅したFWPの書誌情報に並ぶ、当時出版された本とのちに出版された関連本、および録音物を合わせた九百五十六の題名を眺めてみると、州ごとのガイド・シリーズとその関連書籍は、各地の観光地、その土地の所有者の変移に関する本、各地の動植物など、圧倒的な量と種類に及ぶ。また「食べることは文化的な実践」という観点から、地元の料理本までもが出版され、[24]その分野は多岐にわたって圧巻である。これらは、ガイドブック用に集められたものの出版には至らなかった多くの資料が、FWPの他の調査への情報提供に使われる傾向があったため、ガイドブックを作る過程で派生的に生まれたものだと思われるが、FWPの膨大なリサーチは、アメリカの文化史上の黄金期といっても過言ではない。しかし、その点についてクリスティン・ボールドは興味深い視点を提示する。

WPA長官ハリー・ホプキンズの最初の第一声から（略）「アメリカン・ガイド・ウィーク」〔というキャンペーン〕で世論の関心が高まった一九四一年に至るまで、アメリカン・ガイド・シリーズの広報がラジオや雑誌でたびたび繰り返した宣伝文句は「アメリカ人はアメリカを発見する」（Americans Discover America）だった。[25]

大量の出版物によって、実はそれを読むアメリカ人が、アメリカ国民としての自己イメージを与えられていたというのである。ガイド・シリーズがアメリカ人の自己イメージの形成を促していたことを顕著に表しているのが、ニューヨーク・シティ・プロジェクトが発表した次の二冊ではないか。それは、『ニューヨークのイタリア人』（*Gli Italiani di New York*, 1938）と『ニューヨークのユダヤ人同郷人会』（*The Jewish Landsmanschaften of New York*, 1938）であり、前者はイタリア語で[26]後者はイディッシュ語で[27]出版されている。

ＦＷＰというわば政府の刊行物がいくつかの言語で書かれていたのは、一見、奇妙なことのように思える。だが、アメリカで広く使用される英語以外で書かれた本の存在は、まだ英語の読み書きに不慣れな移民の第一世代に向けて書かれた可能性を示しているのではないか。ニューヨークのイタリア人とニューヨークのユダヤ人自身に読ませるためのものだった、と考えることができるのである。このような出版物の存在は、ＦＷＰが、アメリカの文化が多様であるという自己イメージを、実は「アメリカ人」自身に向かっても投げかけていた可能性を示している。

3　オーラル・ヒストリー

次に、ＦＷＰでおこなわれた二大事業のうち、二つ目のオーラル・ヒストリーの内容を確認したい。このオーラル・ヒストリーについてハーシュは次のようにいう。

オルスバーグは、ＦＷＰの最初で主要なプロジェクトである（略）ガイド・シリーズを、ＦＷＰの多様なアメリカ文化の再発見のほんの初期段階にしかすぎないと見ていた。一九三八年に彼が開始した第二段階で、オルスバーグは、ＦＷＰでアメリカ文化をさらに深みまで研究しようとした。彼は元奴隷の研究と都市労働者、エスニック・マイノリティ、そして南部の小作農者や繊維工の労働者たちが、民主主義や多元主義により沿ったかたちでアメリカのアイデンティティの再定義に貢献すると考えていた。(28)

このように、ガイドブックがふれたエスニック・マイノリティなどの集団をより掘り下げて、オーラル・ヒストリーは始まった。さらに「都市労働者」、そして「南部の小作農者」や「繊維工の労働者たち」など社会の周縁部に属する人々のなかにアメリカのアイデンティティに寄与する可能性が、このオーラル・ヒストリーを通じて積極的に見いだされていく。また、ハーシュによれば、ＦＷＰは「オーラル・ヒストリー・プロジェクトに関する仕事から、偉大なアメリカの叙事詩が出現する可能性を見ていた[29]」のだという。この「アメリカの叙事詩」とは何か。

ＦＷＰは、英雄でもなければ有名な個人でもなく、どこにでもいる普通の人々が直接、国民に語りかけることが必要だという考えをもっていた。たとえば、一九三八年の夏にジョン・Ａ・ローマックスの後任としてフォークロア部門のナショナル・エディターに就任したベンジャミン・Ａ・ボトキンは、ごく普通の人々の話こそがアメリカの叙事詩の礎となることを構想した[30]。それは同時に白人、プロテスタント、ミドルクラスなどといったアメリカ人の従来の定義を拒絶することを意味した[31]。

したがって、ＦＷＰスレイヴ・ナラティヴという元奴隷へのインタビューは、アカデミックな目的でおこなわれたのではない。あくまでも一般的なアメリカ人に奴隷の話を届けることを意図して収集されたのである。事実、オルスバーグがボトキンを雇った理由は、彼に、元奴隷によるおびただしい物語の編集をしてもらい、広く多様な読者たちに届くようにすることであった[32]。もちろん、その規模からしても、ＦＷＰスレイヴ・ナラティヴがＦＷＰの主要なプロジェクトではあったが、オーラル・ヒストリーは元奴隷以外にも様々な集団の声を集めていく。つまり「アメリカの叙事詩」とは、広大な国土に暮らすあまりに多様な集団が一斉に語り始めるという、いまだかつてないプロジェクトだった。それがＦＷＰの二つ目の使命であり、無数の無名な語り手たちの声が、「偉大なるアメリカの叙事詩」を紡いだのである。

しかし宮本は、ＦＷＰによる文化多元主義の思想は、いわゆる多文化主義とは区別されるべきものだという。「ニューディール政権の文化政策は、きわめて強力な国家の統制力をその前提と目的にしている。かつ文化の多様性は、「国民文化」の豊かさに寄与するものであり、最終的には「国民文化」という地平で集大成され記述されるべきものとなるのである[33]」

このようなＦＷＰの政治性をふまえると、一九七〇年代に過去を底辺から解釈することを試みた歴史家たちによって掘り起こされた膨大な数のＦＷＰのスレイヴ・ナラティヴは、ある複雑な経緯によって生まれていたことが浮き彫りになる。その複雑さとは、三〇年代当時まだ生存中だった奴隷へのインタビュー録音と聞き書きが、普通の奴隷たちの証言が公文書として残されたという記念碑的な価値をもつ一方で、彼らの声はその収録時点ですでに、アメリカの多様性と民主主義を担保するものとして期待されていたということである。

ところで、なぜこのタイミングで、アメリカの「国民文化」が創出されなければならなかったのだろうか。これには、一九三〇年代という強い時代的な要請があったことを、大和田俊之が以下のように指摘している。


それまで「ヨーロッパの辺境」という地位に甘んじていたアメリカは、世界のリーダーとしての存在感を高めるのだ。そして政治的地位が上昇した国家は必ず文化的アイデンティティを必要とする。（略）国際政治上のもう一つの要因としては、共産党の方針転換があげられる。

ヨーロッパに台頭するファシズムに対抗するために、共産党は一九三五年に人民戦線の推進を打ち出している。それは「文化」の定義に関わる重要な路線変更であった。人民戦線路線を採択することで、「文化」は革命を先導するものではなく人民の多様性を反映するものとして捉えられ、階級闘争を刺激するのではなく民衆の生活を理解するための営みとして捉えられるようになる。(34)

大和田は、アメリカの国民性と文化の創出をFWPが試みていた時代的背景に、第一次世界大戦後の政治的地位の上昇に伴ってアメリカが「ヨーロッパの辺境」ではなくなったため、アメリカのナショナリティの定義が必要とされたことと、共産党の方針転換を国際政治上の要因として挙げている。当時のアメリカは、自由主義的資本主義が行き詰まり、大恐慌以降の経済不況を乗り越えなければならず、また社会主義のインパクトもあった。ルーズベルトがWPAのような修正資本主義的、つまり部分的に社会主義的な政策を打ち出すようになったことに象徴されるように、アメリカの一九三〇年代とは、すなわちソ連の社会主義が代替案として説得力をもつような時代だったわけだ。

一方、周知のように共産圏では、伝統的に資本主義社会で抑圧された人々をリアルに描き出す教条的な社会主義リアリズムが尊ばれ、文化を革命に奉仕するための道具もしくは文化を階級闘争の道具として捉える傾向があった。しかし、一九三五年の打倒ファシズムで全世界的に広がった人民戦線が力を増して以後、共産主義は方向転換をする。その結果、文化を多様で多角的なものとして認めるようになり、文化政策を比較的ゆるく考えるようになった。大局的な見方をすれば、三〇年代の世界の政治情勢は、アメリカの資本主義は左に、共産主義は右に、互いに歩み寄り近づいていった希有な時代だったと考えられるだろう。

さてこのＦＷＰは、一九三九年の時点で作家計画（Writer's Project）と名称を変えていたが、真珠湾攻撃後は、戦争動員に素早く適応することになる。たとえば、四〇年代に入ってアメリカ社会がいわゆる戦時中となったとき、そのさらに新しい名称は「ＷＰＡ軍務の作家部隊」（the Writer's Unit of the War Services Subdivision of the WPA）となった。また、ＷＰＡ作家部隊は、兵士向けの余暇のための冊子「軍人の余暇ガイド」や、オハイオ州では『爆撃隊の訓練マニュアル』などのマニュアル本を出している。[35]その後、ＷＰＡそのものが四三年に終了するため、その期間は極めて短かったが、戦意高揚に寄与したという歴史的事実をふまえると、この文化プロジェクトが本来もっていたと思われる戦争へのなじみのよさを認識しておく必要がある。

オルスバーグは、一九三九年八月にプロジェクトを去る。後任のミシガン州のＦＷＰディレクター、ジョン・ニューサムが、全州のガイドをできるだけ早く完成させるよう急がせ、そのかいもあって、四〇年にアフリカン・アメリカンに関するプロジェクトとして『ヴァージニアの黒人』（*The Negro in Virginia*）とジョージアのプロジェクトによる『太鼓と影』（*Drums and Shadows*）[36]が出版にこぎつけ、残りのガイドブックも四一年の終わりまでには出た。三九年九月、議会評決によってプロジェクトが各州に委託され、事実上ＦＷＰは終了する。その名称がプロジェクトからプログラムに変更されたあと、四三年の二月に完全に終了した。[37]その頃には、戦争景気でＦＷＰの作家に対する生活救済の意味は完全に消失していた。そして四三年六月に完全にＷＰＡが終了した。[38]

４　元奴隷の声が記録されるまで

ＦＷＰのイメージをより捉えやすくするため、ここであらためてＦＷＰの構成を説明しておきたい。ＦＷＰは、全米規模で統括をおこなうナショナル・ディレクターを頂点に、州の統括をおこなうステイト・ディレクター、さらには実際に『ガイド』の中身となる各州の情報を現地調査し、それを書き記すリリーフ・ライターという階層関係で機能していた。[39]また、すでにふれたようにナショナル・ディレクターのオルスバーグの下には、一九三三年の時点でフォーク・ソング・アーカイブにキュレーターとして就任していたローマックス、そして彼のフォークロア部門の後任にボトキンがいた。また、ニグロ・アフェアーズと呼ばれる部署のトップに、スターリング・Ａ・ブラウンが就任し、各州から送られてくる原稿をワシントンでチェックした。ブラウンは作家であり、南部の黒人の民衆の生活を方言を用いて描き、彼自身のフォークロアへの理解や地方への憧憬が反映された作品『南部の道』を発表した詩人としてよく知られる。

南部の数州ではプロジェクト内部に黒人ユニットが結成され、アフリカン・アメリカンに関するリサーチが花開いた。なかでもフロリダでは、自発的に州のレベルでスレイヴ・ナラティヴの収集がおこなわれ、やがてローマックスとブラウン、そしてＦＷＰの準ディレクターだったジョージ・

クローニンらによっても、その価値が認識されるところとなる[40]。ローマックスが、より体系的に他の南部の州にもインタビュアーを拡充するべきだと提案し、またブラウンのせき立てもあって、一九三七年四月一日に、奴隷のインタビューがワシントンからの公式な司令のもと、体系的に始められた[41]。こうして、ローマックスがエディターを務めるフォークロア部門が中心になった企画FWPスレイヴ・ナラティヴは、三六年から三八年にかけて計十七州で二千五百人を超える元奴隷のインタビューを収集することになる。

さて、インタビューは、どのような手順で記録されたのだろうか。FWPによる元奴隷のインタビューは、一つが音声によるものであり、十一人の元奴隷が話している録音資料が存在する。当時、使用された録音機は、スーツケースサイズの八十ポンド（約三十六キロ）、「車の後部座席を占める」ような大きさで、百十ボルトの交流（AC）もしくはバッテリーで動き、しかもバッテリーの使用の際には変換器を必要とするような代物だった[42]。現在、この十一人の声は、議会図書館のウェブサイトで一般公開されている[43]。しかし、この十一人のインタビューに関するメモやタイプされた資料は残っていない。もし十一人についての紙に記録されたインタビュー資料が見つかれば音声資料と比較できるため、インタビュー方法そのものが分析可能になると考えられている[44]。

そして、もう一つがその場でインタビュアーがメモとして書き留め、のちにタイプ資料にする手法であり、ほとんどがこのやり方となる。その特徴を見ていくと、一人につき二ページから四ページがFWPスレイヴ・ナラティヴの平均的な長さである。また、当時生存中の元奴隷の二%がインタビューされたものの、インタビューを受けた彼らの三分の二が八十歳かそれ以上の年齢に達し、一五％が九十三歳を超えていた[45]。解放当時は一歳から五十歳までの幅があり、一六％が六歳以下だった[46]ことから、ＦＷＰスレイヴ・ナラティヴについては元奴隷の記憶の不確かさに対する批判があり、その限界について言及する研究者らもいる[47]。また、白人のインタビュアーに対して奴隷制度の体験者が本音を吐露することは難しいのではないか、したがって内容に関してどこまで信憑性があ

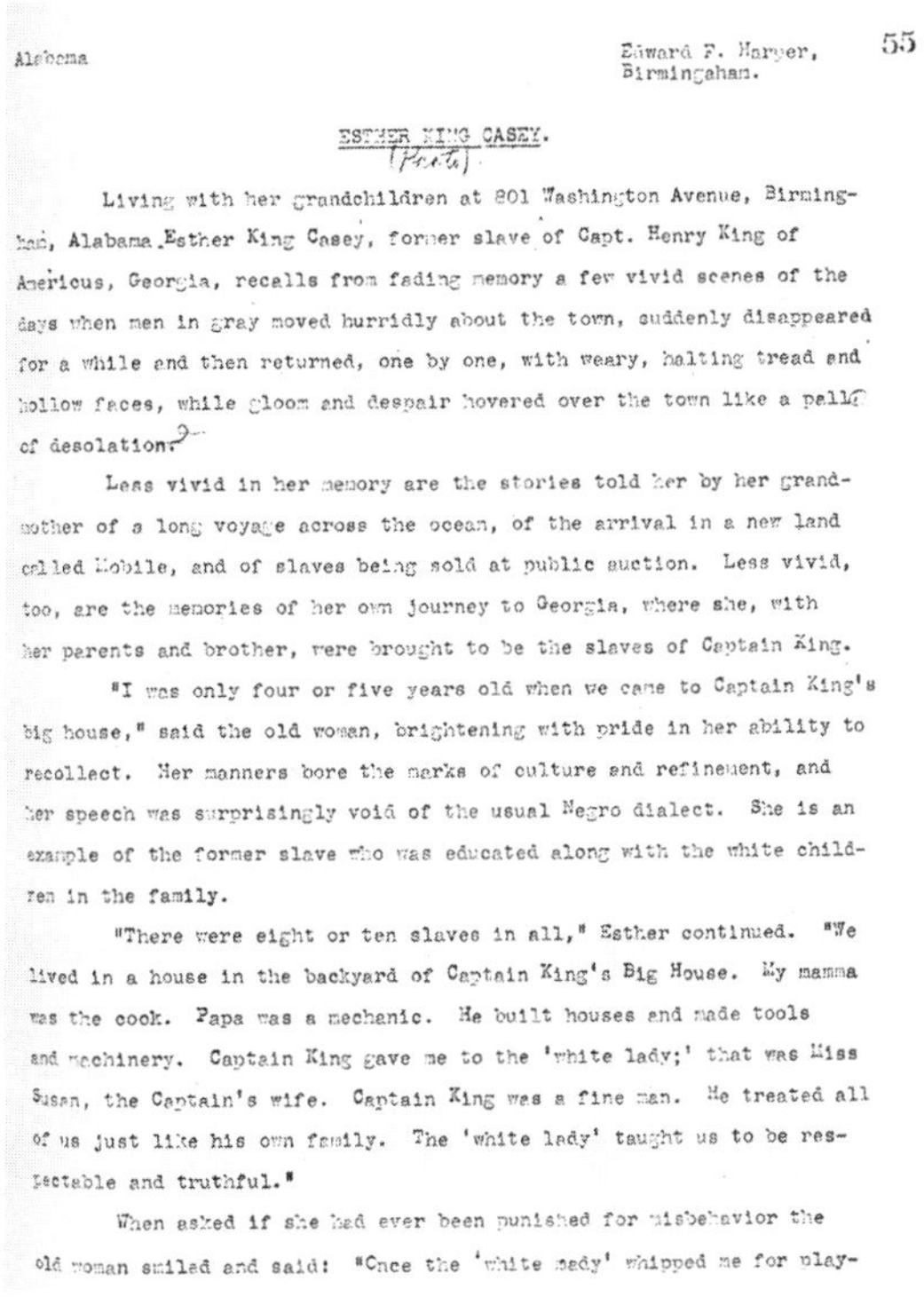

Alabama　　　　Edward F. Harper, Birmingahan.　　55

ESTHER KING CASEY.
(Photo)

Living with her grandchildren at 801 Washington Avenue, Birmingham, Alabama Esther King Casey, former slave of Capt. Henry King of Americus, Georgia, recalls from fading memory a few vivid scenes of the days when men in gray moved hurridly about the town, suddenly disappeared for a while and then returned, one by one, with weary, halting tread and hollow faces, while gloom and despair hovered over the town like a pall of desolation.

Less vivid in her memory are the stories told her by her grandmother of a long voyage across the ocean, of the arrival in a new land called Mobile, and of slaves being sold at public auction. Less vivid, too, are the memories of her own journey to Georgia, where she, with her parents and brother, were brought to be the slaves of Captain King.

"I was only four or five years old when we came to Captain King's big house," said the old woman, brightening with pride in her ability to recollect. Her manners bore the marks of culture and refinement, and her speech was surprisingly void of the usual Negro dialect. She is an example of the former slave who was educated along with the white children in the family.

"There were eight or ten slaves in all," Esther continued. "We lived in a house in the backyard of Captain King's Big House. My mamma was the cook. Papa was a mechanic. He built houses and made tools and machinery. Captain King gave me to the 'white lady;' that was Miss Susan, the Captain's wife. Captain King was a fine man. He treated all of us just like his own family. The 'white lady' taught us to be respectable and truthful."

When asked if she had ever been punished for misbehavior the old woman smiled and said: "Once the 'white lady' whipped me for play-

図1　インタビュアーは、元奴隷から話を聞いた際にメモをとり、あとであらためて図1のようなフォーマットで、タイプして記録している。これが、典型的なＦＷＰスレイヴ・ナラティヴであり、アラバマ州のエスター・キング・ケイシーという元奴隷のナラティヴである。インタビュアーは右上にエドワード・Ｆ・ハーパーと記録している。また、（Photo）という書き込みがあるため、このインタビューには、写真が含まれている可能性が高い
（出典：George P. Rawick, editor. *The American Slave: A Composite Autobiography*. Greenwood Press, 1972, vol. 6, part 1, p. 55.）

るのかという疑問や、だからこそ黒人のインタビュアーが主になって指揮すべきだった、という批判も少なくない。

ただ、それらの批判にもかかわらず、第1章「十九世紀の奴隷体験記《スレイヴ・ナラティヴ》」で論じた十九世紀の奴隷体験記《スレイヴ・ナラティヴ》よりは歪みやバイアスが少ないと考えられていることもまた事実である。[48] たとえば、FWPスレイヴ・ナラティヴの特徴でもあるが、女性からも聞き書きを取ったことが挙げられる。十九世紀の奴隷体験記《スレイヴ・ナラティヴ》のうち、全体の五%にあたる六冊しか女性によるものはなく、[49] しかも自分で書いたのはジェイコブズだけだった。しかし、FWPスレイヴ・ナラティヴの語り手は半分を女性が占めていて、南北戦争前に書かれた奴隷体験記《スレイヴ・ナラティヴ》では白人読者をおもんぱかって避けられていた性的搾取についての話も多く提供された。

また、極力、奴隷の言葉をインタビュアーが編集せずに聞いたとおりに書き取ろうと配慮したことも、FWPスレイヴ・ナラティヴの大きな特徴である。たとえば、ナショナル・ディレクターのオルスバーグがフィールドワークをおこなうインタビュアーらに向けて送ったメモには、「インフォーマントの視点に極力影響を与えないよう配慮するように」、また「可能なかぎり言った言葉に近く(word-for-word)」、各自でレポートを書くようにという指示がある。[50]

ただ、奴隷の言葉をインタビュアーが聞いたとおりに書き取ろうと努力したために、スペルを変えた表記を用いたり、スペルの省略で書いたりもした。したがってFWPスレイヴ・ナラティヴは、これまで「研究者でさえ読みにくいと、インタビューの方言の判読可能性について、不平をいってきた」[51] 性質のものとなった。たとえばIがah、またdoがdoughで表記されることがあり、しかも、どう表記するかはインタビュアーにそのときどう聞こえたかによる。表記のアレンジは千差万別であり、一つの決まったアレンジの形を提示しているわけではない。patrollers だけでも、paddyrollers、padrollers、pattyrollers など数多くのバリエーションがあるといった具合である。ＦＷＰスレイヴ・ナラティヴのこの「音声を重視した表記（phonetic）」という大きな特徴については、たとえば、次のようなブラウンの通達からも、インタビュアーらが当時、試行錯誤しながら記録していた様子がうかがえる。以下は、一九三六年六月二十日に、元奴隷にインタビューを継続中の各州のＦＷＰに向けてブラウンから送られたものである。

方言を記録する際には、読者の興味と注意を保たせるためにシンプルであることが望ましい。私には、読者がスペルミス、コンマとアポストロフィーだらけのページに嫌悪を感じるように思える。発音どおりに書き取ることは、もちろんすばらしい。しかし、ほとんどの芸術家はこれを試みてなしえていない。トーマス・ネルソン・ペイジは方言にはこだわりがあった。私の個人的見解としては、ジョエル・チャンドラー・ハリスはそれほどこだわっていたわけではなかったが、より正確だった。しかし、彼らが追求していた価値は、私が考えているスレイヴ・ナラティヴの本がもつべき価値とは違う。今日の読者は、地方色が豊かだった時代ほど発音どおりに表記されるスペルのやりすぎに慣れていない。（略）イディオムに対する正確さが、発音に対する正確さよりも重要だと私は考える。ジョージアで執筆にあたっているアースキン・コールドウェル、アイオワのルース・サッコウ、そしてフロリダの黒人［企画の名称のこと］

で執筆にあたっているゾラ・ニール・ハーストンは、行き過ぎたスペルミスを用いることなく、話し方に対する正確さをもちえている。このスレイヴ・ナラティヴの巻を、より人々の興味を引くものにするため、そして一般の読者にとっての難解さをやわらげるため、イディオムの正確さが優先されるべきであり、また発音の厳密な正確さは二の次にすべきだと、私は勧告する次第である。（略）通常とは顕著に異なった発音を明らかにしている言葉は、聞こえたように記録すべきである。その地方特有の異なる意味をもつ言葉は、より重要である。しかしながら、味わいや生き生きとしたものがあるフレーズの言い回しが、最も重要である。（略）私は奴隷の言葉で物語が語られるよう、やりすぎた編集や「芸術的」なインタビュアーによる導入部は必要ないことを勧告する。元奴隷の発話の率直さと、インタビュアーの遠回しな言葉やときに誇張したコメントとの間の著しい差異がしばしば目立つ。（略）最後に、黒んぼやニガー、そして「おどけた小さい黒人のおばあさん」といった、その種の表現を推敲から削除することを勧告する。ただし元奴隷自身がそれらの言葉を使用する場合には残しておくように。[52]

ここからは、ブラウンが、目を通したハーストンによる表記方法を高く評価していることがわかる。[53]また、他にもブラウン自身のトーマス・ネルソン・ペイジやジョエル・チャンドラー・ハリスら南部作家に対する見解が垣間見える。そして「ほとんどの芸術家はこれを試みてなしえていない」とブラウンはいう。音声中心の表記のやりすぎを注意する一方で、「通常とは顕著に異なった発音を明らかにしている言葉」や「その地方特有の異なる意味をもつ言葉」を残すよう注意を促していた点は、このＦＷＰスレイヴ・ナラティヴの美点であり、そしてまたＦＷＰというより大きな枠で捉えれば、すでに確認したＦＷＰの「異なる集団の声を聞く試み」が実現されようとしていたと考えられるだろう。

ブラウンは、元奴隷のインタビューの他に、のちの歴史学ひいては文学にインパクトを与える重要な仕事をもう一つおこなっているのでふれておきたい。各州のステート・エディターは、アフリカン・アメリカンの専門家であるブラウンからコメントをもらうために、すべての原稿を彼に提出しなければならず、また彼らは簡単にはブラウンのコメントを無視することができなかった。[54]ブラウン率いるニグロ・アフェアーズは送られてきた原稿のすべてをチェックして、場合によっては言葉の変更や削除を要求することができた。つまり彼には、国家がＦＷＰという文化プロジェクトを通じて提案しようとする人種的なイメージを自ら指示する責任があり、それは国家が発信する書物を通じて国の人種観を変えること、すなわちアメリカ国民に向かってカウンター・ナラティヴを紡ぐことができる可能性を意味していた。

その彼が自ら指揮をとって企画したのが、「アメリカ人としての黒人の肖像」という黒人史編纂のプロジェクトだった。一九三七年から四〇年にかけて、ブラウンは包括的な黒人史の理解のための資料をスタッフに集めさせている。全十九章になる予定だったその本の内容は、奴隷制度から始まり、芸術、戦争、ビジネス、西部での黒人の体験に基づくトピック、スポーツ、商業音楽など多岐にわたった。[55]この本で特徴的だったのは、犠牲者である黒人と抑圧者である白人といった一面的なパラダイムから自由であろうとしたことである。[56]スクラロフは次のようにいう。

ブラウンの「アメリカ人としての黒人の肖像」が目指した最終地点は、公民権運動後の、ユージーン・ジェノヴィーズやローレンス・レヴィーンなど、ＦＷＰスレイヴ・ナラティヴなどの資料を使いながら、白人の伝統的な歴史の言説を修正しようとし、また既存のシステムに対する抵抗のモードを模索する新しい社会史の研究を先取りし、予期させるものだった。（略）レヴィーンの研究のように、「アメリカ人としての黒人の肖像」は音楽、歌、ダンスが奴隷制度以来歴史的にアメリカ黒人にとって「抑圧の痛みを和らげてきた」ことを明らかにした。彼らの資料が提示したのは、パフォーマンスが一つの転覆のモードだったということである。そしてそのモードは、彼らの辛苦をコミュニティ建設に向かわせることを可能にした。（略）こういった国の資金提供による差別、暴力、人種的分離の研究は当時実に革新的であり、原稿の独自性を示している。ＦＷＰのもとで同時に集められていた元奴隷の証言を使いながら、「アメリカ人としての黒人の肖像」の執筆者たちは、「奇妙な制度」をめぐって多様な見方を提示することができた。(57)

残念ながら「アメリカ人としての黒人の肖像」のプロジェクトは未刊行のままとなったが、ブラウンの取り組みは、同時進行していたインタビューで集められた元奴隷の証言から、彼らを生き延びさせたコミュニティの価値、歌や舞踏がもつ創造的な力を見いだそうとする、革新的なものだった。ＦＷＰで、彼が築いた礎石は、一九七〇年代の奴隷制度についての新しい社会史で花開き、ひいては、新・奴隷体験記《ネオ・スレイヴ・ナラティヴ》に影響を与えていくことになるのである。

5　読み書き禁止法の証言

では、FWPスレイヴ・ナラティヴに記録された元奴隷のインタビューを実際に見ていきたい。(58)まず、白人に隠れて苦学を重ねたことを、テキサス州のジェニー・プロクターは次のように回想する。

ジェニー・プロクター（Jennie Jenny ?《（ママ）》 Proctor）八十七歳
サンアンジェロ、テキサス州

誰も本を見たり、勉強しようとしたりってのは、許されなかったよ。もし私らが何か学んだら、白人より賢くなってしまうって言ってね。でも、ウェブスターの古い、青色本の綴り字教科書（blue back speller）をこっそり手に入れて隠してて、夜になったら、小さいたいまつをともして、それでスペルを勉強してたよ。勉強したんだよ。私はね、いまいくらかは読めるし、書くほうも少しだけどできるんだよ。(59)

奴隷のインタビューのなかで、ウェブスターの「青色本の綴り字教科書（blue-backed speller）」

写真1　ジェニー・プロクター
（出　典：Library of Congress, Manuscript Division, WPA Federal Writers' Project Collection.）

またの名「ウェブスターの綴り字本（Webster's spelling book）」で、自力で学んだ奴隷は少なくない。この本は、一八八三年までに七百万部売れ、当時のアメリカじゅうの学校で使用されていた本である。次に挙げるノースカロライナ州のファニー・ムーアも、彼女の父親がその本で学んだことを回想する。

ファニー・ムーア（Fannie Moore）八十八歳
アッシュビル、ノースカロライナ州

黒人は誰も学んだりすることはなかったし、紙に触れることを許されてもいなかったんだよ。

> 私の父は用心深くウェブスターの本を手に入れて、畑の外に持っていって読み方を学んでたよ。白人の連中は恐れていたんだよ。子どもたちが何かを知るってことをね。その子たちが賢くなったら、扱いにくくなるでしょうが。彼らは子どもたちに、あらゆることについて、これっぽっちも知らせようとはしなかったのさ。[60]

彼女の父親のように、読み書きの習得のために自助努力をした奴隷は少なくない。テキサス州のソル・ウォルトンは、そのような奴隷たちがいたことを回想する。

ソル・ウォルトン（Sol Walton）八十八歳
マーシャル、テキサス州

写真2　ファニー・ムーア
（出　典：Library of Congress, Manuscript Division, WPA Federal Writers' Project Collection.）

写真3　ソル・ウォルトン
（出　典：Library of Congress, Manuscript Division, WPA Federal Writers' Project Collection.）

オレたちのいたところでも、ある連中たちは読み書きができたんだ。そいつらは、自分で勉強してたぜ。白人たちは、教えなかったもんな。オレたちが教わることといったら、一生懸命働くことだけだったよ。だけど、病気のときは、白人たちはよくしてくれてたよ。奥さまが、たくさん薬をよこしてくださったりしてな。[61]

白人が全く思いもかけないところで、自分たちが字を学んでいたことを告白する奴隷も存在する。エレン・バトラーは奴隷たちが、白人が監視用に書いておいた食べ物の上の文字、そして奴隷小屋の前に描いておいた文字から字を学んだことを述べている。

エレン・バトラー（Ellen Butler）約七十八歳
ボーモント、テキサス州

白人が出て行くときに、あの人たちは指で、食べ物や小麦粉の上に、字を書いてたよ。わしらが食べ物を盗まないかどうか、そうやって見つけるのさ。ときどきね、あの人たちは、わしらの家の扉の前で、棒きれを持ってきて、字を書いてたよ。わしらの誰かが外出すれば、その地面に書いたもんを誰かが踏んじまうだろう、そうやって主人が監視するってわけなのさ。わしらが字を覚えたのは、そういういきさつなんだよ。(62)

写真４　エレン・バトラー
（出　典：Library of Congress, Manuscript Division, WPA Federal Writers' Project Collection.）

そこには、奴隷が怪しげな動きをした場合、たとえば小屋のドアの前に書かれた文字が踏みつけられていれば、奴隷が自分たちに無断で外出したことが明白となり、また食べ物の上の文字が消えていれば、彼らが食べ物を盗んだということがわかる、という白人の思惑があった。だが、奴隷を監視するための文字によって、奴隷たちが文字を学んだのだとバトラーは回想するのである。

実は、字を覚えようとする最初のきっかけが、意外なことに、白人の子どもからの影響だったケースは少なくない。ここで確認したいのは、奴隷の子どもたちが白人の子どもたちと接触する機会が頻繁にあったという点である。ノースカロライナ州のジョン・C・ベクトンは、読み書き禁止法にもかかわらず、読み書きを覚えた奴隷には、白人の子どもからの影響があったことを、次のように明確に述べている。

ジョン・C・ベクトン（John C. Becton）七十五歳

ノースカロライナ州

主人の子どもたちは、私立の学校にいった。自分たち黒人の子どもは、揺りかごの赤ん坊の面倒を見たり、他の年下の子どもの面倒を見たりした。白人の子どもたちが勉強をするときには、自分も一緒に勉強したよ。彼らが砂の上に字を書けば、自分も書いたしね。主人や奥さまじゃない。白人の子ども。彼らが、自分が読み書きを学び始めるきっかけだったんだ。(63)

だが、次に紹介するテキサス州の元奴隷グリーン・カンビーのように、白人の子どもたちに字を習って覚えたが、その当時は、そのことがもつのちの重要性がわからなかったという奴隷もいる。

グリーン・カンビー（Green Cumby）八十六歳
アビリーン、テキサス州

白人の子どもたちが、夜、私らに読み書きを教えてくれたもんです。でも、そんなに気に留めちゃいませんでしたがな。でもね、それがいまとなっては『聖書』が読めるんです。(64)

写真5　ジョン・C・ベクトン
（出　典：Library of Congress, Manuscript Division, WPA Federal Writers' Project Collection.）

しかし、それは暗黙の了解として、あくまでも子どもたちの間でおこなわれたことであって、主人には知られないように、気をつけなければならなかった。テキサス州の奴隷ウィリアム・ムーアは、次のように回想している。

写真6　グリーン・カンビー
（出　典：Library of Congress, Manuscript Division, WPA Federal Writers' Project Collection.）

ウィリアム・ムーア（William Moore）八十二歳
ダラス、テキサス州
　何人かの子どもらは、わしらに読んでくれたもんさ、新聞や本からちょっとしたもんをな。わしらは新聞や本が、まるでとんでもなく面白いもんのように思えて、のぞきこんどった。だけど、主人のトム様や奥さまには、ばれないようにしたほうがよかったぞ！[65]

読み書き禁止法には、一八三〇年に起こったナット・ターナーの反乱のように、読み書きができることによって知識を得た奴隷が奴隷の反乱を組織することを防ぐねらいがあった。また、第1章で確認したように、三〇年代以降北部で盛り上がったアボリショニズムの印刷物が南部に流入したため、北部での奴隷解放の運動の動きを奴隷に知らせまいとする目的もあった。しかし、ナット・ターナーの反乱が完全に制圧されて以降、大規模な反乱が起きていない[66]ことからも明白なように、奴隷の反乱は成功する可能性が極めて低く、その実行はほとんど現実的ではなかったといえる。むしろ、現実的な選択肢としてあったのは奴隷の逃亡だった。ここでは、識字能力と逃亡の結び

写真7　ウィリアム・ムーア
（出典：Library of Congress, Manuscript Division, WPA Federal Writers' Project Collection.）

写真8　ナイシー・ピュー
(出　典：Library of Congress, Manuscript Division, WPA Federal Writers' Project Collection.)

付きについて見ていきたい。たとえば、アラバマ州の元奴隷ナイシー・ピューは、逃亡の恐れがあったために主人が読み書きを禁止していたことを述べている。

ナイシー・ピュー（Nicey Pugh）八十五歳
プリチャード、アラバマ州
　彼らは絶対に、読み書きを教えちゃくれなかったよ。なぜってね、黒人が何かを覚えるとさあ、思い上がっちまうんだって、それでね、逃げちまうんだってさ。(67)

では、奴隷の識字能力が、どのように逃亡に結び付いていたのだろうか。それが明らかになるのが、以下のインタビューである。奴隷がプランテーションの外に移動する際には、必ず「通行証」を携帯することが義務づけられていたが、奴隷に字が書けるようになると、その偽造がおこなわれた。たとえば、サウスカロライナ州の、祖父がアフリカ出身だったというヘンリー・ブラウンは次のように証言している。

ヘンリー・ブラウン（Henry Brown）〔写真なし〕
チャールストン、サウスカロライナ州

黒人は全員、通行証を持っていなきゃならなかったですよ、出かけるときにはね、奴隷と同じように自由黒人もね。もし、持っていなかったら、裕福な白人が雇ったパトローラーが、こっぴどく鞭で打つんですよ。で、家に戻される。俺の父親は、通行証を人に書いてもらう必要はなかったな。だって、主人と同じくらい上手に字を書けたもんでね。彼がどうやって学を得たか、俺にはわかりませんがね。(68)

少々の違和感を覚えるところではあるものの、元奴隷のなかには、読み書きは禁止されていたが、主人が優しかった、もしくはいい人だったと回想している者は少なくない。

プリシラ・ギブソン（Priscilla Gibson）約八十一歳

ジャスパー、テキサス州

白人連中は読み書きを教えてくれませんでした。でも、いい人たちでしたよ、私たちが逃げ出して、ひどく鞭で打つとき以外はね。[69]

写真9　プリシラ・ギブソン
(出　典：Library of Congress, Manuscript Division, WPA Federal Writers' Project Collection.)

読み書きを覚えた場合の処罰として、指の切断などがあった。たとえば、以下のような証言が残されている。

ルシンディ・ローレンス・ジャードン（Lucindy Lawrence Jurdon）七十九歳

アラバマ州

私の母さんは、腕のいい紡ぎ手だったよ。白人と黒人の両方のために働いてね。これが紡ぎ車（spinning wheel）。まだ使えるよ。いまもときどき使ってる。自分たちの服や靴下なんかも作るのさ。（略）

いいや、私ら黒人は、なんにも勉強なんてしたことないね。もし読んだり書いたりしようもんなら、人さし指をぶった切られただろうね。(70)

読み書き禁止法について、次のように証言する者もいる。読み書き禁止法の根幹にあったものは、

写真10　ルシンディ・ローレンス・ジャードン
（出　典：Library of Congress, Manuscript Division, WPA Federal Writers' Project Collection.）

写真11　ジョン・W・フィールズ
（出　典：Library of Congress, Manuscript Division, WPA Federal Writers' Project Collection.）

奴隷を無知のままにさせておくことであり、それこそが南部がアフリカン・アメリカンにふるった最大の支配力だったと分析するのは、インディアナ州のジョン・W・フィールズである。

ジョン・W・フィールズ（John W. Fields）八十九歳
ラフィエット、インディアナ州

俺たちの間では、ほとんどの黒人は、読んだり書いたりできるようになりたいっていう強い願望があった。俺たちはあらゆる機会を見つけては、自力で学んだ。大多数のプランテーションのオーナーというのは、もしも俺たちが学んだり書いたりしようとするところをとっ捕まえようもんなら、とにかく厳しかったもんだ。法律があったんだよ。もし白人が奴隷を教育しようとして捕まったなら、起訴されて五十ドルの罰金、かつ、懲役を科されたんだ。俺たちは町に行くことを絶対許しちゃもらえなかったし、逃亡するまで俺は知らなかったんだ、町には奴隷以外なら何でも売ってるってね。タバコとかウイスキーとかだ。俺たちを無知にしておくっていうのは、南部が俺たちにふるった最大の支配力だった。俺たちだって、逃げることができるってのは、知ってたさ。だけどそれで何になるってんだ？　たいへんな厳しい処罰が待っていたっていうのに。(71)

南北戦争後、南部諸州の読み書き禁止法は事実上効力を失うことになり、解放された奴隷たちは読み書きを学び始めることになる。オハイオ州でインタビューを受けた元奴隷ジェイムズ・キャンベルは、家族に読み書きができる者がいなかったため、文字を覚えるきっかけがつかめないでいたものの、南部からオハイオ州へと移ったのちにようやく学ぶ機会を得て、幸せだと述べている。

ジェイムズ・キャンベル（James Campbell）八十六歳
ガリポリス、オハイオ州

いや、家族で字の読み書きできるもんは、いなかったですなあ。わしだって読み書きを勉強したのは、北に、オハイオへ行ってからですよ。そりゃあ、私がこれまで取り組んだなかで、いちばん、でっかいことでしたな。でも、それをやり終えてからは、すごく幸せですね。(72)

また、次のような元奴隷もいる。テキサス州の元奴隷ケイトー・カーターは、父親が息子の教育費として残してくれた大金をもとに、二十九歳でアルファベットを覚えるところから勉強を始めている。しかし、解放後もなお苦労を重ねる母親に頼まれて勉強を断念したという。彼は、そのときのことを次のように振り返っている。

写真12　ジェイムズ・キャンベル
（出　典：Library of Congress, Manuscript Division, WPA Federal Writers' Project Collection.）

ケイトー・カーター（Cato Carter）約百歳
ダラス、テキサス州

カーターさんたち〔元主人の家族〕は、自分たちが、わしに読み書きを教えなかったのを悔やんでるって、百回は言ったよ。それで、こう言うんだ。わしの父親がね、五百ドルをこさえてくれたって。わしを、黒人が通うニュー・アリスン学校ってとこにやるためにね。ヤンキーのミス・ベンソンが先生だったよ。わしは、二十九歳だったんだけど、青色本の綴り字教科書から始めたんだよ。しばらくは学校へ通ったね。だけど、ある朝、十時だったんだけど、うちの貧乏で年老いたおふくろがね、やってきて、外へ出てこいって言うんだ。おふくろ、もううんざりだって言うんだ。もう歳をとりすぎて畑で働けないってさ。わしはこう言ってやったんだ。心配するな、オレはいまから家族を大事にする男になった、ってね。それで、もう金輪際、わしのおふくろは、ほんのわずかばかりの給料をかせぐ必要がなくなったってわけだ。（略）それで、学校をやめて、数年間は見つかるもんならなんだってやった。仕事を見つけるのに、苦労はなかったさ。なぜって白人の連中はみんな、ケイトーはいい黒人だって知ってたもの。で、おふくろには、人のいい白人のところにいってもらってね、おふくろは、そこんちの子ど

写真13　ケイトー・カーター
（出　典：Library of Congress, Manuscript Division, WPA Federal Writers' Project Collection.）

もを全部育てたんだ。家族の名前はブライアンっていったな、小さい湿地帯に住んどった。そこの若いのが、うちのおふくろを心底大事にしてくれてね。心配せんでいい、できることは最大限こっちでするからって知らせてきたんだ。おふくろが死んだ際も、弔ってくれようとしたよ。(73)

このケイトーは、学ぶことができなかった人生を淡々と語る。またアラバマ州の元奴隷で、上は六十五歳、下は十五歳の子どもがいるというアンク・ビショップは、識字について尋ねられると、独特の語り口で次のように話している。

アンク・ビショップ（Ank Bishop）八十九歳
アラバマ州
　俺たちは、教会なんかてんで行ったことないし、勉強したこともないぜ！　俺は八十九歳だけどもよう、一行だって読めねえぜ。俺には子どもらがおって、読めるもんもいるぜ。読めねえ子は六十五歳のやつ。でもヘンリーって子が十五歳だけど読めるんだ。で、俺の母ちゃんだけどもよお。彼女、パーリー・ビーズリーって名で通ってんだけどよお。彼女もまた読めなくてよお。でも野良仕事にかけちゃあいい腕しててよお。それでもって俺がいまはいてるズボンも、彼女が継ぎをしてくれて、おまけに、古っちゃけたシャツもそうなんだぜ。(74)

この元奴隷アンク・ビショップのように、ＦＷＰスレイヴ・ナラティヴには、語り口の魅力的な記録が残っていることも多い。「ストーリーテリングは、その振る舞いの注意をそらしたり、相手に悪くとられることを避けるために、元奴隷によって効果的に用いられた技術だった。生存の戦術として高度なレベルにまで発展した[75]」という側面があったことが見て取れる。

次章で論じるラルフ・エリスンも、このＦＷＰスレイヴ・ナラティヴの語りの記録に関心を寄せ続けた作家の一人だが、ＦＷＰに参加したアフリカン・アメリカン作家らのなかには、ＦＷＰで収集した資料や研究を、後年に自身の著作に使用した者も少なくない[76]。

ＦＷＰの官僚が、ＦＷＰを称した表現として残っている有名な言葉を借りるならば、「史上最大

写真14　アンク・ビショップ
（出　典：Library of Congress, Manuscript Division, WPA Federal Writers’ Project Collection.）

の文学プロジェクト（the biggest literary project in history）」は、ついに一九四三年二月に終わる。多くのアフリカン・アメリカン作家を輩出した点、また、ＦＷＰスレイヴ・ナラティヴが、書き言葉によるナラティヴではなく話し言葉で記録されたため、直接奴隷を知らないのちの作家が、彼らの語り口調やそこにインタビュアーという第三者の関与があったことを差し引いたとしても、元奴隷が何を語ったのかを知ることができる資料になった点で、アフリカン・アメリカン作家にとって文字どおり最大の文学プロジェクトであった。

注

（1）Blassingame. "Using the Testimony of Ex-Slaves," p. 83.

（2）Woodward, C. Vann. "History from Slave Sources." *The Slave's Narrative*, p. 50.

（3）「黒人文学全集」（早川書房）というアンソロジーが、日本で、しかも一九六〇年前後の十年間（昭和三十年代）という極めて早い時期に全十三点の大規模なものとして出版された経緯については、西田桐子「昭和三〇年代の日本における「黒人文学」と文学運動の連環——木島始の「戦後詩」・「民衆」・ジャズ」（日本比較文学会編「比較文学」第五十七号、日本比較文学会、二〇一四年）六七—六九ページを参照されたい。

（4）橋本福夫／浜本武雄編『ニグロ・エッセイ集』（「黒人文学全集」第十一巻）、早川書房、一九六二年、三一九ページ

（5）ＦＷＰに参加した四千五百人中の百六人がアフリカン・アメリカンであり（一九三七年当時）、イ

リノイ・プロジェクトにはマーガレット・ウォーカー、ウィリアム・アタウェイ、フェントン・ジョンスン、ニューヨーク・プロジェクトにトム・ポストン、チャールズ・カンバーバッチ、ヘンリー・リー・ムーン、ロイ・オットレイ、ヘレン・ボードマン、エレン・タリー、ワーリン・カニーなどもいた。また、テネシーのガイドブックには、社会学者チャールズ・S・ジョンスンが関わっている。詳しくは、Palmer, Colin A., editor in chief. *Encyclopedia of African-American Culture and History: The Black Experience in the Americas.* Vol. 2, Thomson Gale, 2006, p. 756を参照されたい。また、連邦作家計画に参加したアフリカン・アメリカン作家が各州のユニットでどのような任務にあたっていたかについては、拙著「奴隷の語りをめぐる声と文字の相克――スレイヴ・ナラティヴからトニ・モリスンまで」（九州大学博士論文〔乙〇八六四七号〕、二〇一六年、九一―一〇六ページ）を参照されたい。

（6）Brewer, Jeutonne P. Introduction. *The Federal Writers' Project: A Bibliography.* Scarecrow Press, 1994, p. ix.

（7）Guido, Van Rijn. *Roosevelt's Blues: African-American Blues and Gospel Songs on FDR.* University Press of Mississippi, 1997, pp. 80-81.

（8）*Ibid.*, p. 81.

（9）*Ibid.*, p. 84.

（10）小松聰『ニューディールの経済体制――失業救済政策を中心として』（「アメリカ経済研究シリーズ」第二巻）、雄松堂出版、一九八六年、一二二―一二六ページ

（11）Mangione, Jerre. *The Dream and the Deal: The Federal Writer's Project, 1935-1943.* University of Pennsylvania Press, 1983, p. 42.

(12) 前掲『ニューディールの経済体制』一二八ページ

(13) Mangione, *The Dream and the Deal*, p. 109.

(14) Sklaroff, Lauren Rebecca. *Black Culture and the New Deal: The Quest for Civil Rights in the Roosevelt Era.* University of North Carolina Press, 2009, p. 88.

(15) 石垣綾子『さらばわがアメリカ——自由と抑圧の25年』（三省堂ブックス）、三省堂、一九七二年、一三五ページ

(16) Hirsch, Jerrold. *Portrait of America: A Cultural History of the Federal Writers' Project.* University of North Carolina P, 2003, pp. 50-51.

(17) 宮本陽一郎『モダンの黄昏——帝国主義の改体とポストモダニズムの生成』研究社、二〇〇二年、二九九ページ

(18) Hirsch, Jerrold. Foreword. *Lay My Burden Down: A Folk History of Slavery*, edited by B. A. Botkin, Dell Publishing, 1989, p. xvii.

(19) Hirsch, *Portrait of America*, p. 4.

(20) *Ibid.*, p. 7.

(21) 太田好信『人類学と脱植民地化』（現代人類学の射程）、岩波書店、二〇〇三年、一〇九ページ

(22) Sklaroff, *Black Culture and the New Deal*, p. 4.

(23) *Ibid.*, p. 106.

(24) Bold, Christine. *The WPA Guides: Mapping America.* University Press of Mississippi, 1999, p. 113.

(25) *Ibid.*, p. 5

(26) Brewer, *The Federal Writers' Project*, p. 106.

(27) *Ibid.*, p. 108.
(28) Hirsch, *Lay My Burden Down*, p. xviii.
(29) Hirsch, *Portrait of America*, p. 9.
(30) Hirsch, *Lay My Burden Down*, p. xix.
(31) Hirsch, Jerrold. "Folklore in the Making: B. A. Botkin." *Journal of American Folklore*, vol. 100, no. 395, Jan.-Mar., 1987, p. 18.
(32) Hirsch, *Lay My Burden Down*, p. x.
(33) 前掲『モダンの黄昏』三〇〇ページ
(34) 大和田俊之『アメリカ音楽史――ミンストレル・ショウ、ブルースからヒップホップまで』（講談社選書メチエ）、講談社、二〇一一年、六〇ページ
(35) Sklaroff, *Black Culture and the New Deal*, pp. 118-119.
(36) *Ibid.*, p. 118.
(37) Bold, *The WPA Guides*, p. xiv.
(38) Sklaroff, *Black Culture and the New Deal*, p. 119.
(39) 深瀬有希子「ハーストンと連邦作家計画――「フロリダ・ガイド」としての『彼らの目は神を見ていた』」、松本昇／中垣恒太郎／馬場聡編『アメリカン・ロードの物語学』所収、金星堂、二〇一五年、二三六ページ
(40) Yetman, Norman R. "The Background of the Slave Narrative Collection." *American Quarterly*, vol. 19, no. 3, Autumn, 1967, p. 549.
(41) Ibid., pp. 549-550.

(42) Bailey, Guy, et al., editors. *The Emergence of Black English: Text and Commentary*. John Benjamins Publishing, 1991, p. 161.

(43) アメリカ議会図書館のウェブサイトで公開された元奴隷が語る音声記録のコレクションのなかに、FWPによるインタビューが一部含まれている。詳しくは以下を参照されたい。「奴隷制の日々からの声——元奴隷たちが自身の物語を語る」(http://memory.loc.gov/ammem/collections/voices/)［二〇一八年三月二十八日アクセス］

(44) Bailey, *The Emergence of Black English*, p. 130.

(45) Woodward, “History from Slave Sources,” pp. 50-51.

(46) Ibid., p. 51.

(47) ジョン・W・ブラッシンゲイムは、FWPのインタビューの価値を認める一方で、その調査方法の限界点に関して考察している。詳しくは、Blassingame, “Using the Testimony of Ex-Slaves,” pp. 78-98 を参照されたい。また、Soapes, Thomas F. “The Federal Writers’ Project Slave Interviews: Useful Data or Misleading Source.” *Oral History Review*, vol. 5, 1977, pp. 33-38 も参照されたい。

(48) Blassingame, “Using the Testimony of Ex-Slaves,” p. 84.

(49) Gates, Henry Louis, Jr. “Not Gone with the Wind: Voices of Slavery.” *New York Times*, 9 Feb. 2003. (http://www.nytimes.com/2003/02/09/arts/television-radio-not-gone-with-the-wind-voices-of-slavery.html)［二〇一八年三月二十八日アクセス］

(50) Escott, Paul D. “The Art and Science of Reading: WPA Slave Narratives.” *The Slave’s Narrative*, p. 43.

(51) Gates, *New York Times*.

(52) Brown, Sterling A. "On Dialect Usage." *The Slave's Narrative*, pp. 37-39.

(53) ハーストンが、FWPフロリダに一時期、参加していたという点、また、西洋の小説とアフリカン・アメリカンのヴァナキュラーな口承の伝統との複雑な関係を独創的なやり方で昇華させたのがハーストンの『彼らの目は神を見ていた』(*Their Eyes Were Watching God*) であるというゲイツの評価に鑑みれば、これは本書で取り扱うべき作品ではあったが、奴隷の文学を考察する本書が分析した他の三作品と比較したとき、スレイヴ・ナラティヴとの関係は極めて薄いと思われる。また、彼女の一九三〇年代の仕事は論点が多岐にわたるため、本書では作品分析はしなかった。この点については他日を約したい。ゲイツのハーストンについての評価については以下を参照されたい (Gates, Henry Louis, Jr. *The Signifying Monkey: A Theory of African-American Literary Criticism*. Oxford University Press, 1989, p. 180、ヘンリー・ルイス・ゲイツ・ジュニア『シグニファイング・モンキー——もの騙る猿／アフロ・アメリカン文学批評理論』松本昇／清水菜穂監訳、南雲堂フェニックス、二〇〇九年)。

(54) Sklaroff, *Black Culture and the New Deal*, p. 83.

(55) *Ibid.*, pp. 110-111.

(56) *Ibid.*, p. 112.

(57) *Ibid.*, pp. 112-113.

(58) 引用した資料は、一九七二年から出版された北部での元奴隷の調査も含む関係資料を収録した四十巻に及ぶローウィック版を使用した。なお、デジタル化されたインタビュー「奴隷制度に生まれて——連邦作家計画スレイヴ・ナラティヴ」(http://memory.loc.gov/ammem/snhtml/snhome.html.) [二〇一八年三月二十八日アクセス] も参照した。ここにはそれまで一般公開されてこなかった元奴隷の五百枚の写真も公開されているが、インタビュー資料と写真の紐づけが一部を除いてなされていない状態にある。したがって、インタビューと写真を、残された情報（名前、住所、撮影場所とインタビューが収録された場所と日付）をもとに照合したうえで、本書では一緒に提示することにした。これらの写真は、ＦＷＰスレイヴ・ナラティヴとして収集した当時、インタビュアーが元奴隷にインタビューした際に一緒に撮影したものであり、ＦＷＰの本来の意図としては、別々に保管・公開されるべきものではなかったと思われる。したがって、写真を同時掲載することに意義があると考えた。本書では一部だけを掲載したが、ローウィック版の証言から南北戦争前後の黒人のリテラシーの実態を分類・分析した筆者の「奴隷の語りをめぐる声と文字の相克」五六―九一ページも参照されたい。また、膨大なページ数にのぼるインタビューを分析するにあたって、ローウィック版に掲載された元奴隷の名前、年齢、場所などの情報が、ある程度まで整理されたJacobs, Donald M., editor. *Index to the American Slave*, assisted by Steven Fershleiser, Greenwood Press, 1981が極めて有益だったことを明記しておきたい。

（59）Rawick, George P., editor. *The American Slave: A Composite Autobiography*. Vol. 5, part 3, Greenwood Press, 1972, p. 213.

（60）*Ibid.*, vol. 15, part 2, pp. 132-133.

（61）*Ibid.*, vol. 5, part 4, pp. 129-130.

（62）*Ibid.*, vol. 4, part 1, p. 177.

（63）*Ibid.*, vol. 14, part 1, pp. 94-95.

（64）*Ibid.*, vol. 4, part 1, p. 262.

（65）*Ibid.*, vol. 5, part 3, p. 133.

(66) ナット・ターナーのような大規模の反乱は起こらなかったが、小規模なものはあった。一九三七年のアプセカーによる奴隷反乱と謀議についてのパイオニア的な研究がある。Aptheker, Herbert. *American Negro Slave Revolts*. International Publishers, 1983. 発表された二十世紀初めは、まだフィリップス史学による無力な奴隷像が権威を保っていたため、むしろ輝かしい抵抗の歴史を築いた果敢な奴隷像が打ち立てられた時代的背景を若干考慮しておく必要はあるだろう。アプセカーが武力的な抵抗に注目したのに対し、むしろ奴隷が仮病や労働の怠業という方法で奴隷制度に対する抵抗をおこなっていたとしたレイモンド・バウワー夫妻の「日常の抵抗」についての研究が非常に興味深い。Bauer, Raymond, and Alice Bauer. “Day to Day Resistance to Slavery.” *Journal of Negro History*, vol. 27, no. 4, October 1942, pp. 388-419.

(67) Rawick, *The American Slave*, vol. 6, part 1, p. 324.

(68) *Ibid.*, vol. 2, part 1, p. 124.

(69) *Ibid.*, vol. 4, part 2, p. 67.

(70) *Ibid.*, vol. 6, part 1, p. 243.

(71) *Ibid.*, vol. 6, part 2, p. 78.

(72) *Ibid.*, vol.16, Ohio Narratives, p. 20.

(73) *Ibid.*, vol. 4, part 1, p. 210.

(74) *Ibid.*, vol. 6, part 1, p. 36.

(75) Escott, “The Art and Science of Reading,” p. 43.

(76) Sklaroff, *Black Culture and the New Deal*, p. 109. たとえば、元イリノイ州のＦＷＰライターだったアーナ・ボンタンとジャック・コンロイは、これらの調査結果を一九四五年の彼らの黒人の民間伝承に関する作品『彼らは町を探す』（*They Seek a City*）に、シカゴの社会学者ホーレイス・ケイトンとセント・クレア・ドレイクはその調査を、四五年の『黒人都市』（*Black Metropolis*）に使用した。ニューヨークの元黒人ユニットのディレクターだったロイ・オットレイは、ＦＷＰの資料を四三年の自身の代表作『来たる新世界』（*New World A-Coming*）に用いた。

第2部　文字から声へ

第3章　ラルフ・エリスンとヴァナキュラーな声

1　十九世紀奴隷体験記《スレイヴ・ナラティヴ》と『見えない人間』

ここからは、第1部「声から文字へ」で確認した十九世紀とニューディール期の二つのスレイヴ・ナラティヴがどのように文学作品につながっていくのか、また声と文字の問題がどのように作品で表現されているのかを見ていく。まずここでは、ラルフ・エリスンの『見えない人間』(*Invisible Man*, 1952)を取り上げたい。

作家イシュメール・リードらによるあるインタビューで、エリスンは次のようなやりとりを交わした。

「あなたの『見えない人間』は、奴隷体験記《スレイヴ・ナラティヴ》の焼き直しなのではないですか？　テクニックを借りているというようなことはありませんか？」

ラルフ・エリスン「いいえ、それは偶然の一致です。（略）南から北へ向かう動きは、私の作品にとって基本的なパターンです。その動きのパターンや、出くわす困難はアフリカン・アメリカンにとってあまりに典型的なものですから（私自身が母に連れられて、一九二〇年代のわずかな期間と、そして再び三六年に北に移りました）、フィクションの物語を作るのに、奴隷体験記《スレイヴ・ナラティヴ》の影響の大きさも、それがもつ潜在的な力もどちらも必要としませんでした。自分が自伝を書いたとしても、同じ構図を使ったでしょう(1)」

たしかにエリスンが言うとおり、大移動《グレードマイグレーション》の経験を描いたら、結果的に動きが重なっただけなのかもしれない。しかし両者の共通性は、移動の軌跡が重なっていることだけではないのである。第1章でもふれたフレデリック・ダグラスは、北部への逃亡、アボリショニズムの政治集会での演説を経て、やがて逃亡奴隷としての自分の半生を書くまでになった。同様に『見えない人間』の主人公も、南部から北部へ行き、苦労の末ようやく政治集会で演説をすることで生活の道筋をつけられるようになる。さらには演説による政治活動をおこないながら、最後のエピローグでは、自分のこれまでの経験を書いていくだろうことを示唆する。両者のプロットはあまりにも似通っているのである。

もしエリスンが言うように、本当に『見えない人間』が奴隷体験記《スレイヴ・ナラティヴ》の焼き直しではなかったのだとすれば、『見えない人間』に奴隷体験記《スレイヴ・ナラティヴ》の影がどこか付きまとうのはなぜなのか。それを理解するためにも、ひとまずエリスンの主人公の道行きを追ってみたい。主人公が、南北に移動することの意味について、さらにエリスンは次のように言う。

> 語り手は南部をあとにして北部へ向かいます。この動きは、黒人の民話を読めばわかりますが、常に自由への道、つまり上に向かう動きを表しています。語り手が地下の穴倉から外に出るとき、また同じ動きをするわけです。[2]

南から北へと主人公が移動しているこの作品は、自由の方角に向かっているのであり、またそのことは、フォークロアと同様に下から上へと向かう動きをも表している、とエリスンはいう。たとえば、「フライング・アフリカン」というある有名なフォークロアは、奴隷が奴隷制度がある南部から空を飛んでアフリカへ帰ったという古い伝承だが、そこでの空や上という方向は、自由や解放を象徴する。そもそも南から北へ、そして下から上へという方角は、奴隷制度以来、黒人霊歌に多く歌われていて、たとえば五線譜で記録された最古の黒人霊歌集には「出エジプト記」の「カナーン」(Canaan)が出てくるが、[3] それはダブルミーニングとして奴隷の逃亡先のカナダも意味した。また、ダグラスの発行した新聞は「北極星」(*North Star*)だったなどその例は枚挙にいとまがない。北と上は、彼らにとって常に自由の象徴だった。

『見えない人間』でも同様である。たとえば、マージョリー・プライスは「エリスンが示唆しているように、歴史的に北への道は「自由への道」だった――フレデリック・ダグラス、イライザ、『アンクル・トムの子供たち』、ジェイムズ・ボールドウィンの『山にのぼりて告げよ』のフローレンス、そして見えない人間に奴隷制度の歴史を思い出させるエリスンのブラザー・タープ（略）[4]」と述べる。イライザとは、むろん『アンクル・トムの小屋』に登場する、自由州オハイオを目指して凍ったエリー川の上を赤ん坊を抱えて走るイライザだが、それらの作品だけではなく『見えない人間』もまた、自由の象徴性が付与された北へと向かう移動の物語を踏襲していると考えられる。このような典型的な南から北に向かい自由を求める移動の物語を読み書き能力の問題として取り上げたのが、ステプトである。

2　リテラシーと自由の神話

ステプトは、一九七九年に発表した『ヴェールの後ろから――アフロ・アメリカンのナラティヴ研究』で、アフリカン・アメリカンにとってリテラシーがその行動に大きく作用するものであり、中心的主題だったということを論じた。それによればアフリカン・アメリカン文化には、読み書き能力を得ることが主人公に自由をもたらすという神話がおしなべて存在するという。

まず最初に、アフリカン・アメリカンの文化には（略）私が「原初的な神話」と呼ぶもの、すなわち文学のフォームに先立って存在しているだけでなく、最終的に所余の文化の文学的カノンを構成する表現形式を生み出すような共有された物語、もしくは神話がある。アフリカン・アメリカンにとって最も重要な「原初的な神話」は、自由とリテラシーの探求である。(5)

ステプトによれば、アフリカン・アメリカン文学でも、リテラシーの獲得によって自由（北への移動）が得られるというテーマが一つの伝統として共有されてきたのだという。たとえば、自由とリテラシーの神話で主人公が南から北へ自由を求めて移動する物語を、彼は「上昇のナラティヴ（ascent narrative）」と呼ぶ。「上昇のナラティヴ」では、文字どおりの意味で、あるいは抽象的な意味で読み書きがおぼつかない者が、象徴的な北部へ儀式的な旅に出かけようとする。その人物がより自由になるためには、リテラシーの能力を増さなければならない。またその物語の結末は、北で彼もしくは彼女が十分な読み書きを習得して発言力をもつようになるという意味で自由を獲得することができるというものだ。(6)

このようなステプトが提示したリテラシーをめぐる神話を『見えない人間』に当てはめたとき、主人公は、識字はあっても実際は読んでない、あるいは、文字を見ても書かれたこと以上のことは見えていないという意味で、リテラシーの欠如に陥っているようである。たとえば、大学の奨学金証書のエピソードがある。高校卒業の際に、彼は地元の白人の有力者たちからある集まりに誘われ、そこで演説を頼まれる。しかしホテルの会場へ行くと、他の黒人学生と一緒にバトルロイヤルに参加させられ、電流が流れる絨毯の上を下着一枚でお金を拾うよう言われて、感電する。白人のお遊びに必死に耐え、そのあとでけなげに演説をやりとげると、主人公は壇上で白人の有力者たちから折りかばんを送られる。「言われたとおり、震える指で新鮮な牛革の匂いを嗅ぎながら開けると、なかには正式な文書らしきものが入っていた。それは黒人州立大学の奨学金の文書だった[7]」

このかばんは黒人の運命を決める書類でいっぱいになるだろう、という言葉を白人にかけられ、大学の奨学金を手にした彼の目からは喜びのあまり、感極まって涙があふれてくる。それは、主人公が白人に従順な模範的黒人として、白人社会で成功することが約束された栄光の瞬間だった。しかし、その晩、彼は次のような夢を見る。

その夜、祖父と一緒にサーカスを見に行った夢を見たのだが、夢のなかで祖父は、道化師がどんなしぐさをしても決して笑わなかった。あとで祖父は、折りかばんを開けてなかに入っているものを読むよう僕に言った。言われたとおりに開けてみると、州の印が押してある正式な封筒が一通入っていた。（略）「そいつを開けてみろ」。僕が封を切ると、なかには意匠文字の書類が入っていて、金文字の短いメッセージが添えられてあった。「それを読んでみい」。祖父が言った。「大きい声で！」

「関係各位」と僕は抑揚をつけて読んだ。「この黒人少年をずっと走らせよ」

老人の笑い声が耳に響いたかと思うと、僕は目が覚めた。[8]

この夢には、元奴隷であり、すでに他界した祖父が出てくる。祖父が「道化師」のしぐさを見ても笑わないことから、この「サーカス」とはミンストレル・ショーの隠喩だとも解釈できるだろう。また、州の印がついた正式な封筒のなかに「この黒人少年をずっと走らせよ」と書いてあるのは、黒人に対する社会的・政治的差別を規定したジムクロウ法下の南部の社会システムが、いわば「正式」に彼の人生を翻弄するという含意だろうと考えられる。祖父はそれを読ませて、前途洋々とした気分の主人公に、昼間もらった折りかばんに入っていた奨学金の文書の本当の意味を理解させようとする。この文書は主人公を自由にするものではなく、彼に無駄骨を折らせるだけであることを、祖父は夢を通じて彼に悟らせようとするのである。

ジュリア・アイチェルバーガーの指摘にもあるように、このエピソードは、奴隷制度の時代に、字が読めない奴隷たちに対しておこなわれていた通行証をめぐる計略に非常によく似ている[9]。第2章「二十世紀の連邦作家計画《FWP》スレイヴ・ナラティヴ」のFWPスレイヴ・ナラティヴにも、通行証の話が収録されている。字が読めない奴隷たちは偽の通行証を与えられ、近所のプランテーションでその通行証を提示するように言われていた、という。ある奴隷は次のように回想する。

> パトローラーという人たちがいたよ、家の外にいたあんたを捕まえて痛い目にあわせて、それで主人に送り届けるっていう連中さ。もし主人に奴隷がおって、そいつが全然、従わないなら（手ごわい者もおって、そういったもんは主人のことなんて気にも留めてなかったね）、主人は他のプランテーションに行きたいかどうか奴隷に尋ねる。もし奴隷が行きたいといったら、主人は通行証を与えてね。こう書いてあった。「この黒んぼを、痛い目にあわせろ！」って。もち

ろん、パトローラーや他のプランテーションの主人はその通行証を読むから、その奴隷をほとんど死んじまうまでぶん殴って、それで送り返すんだ。もちろん、黒んぼは読めなかったもんだから、通行証には何が書いてあるかわからなかったんだ。[10]

このFWPのスレイヴ・ナラティヴを参考にすると、祖父が主人公にわざわざ大きな声で読ませた奨学金の文書の内容は、奴隷制度の時代におこなわれたからかいや計略に実によく似ている。折りかばんを携帯する主人公は、中身が白人社会での成功を約束する証書と思っているが、何が書いてあるのかがわからないまま、という状況だからである。またそこには、『見えない人間』の主人公も、奴隷制度の時代の奴隷と同様、リテラシーがない状態だと示唆しているといえるだろう。

もちろんそれは、奴隷制度の時代の文字どおりの字が読めないというリテラシーの有無を意味するのではない。ナイーヴな主人公は奨学金の文書を目で見て、文字としては読むことはできるが、その文書は決して主人公を自由にする「通行証」ではない、ということが理解できない。そのように限定された理解力のリテラシーである。そのために、偽りの「通行証」では、北部へ行っても主人公は周りに翻弄され続けるばかりとなる。したがって、主人公は「白人社会の象徴体系を認識するという作業[11]」を続けなければならない。

また、「この黒人少年を走らせよ」というメッセージは繰り返し、北部での就職活動の際に本人が携えた手紙を通じて現れる。南部の黒人大学をある事件を機に追い出された主人公は、北部で学費をかせぐよう学長のブレッドソーから言われるが、その際に持たされた七通の紹介状はすべて次のようなものである。

しかしながら（略）この青年が最終的に退学が決定したことを知らないのは、当大学にとっていちばんいいことです。と申しますのも、秋に学業のために復学することが、彼の希望であるからです。ですが、彼が私たちからできるかぎり遠ざかったところでこのむなしい希望を抱き続けることが、私たちが献身的に打ち込んでいる偉業のためにはいちばんいいことなのです。（略）この元学生が地平線のように、希望に満ちた旅人のようにはるか遠くに、いつも輝きながら退いていく約束をもち続けるよう、ご指導のほどどうぞよろしくお願い申し上げます。

敬白

あなたの卑しい召使Ａ・ハーバート・ブレッドソー(12)

封を開けてはならないというブレッドソーの言い付けを誠実に守る主人公は、次々と就職活動に失敗するが、この手紙も、何が書いてあるのか自分だけわからない不可解さがある点では、昔の奴隷にとっての「通行証」と同じ意味をもつ。手紙の真実を知った主人公は愕然とする。宿に戻っても怒りが収まらず、手紙の文面を思い返し、怒りを爆発させながら彼は大声で復唱する。彼は、手紙というテクストをコントロールできないため、自分の人生をコントロールすることができない。この作品で、「通行証」は、主人公がまだ字を読めない者であることを示唆しながら、リテラシーの権化として彼に絶対的な力を振るう。

手紙はさらにもう一通、主人公の元に届く。主人公は、生活のために、ニューヨークで共産党とおぼしき政治組織ブラザーフッドで働くことになり、ブラザーフッドの幹部ジャックから新しい名前を書いた紙を渡される。別の名前となって演説をおこなううちに、つい彼は組織のイデオロギーではなく、彼自身の言葉で民衆に語りかけて評判を得るようになる。すべてうまくいっているように思えたが、ある朝、匿名の妙な手紙が届く。「偉くなりすぎたら、連中に殺されることを忘れないでください。あなたは南部の出身だから、ここが白人の世界であることをご存じでしょう[13]」。それでも、その手紙を読んだ主人公はショックを受けながらも、漠然とした不可解さと不安にかられるだけであり、この期に及んでも、まだ祖父のような心眼をもつことはできない。

ブラザーフッドと決別してハーレム暴動に巻き込まれ、追っ手から逃げ回るうちに地下に落下したとき、彼は明かりをとるために折りかばんのなかから紙類を取り出して火をともす。一つずつ書類を焼いていったその灯火のなかで、そのときの匿名の手紙と、ブラザーフッドから渡された新しい名前を書いた紙を取り出して、両者をまじまじと眺める。

> 燃え尽きそうな二つの用紙の筆跡を、手をやけどしながらもじっと見ているうちに、愕然としてひざをついた。どちらも同じ筆跡だったのだ。僕は仰天してひざまずいたまま、二つの用紙を燃やし尽くす火を見守っていた。ジャックが、つまり日付が新しい手紙をよこした匿名の送り主が全く同じペンを用いて、僕に名前をつけたうえに、僕を走り続けさせたとは、あまりにひどい。いきなり僕はわめきだし、暗がりのなかに立ち上がると、壁にぶつかったり、石炭

を蹴散らしたり、憤りのあまり細かい火を消したりしながら、むちゃくちゃに走り回った。[14]

このように、手紙と紙片の筆跡から、自分の味方だと思っていた組織の幹部のジャックが、自分を「走り続けさせ」、つまりブラザーフッドのために精力的に働かせたあげく、死を警告した手紙を自分に送ってきていたことを知り、地下で主人公は怒りを爆発させる。暴れ回ったあげくに、彼はさらに地中深く、真っ逆さまに下に吸い込まれるように、広大な部屋に落ちてしまう。このように地中に落ちる最後の最後まで、主人公はテクストの力を握る者たちに翻弄され続ける。そして、ステプトが「彼は、自分自身を書くことによって——おそらくただ、そこから書くことによって——自分の状況から自らを救い出すことができるようである」[15]と指摘するように、地下に落ちた主人公は、これまで彼以外の誰かが握っていたテクストの力を、今度は自分自身が身に付けることになる。たとえば彼が地下で、次のように語る描写がある。

> なぜ僕は書くのか、拷問のような苦しみを味わいながら、なぜ書き留めようとするのだろうか。(略)いくつかの観念が僕を忘れさせてくれない。それらの観念が、無気力や自己満足に陥った僕をめがけて続々と押し寄せてくるのだ。なぜ自分は、こうした悪夢を見なければならないのか。一体、なぜ自分は取り残されて、書くことに打ち込む運命にあるのだろうか。——それは、少なくとも数人の人たちに伝えるためである。どうも逃れられそうにない。[16]

そこにあるのは、「運命」と表現される、主人公とリテラシーの結び付きのあまりの強さである。あたかも、今度は書く行為そのものにとらわれているようであり、地下で偽りの「通行証」を初めてすべて読めるようになり、いわば読む力を手にした主人公は、今度は書く力を手にしないかぎり、自由の方向（上）には出られない。逆にいえば、テクストを完全にコントロールする力を手にできない以上は、無為に走らされ続けることになる。ダグラスが、自分自身のテクストの創造者になったように、主人公自身が自分のテクストの創造者にならなければならず、そのように「運命」づけられているのである。以上のように、ステプトが提起した「リテラシーと自由の神話」、いわばリテラシーという自由を希求する同じベクトルをもつからこそ、エリスンの主人公と奴隷体験記《スレイヴ・ナラティヴ》の主人公の自由を求める移動の軌跡は、結果的に重なっていくのである。

3　声を求める旅

前掲のステプトによれば、「上昇のナラティヴ」で、リテラシーと自由を北（上）で主人公が手にする移動の逆向きのベクトル、つまり南下する「下降のナラティヴ（immersion narrative）」が存在するという。それはかつて自分が慣れ親しんだ民族の共同体的な態度を失ってしまった主人公が、民族としてのつながりを求めて、北から、自身の古巣ともいうべき象徴的な南部へと下る旅である。「下降のナラティヴ」について、ステプトは次のように述べる。

（略）上昇のナラティヴのヒーローもしくはヒロインは、物語の最も抑圧的な社会構造で慣れ親しんでいた共同体的態度を、些細な抑圧的な環境のなかで――よくいえばある種の孤独、悪くいえばある種の異邦人の感覚だが――新しい態度のために喜んで捨てなければならない。この上昇のナラティヴの後半部は疑いようもなく、伝統という名の下降するナラティヴの幕開けと展開になる。というのも下降のナラティヴは根本的に、象徴的な南部への儀式的な旅の表現であり、そのなかで主人公は、孤独が強いる諸状況を跡形もなく消し去ることはできなくても癒しはしてくれる一族のリテラシーの諸相を探求するのである。(17)

ステプトによれば、「上昇のナラティヴ」で北に向かった主人公は、北でリテラシーと自由を増大させる一方で、自分が慣れ親しんだ集団的紐帯を失ってしまう。そこで象徴的な南部への儀式的な旅を通じて、孤独な主人公は集団としてのアイデンティティを回復できる。「一族のリテラシー」の習得、つまりは民族的紐帯が回復されたとき、自分の孤独が癒されるという意味で主人公は自由になるという。(18)ステプトの「一族のリテラシー」としては、たとえば『見えない人間』で考えられるのは「タープの鉄の足かせ、メアリー・ランボーの「にたにた笑う黒い」貯金箱、トッド・クリフトンのサンボ人形、そしてラインハート的な黒いサングラスと山高帽(19)」などである。ステプトによれば、主人公は「それらをどう読むか知っていると思っているが、しかし彼は単に知っているだけか、ごく限られた方法で読んでいるだけである(20)」ため、彼は、象徴的な南部への旅を通じて読解できるようにならなければならないのだ。

ステプトの「下降のナラティヴ」をふまえたとき、エリスンの短篇「フライング・ホーム」のトッドが落下してジェファーソンというストーリーテラーに、そして『見えない人間』で主人公が奴隷小屋でトゥルーブラッドというストーリーテラーに出会うことは、「下降のナラティヴ」として理解できるだろう。そのとき、ストーリーテラーたちと出会う象徴的空間としての下／南には、アフリカン・アメリカンの共有体験が内包されていて、彼らとの出会いによってエリスンの主人公たちは、過去から現在まで民族によって共有された遺産（奴隷制度という負の遺産も含め）を自らの身のうちに引き継いでいくことが可能になる。

以上の二つのナラティヴ論を通じて、ステプトが問いかけるのは、いわゆる白人社会で発言力を増すためのリテラシー（「上昇のナラティヴ」による）と、自分が帰属する集団での発言力を増すためのリテラシー（「下降のナラティヴ」による）を、はたして両方獲得することは可能か、ということである。ステプトは、「探求的主人公は（略）識字的生存者であり、また一族の言葉を習得した者たりうるか？[21]」と述べ、二つの方向へのベクトルを一人の人間が引き受けること、彼らの言葉と自分たちの言葉の両方を自在に操ることができるのだろうか、と問いかけているのである。

このステプトの問いに対して、まずラルフ・エリスンという作家自身が、そのキャリアのなかで自分たちの言葉であるヴァナキュラーな声についてどれほど関心が高かったのかを、彼とＦＷＰとの関わりで残されている記録から確認し、次に再び『見えない人間』の作品分析を進めながら、最後にステプトの問いかけについての答えを出したいと考える。

4　エリスンの未完のプロジェクト

エリスンのＦＷＰでの仕事の多くは、市立図書館での黒人史の発掘だった。そのときの成果があとになって出版された『ニューヨークの黒人』（*The Negro in New York*, 1967）であり、この本は一六二六年から一九三〇年までの黒人史である。また、このプロジェクトののちにエリスンはフォークロア・プロジェクトに配置され、黒人の子どもの間に伝わっているお話（lore）やゲーム、韻をふませた言葉遊びであるライムを研究し、また資料を集めるために、ハーレムの数百人の黒人家族と話をした。[22] 彼は週五日、一九三八年から四二年の四年近くにわたってＦＷＰで働き、プロジェクトを去る最後の作家の一人となるまでいた。しかもエリスンは晩年に至るまで他の作家よりもＦＷＰについての発言を多くおこなっていることから、彼の作品に与えたＦＷＰからの影響の大きさをうかがい知ることができる。

エリスンの伝記を記したマーク・バズビーによると、エリスンはＦＷＰで執筆と人生に対する見解に影響を与える多くの経験をしたという。なかでも、「彼の執筆に与えた最も重要な影響のうちの一つは、スペルのミスによって方言を伝えようとすることよりも、むしろイディオムを捉えるというテクニックを向上させた[23]」ことであり、ＦＷＰでのエリスンは、アフリカン・アメリカンの話し言葉の表記方法の技術の向上に取り組んでいた。要するに、ＦＷＰから作家になっていくプロセスで、アフリカン・アメリカンのヴァナキュラーをどのように書き取るかに関心が向いた点に、エリスンの大きな転換があった。たとえば、エリスン自身がＦＷＰについて語った重要なインタビューがある。

私はアフロ・アメリカンの話し方を、どうやってスペルミスに頼ることなしに描写するかという問題を抱えていました——イディオムという解決法を得るまではね。もちろん、音楽家の耳を私は持っていましたし、それでもって取り組んでいました。（略）私はニューヨークの知識人と——〔ニューヨーク・フェデラル〕ライターズ・プロジェクトで、面識をもつようになりました。なぜならライトが私を、アメリカ作家協会の人たちに紹介してくれたからです。彼らと会うようになったんです。当時はそれが可能だったんですよ！　そして、おわかりのように、自分がどれほどのものかを見定めるようになりました。私が何かを学ぼうとするなかで、非常によく知られたアフリカン・アメリカン作家と話をして、彼らが文学で何が起きているのか意識していないということに気づきました。イデオロギーの点では共有できることもありましたが、彼らの多くが左派の人たちで、テクニックの問題については私とは話をしなかったので、テクニックについて議論はできませんでしたね。（略）いくつかのことをやりましたが、主にやったことは、『ニューヨークの黒人』というタイトルの本でした。リサーチに入ったとき、自分はアメリカの歴史に関わっているとわかりました。それ自体のなかに学びがありました。私はフォークロアの本のプロジェクトでも働きました——Ｂ・Ａ・ボトキンが、何とかいうところのトップで、私は直接、彼の下で働いていたというわけではなかったんですが。子どもの言葉遊びやゲームの歌などを集めました。だけど、老人たちに質問するチャンスを得ては、話をしてもらっていました。収穫は大きかったですよ。本当にすごいものでした。(24)

このようにエリスンは、誤記による話し言葉の描写から、イディオム、すなわち特有の言い回しを捉える手法を獲得し、さらには「老人たち」が話すのを聞いて、ヴァナキュラーを文字に書き取ることへの関心を強めていった。たとえば以下のエリスンの回想を見てみたい。

私は遊び場を点々とほっつき回りました。ストリートやバーも回っていましたよ。数百ものアパートの建物に寄りました。扉をちょっとノックしてね。彼らが話を始めてくれるよう、僕が作り話をしたものです。それからゆったり腰を降ろして、可能なかぎり正確にそれを書いていくんです。ときどき八番街のあたりに座ってる、話したくて話したくてもうしょうがないっていう人たちがいたんですが、そんな場合は、それほど彼らをのせてあげる必要はなかったですね。(25)

こうして子どもの遊び場からストリートを経てバーへとエリスンは移動し、老人たちから話を収集する。エリスンは、おそらく最初は音楽家としての自分の耳のよさに頼り、ヴァナキュラーな英語が発音されたとおりに筆記するアプローチで、やがてはイディオムを捉える手法で、老人たちの話を記録していったと推測される。後年、エリスンは、他の多くの作家がアメリカ国外に移住したにもかかわらず、あなただけいまもハーレムで暮らしているのはなぜかというインタビューを受け、書くためには、彼らの言葉を聞く必要があるからだ、と答えたことがある。

なぜ私が常に黒人のそばで、暮らすのかですって？　なぜなら、言葉を聞かなければならないからです。私の媒介物（medium）は言葉です。事実、アメリカの言葉にはたくさんの黒人のイディオムがあります。私はそれが発音されるのを自分の耳で聞かなくてはなりません、聞かなくては。ハーレムのような場所、もしくはどんなアメリカの黒人コミュニティでも、ほとんどエリザベス朝のような言葉の豊かな表現力があります。物事は、ストリートでの話し言葉のなかで、明らかになるんです。（略）そしてひょっとしたら、私が通りで何かを聞こうとするときに、それは、私が書こうとしているフィクションの断片になろうとしているのです。(26)

つまり、エリスンにとってFWPとは、いまだ続く未完のプロジェクトだったのではないか。ハーレムに残り、無名の語り手たちに耳を傾けながら書いた彼は、FWPが終了してからもずっと一人で、FWPをやり続けていたのだといえるかもしれない。というのも、プロジェクトが終わってずいぶん時間がたって以降もなお、彼はFWPスレイヴ・ナラティヴに目を通しているからである。

でも最近まで、歴史家たちは、この資料を気にも留めませんでした。極めて多くの仕事がW

PA（略）の時代におこなわれ、そのときに多くの元奴隷がインタビューを受けました。私は最近オクラホマのライターズ・プロジェクトで収集されたいくつかの資料を読んでいました。その男が語ったところを読み、彼の名前を目にして、それで自分が知っている人だと気づいたんです。私がそこで子どもだった頃、彼は八十歳代でしたけど、長生きしていたんですね。彼が奴隷だったとは、その頃は思いつきもしませんでしたけど。事実、オクラホマに行った人々の多くがなんらかの奴隷制度の経験があったわけですが。(27)

これはエリスンが直接関わったプロジェクトではなく、またオクラホマ州のどの元奴隷について述べているのかもわからない。しかしプロジェクト終了後も、彼はFWPの資料に目を通し続けている。このようなエリスンのFWPスレイヴ・ナラティヴへの興味も、やはり無名の語り手の語りを聞くという行為に対するものではなかったか。声の語りが文字で記録されたFWPスレイヴ・ナラティヴは、厳密にいえば、エリスンがハーレムで耳を傾けた音声という意味での生きた声の語りではない。だが、ハーレムで目の前で語られた誰かのヴァナキュラーな語りを紙に書き取る仕事をおこなってきた彼にとって、その逆の行為、すなわち、紙に書き取られた文字を目で読みながら奴隷の声を再生し、一九三〇年代同様、それらに耳を澄ませることは案外容易なことだったのかもしれない。

5　FWPインタビューと『見えない人間』

すでに確認したように、FWPでのエリスンは、ヴァナキュラーな語りへの関心を高め、次第に表現の特有な言い回し、印象的なフレーズを捉えていくことで声の語りを文字に書き表していく「イディオムという解決法」という手法を取り入れていく。たとえば、「一九三九年四月三十日に、エリスンがハーレムの西の百四十七丁目に近いセント・ニコラス・アベニューで出会った[28]」という、プルマン列車のポーターの語りを見てみたい。

> 俺はニューヨークにいる、だけどニューヨークが俺んなかにいるわけじゃない、わかる？（"I'm in New York, but New York ain't in me. You understand?"）　俺はニューヨークにいる、でもニューヨークが俺んなかにいるわけじゃないんだ。俺が何を言ってるかだって？　聞けよ。俺は、フロリダ、ジャクソンビルの出身だ。ニューヨークにきて二十五年。俺はニューヨーカーってわけだ！　でも、俺はニューヨークにいて、ニューヨークは俺んなかにはないぜ[29]。

「ニューヨークが俺んなかにいるわけじゃない」（"New York ain't in me."）は、おそらくニューヨークに染まっていないという意味で使用されていて、これが、プルマン列車のポーターが作り出したイディオムだと思われる。エリスンはこれが気に入ったのか、彼が十数年後に執筆する『見えない人間』にも明らかに類似した箇所がある。たとえば、作品中、主人公が身を寄せることになる下宿屋のメアリーが主人公に語る場面である。

このハーレムの罠にはまっちゃだめだよ。わたしゃニューヨークにいるけど、ニューヨークに飲み込まれているんじゃないんだからね、私の言ってることが、わかるかい？（“I'm in New York, but New York ain't in me, understand what I mean?”）(30)

『見えない人間』の邦訳本で、松本昇の日本語訳が原語のニュアンスを残しながら、「ニューヨークに飲み込まれているんじゃないんだからね」と訳しているように、直訳すると「ニューヨークは自分に入っていない」（“New York ain't in me”）とは、やはりニューヨークに染まっていないというイディオムだと理解していい。こうしてエリスンが『見えない人間』のなかで、「彼が出会って、インタビューした実在の人々のフィーリングを響かせる」(31)とき、そこには「捉えたイディオムを文字化するというテクニック」(32)が使われるようになる。しかし、エリスンが同様にＦＷＰで記録した、次の引用の傍点部のような、語り手と聞き手であるエリスンとのコミュニケーションの様子にも注目しておきたい。

俺はニューヨークにいる、だけどニューヨークが俺んなかにいるわけじゃない。わかる？

俺はニューヨークにいる、でもニューヨークが俺んなかにいるわけじゃないんだ。俺が何を言ってるかだって？　聞けよ。俺は、フロリダ、ジャクソンビルの出身だ。ニューヨークにきて二十五年。ニューヨーカーってわけだ！　でも、俺はニューヨークにいてニューヨークは俺んなかにはないぜ。わかる？　違う、違う、お前はわかっちゃいない。あいつらは何をやってんだ？　レノックス・アベニューにいってみな。七番街に行ってみろよ。シュガーヒルにも！　ぽん引き。ナンバー賭博。（略）発砲だろ、斬りつけたり、陰で悪口言ったりね、なんでもありよ！　わかる？　俺の言うことわかってる？　俺がニューヨークにいるんだ、でもニューヨークが俺んなかにいるんじゃねえ！　笑うなよ、笑うなってば。俺が笑っちまってるよ、そんなつもりじゃないんだけど。マジな話なんだ。わかるだろ[33]。

続けて、「一九三九年の夏に西の百三十五丁目とレノックス・アベニューの角でエリスンが出会い[34]」、ポーターの男と同様、書き留めたレオ・ガーリーという男の話も見てみたい。

神に誓って、これは本当のことだ。お前さんはただ、サウスカロライナのフローレンスって街に行けばいい、そして誰でも会ったもんに聞いてみな、そしたら彼らはお前さんに、それが本当だって言うだろうよ。フローレンス、そこも黒人連中にとっちゃしんどい街の一つなわけで。白人のじゃまをしちゃいけない。スィート以外はね。そいつが、オレが話しているヤツのことなんだ。名前は、スィート・ザ・モンキー。本当の名前は忘れたね、思い出せないね。だけど、みんなそう呼んでて。あまり大きい男じゃなかったな。ヤツはただすごいヤツでね。

（略）

こんな具合だったね。スィートは自分のコトを見えなく（invisible）することができた。あんた信じてないね？（略）白人の連中は朝起きて、ものがなくなってるのに気づくわけよ。店を根こそぎ空っぽにしちゃう。家もそう。なんと、ヤツは銀行までやらかしやがった！（略）で、誰もあいつをどうすることもできやしないってわけよ。なぜって、あいつが悪さをやらかしてるときには、誰にも見えやしなかったんだからよー。[35]

この話が、『見えない人間』のなかの神出鬼没、変幻自在のラインハートという人物造形に寄与していることが推察される。また、invisibleというコンセプトは、タイトルでもあるように作品に底通するテーマでもある。これらのFWPの資料からわかるような、FWPがエリスンの作品に残した影響は、研究が進めば、さらに出てくる可能性もあるだろう。[36] しかし、これらの類似性はFWPによる小説への現象的な痕跡であり、エリスンがFWPから受けた影響の単なる表層部分にすぎない。むしろ着目すべきは、前出した引用の傍点部に見られるやりとりであり、このインタビューの聞き手であるエリスンとの関係が、ここに書き込まれていることだろう。

本来、面白い語りであるならば、ただ話者の語りだけを記録すればいい。しかし、傍点部のように、エリスンが、二人のやりとり、すなわち二人の関係までも書いていることに注目すべきである。話者がエリスンに「わかる？」「笑うなってば」と言っていることから、エリスン自身が男の話を聞いて困惑している（らしい）こと、またエリスンが思わず笑ってしまっている（らしい）ことが伝わる。このエリスンが書いたＦＷＰの記録には、語り手のストーリーテリングだけではなく、エリスンが話を聞いているという相互の関係性が記されているのである。

このエリスンの記録の仕方は、フロリダのＦＷＰにいたハーストンの記録の手法と共通する。太田はハーストンの手法を次のように述べている。

しかし、ハーストンは未開趣味をきっぱりと否定する。それは「ほら話」とフォークロアを呼んでいることからもわかる。フォークロアは伝統を無意識のうちに表現しているものではなく、語り手たちが相手よりも一枚上手を取ろうとして競い合う口頭による創作活動の産物なのである。だからそれは、作られたものという意味で「ほら話」なのである。ハーストンは伝統が作り出される現場を活写しようと努力する。そこにはハーストン自身もはっきりと刻印されている。(37)

語り手と聞き手という関係を描くことによって、記録された語りは、単なる黒人のヴァナキュラーについての報告文となることを免れる。むしろ、語りを聞く者である自分自身をそこに書き込むことで、語りが生まれる瞬間が表現されるのである。そして、そこにあったハーストンの態度とは、観察研究対象をまるで実験室のフラスコのなかをのぞき込むように、客観的に眺め、客観的に記録するものではなかった。彼女自身がアフリカン・アメリカンであるという「研究の主体であると同時に客体とも見なされる存在(38)」を引き受けるとき、ハーストンは研究対象を特別なものであるかのようにロマン化し、美化し、何かそれが自分自身の過去を象徴しているかのようなノスタルジーをもつといった態度からは自由となる。

このようなハーストンの手法では、記録するものと記録されるものが共存しながらともに記録されている。そしてエリスンの手法は、そのようなハーストンの手法に近かったように思われる。語りがオーディエンスとの関係のなかで生まれ、変化する瞬間までを記録したエリスンの態度に注目したとき、FWPがエリスンに残した最良のものとは、その場に誰かが立ち会うことによって生まれる語りの瞬間を、作品で再現してみせたことだったのではないだろうか。

6　奴隷小屋からのストーリーテリング

さて、引き続き『見えない人間』の作品分析を進めたい。エリスンがFWPを通じて魅せられた人々の声の語りを今度は文学で表現してみせたとき、「マイナーな箇所でありながら（略）全五百六十八ページ中二十ページにわたる(39)」ほどに長いトゥルーブラッドの語りは、とりわけエリスンのヴァナキュラーへの関心が最もよく表出された部分となる。ベイカーは、エリスンの『見えない人間』のトゥルーブラッドなる元奴隷のストーリーテリングに魅せられ、一人の登場人物にすぎないこの語り手の考察に、自著で「動かないで動くために」という表題の章のすべてを費やしている。

ここではベイカーの「ブルース」論を援用しながら、この作品のヴァナキュラーについて考えてみたい。まず、主人公が奴隷小屋で出会った、次のようなトゥルーブラッドの語りがある。

だけんど、人間なんて者はこんなふうに窮地に追い込まれたら、たいしたことはできやせん。もう本人の力じゃ、どうすることもできやせん。実際、おらがそうで、懸命に逃げようとしたんでがす。そんでも、動かねぇで、でも動かなきゃなんねえ。（略）しこたま考えてみたら、おらはいつだってそんなふうでしたよ。おらの人生は全くそうでやした。おらにゃ、逃げ出す方法は一つしか思いつかなかったでよう。それはナイフで自分を去勢することでやした。（略）
決心したのはよかったんですが、最初は娘はおらを押しのけようとしてたし、おらのほうは、もう我慢できないで動きだしやしてね。ところが、マッティ・ルーったら、もう我慢できないで動きだしやしてね。最初は娘はおらを押しのけようとしてたし、おらのほうは、罪を犯さないように娘を押さえようとしてたんでがす。そのうちに、おらは後ろに下がって、おっかあを起こしちゃいけねぇと思って、静かにしろと娘に合図を送っていただが、そんときに娘が、おらの体をつかんで、ぎゅっと抱きつくじゃありませんか。(40)

このとき主人公は、トゥルーブラッドの語りに対して声にならない声で、「お前の夢のことなんかクソッ食らえだ！(41)」と農夫をののしる。そもそもトゥルーブラッドは、主人公によって次のように紹介されていた。

以前から彼はキャンパスにめったに近づかなかったが（略）古い物語をユーモアを交え、それらを生き返らせる魔法（a magic）でもって語るので、大学のみんなの評判はよかった。[42]

このトゥルーブラッドの「魔法」とは、何なのか。ベイカーは、トゥルーブラッドを「魔法の力をもつストーリーテラーであるだけではなく、はるかにすぐれたブルースの歌い手でもある[43]」と評する。とすれば、ストーリーテラーとブルース歌手の間には、その特徴に共通した技芸があるということにもなる。ここではその共通性を確認しながら、トゥルーブラッドの魔法の要素となるものを明らかにしてみたい。

ベイカーがいう「ブルース」には、主に二つの特徴がある。まずベイカーは、ブルースとは「労働歌、世俗音楽、野外での叫び歌、賛美歌、諺に隠れた知恵、民衆の知恵、政治の話、下劣なユーモア、挽歌、その他多くが結び付いて変化し続ける」一つの統合体のようなものであるという。[44]この一つ目の特徴としての「ブルース」は、実に様々な口承文化がそのベースにあり、決して音楽だけを起源としているわけではない。またこの定義にある「諺に隠れた知恵、民衆の知恵、政治の話、下劣なユーモア」とはまぎれもなくストーリーテリングのことであり、ベイカーの「ブルース」なる概念そのものが、実はストーリーテリングを内包していることになる。次に、ベイカーはブルースの二つ目の特徴を以下のように説明している。

アフロ・アメリカンの文化は複雑で固有の指示物を生み出すものである。それは、マトリックスをブルースにたとえることによく表れている。（略）マトリックスは子宮であり、ネットワークであり、化石を含む岩石、原石を取り出したあとの岩、合金を構成する主要な元素、レコードの原盤、印刷用の原版などである。またマトリックスは、絶えず繰り返される入力と出力の場であり、いつも生成過程にあって複雑に交差し、縦横に伸びた推進力をもつ場でもある。アフロ・アメリカンのブルースは、このような躍動感あふれるネットワークからなっている。(45)

比喩に満ちたこの難解なベイカーの「ブルース」の説明として、とくに注目したいのは、「ブルース」が様々な口承文化をもとにして何かを生み出すマトリックス（母体）であると同時に、「ブルース」自体が縦横に広がるネットワークを有しているという特徴である。そうすると「ブルース」とは、一つ目にアフリカン・アメリカンの口承文化をベースとしていて、二つ目にそれらをつなぐネットワークそのものとしても機能していることになる。したがって、「ブルース」がもつ力とは、様々なアフリカン・アメリカンの固有の経験に、「複雑に交差し、縦横に伸びた推進力」でもってアクセスすることができるような、ネットワークを伸長させる力だといえるだろう。要するに、「ブルース」を備えたブルース歌手／ストーリーテラーがもつ類いまれな性質とは、瞬時に「民衆の知恵」から「労働歌」、そして「挽歌」に至るまでの多くのアフリカン・アメリカンの膨大な口承文化のストックから、状況に応じて瞬時に最適な表現を選び出す力にある。

したがって、トゥルーブラッドの「魔法」とは、様々な口承文化をもとにした声の表現が生成し合うネットワークから、瞬時に最適な表現を選び取ることができる跳躍的なネットワークの力ではなかったか。たとえば、ベイカーは、トゥルーブラッドが貧困と近親相姦という陰惨な話をしながらも自在に声を操る点を評価する。ベイカーは、トゥルーブラッドが「蒸気船に乗っている音楽家が奏でる音をウズラの親分の鳴き声に変え、そのあとウズラの行動を「やらなければならないこと」を「きちんとやる」頼りになる男の行動にたとえ」て語るくだりに、注目する。(46)

本来、トゥルーブラッドの語りは彼の一人称の声だったはずが、いつしか様々な主体が彼の声を通じて姿を現して語り始める。さらに彼の語りのなかの時計の音や船上のオーケストラの音色なども含めれば、壮大でにぎやかなポリフォニックな響きとなる。本来ならば近親相姦という一つの事件の始まりから終わりまでの、事件の当事者である一人称による直線的な語りであるはずが、躍動感あふれるネットワークによって「意味がたわむれる饗宴(47)」を作り出し、「非連続的な(48)」イマジネーションの跳躍を聞き手にもたらすのである。そのとき、その語りは要約することが非常に困難な、かつ非直線的なものとなる。

もちろんトゥルーブラッドは、予定調和的にあらかじめ書かれたものを読み上げるのではない。バートラム・D・アッシュは、「巧みなストーリーテラーであるトゥルーブラッドは、観客に合わせて物語を作り改変する(49)」という。彼は聞き手の反応を見ながら、瞬時に、自身の表現を操る。たとえば、主人公は「トゥルーブラッドは、白人から僕に目を向けたとき、目の奥でほほ笑んでいるようで(50)」あることに気づく。このように、トゥルーブラッドは、聞き手の反応をよく観察しながら語り続ける。声による語りだからこそ、聞き手との関係のなかで、語り手の手法は変化し、瞬時に創造し直される（FWPでのエリスンが語りの瞬間を描き出した手法に重なる）。

さらに、トゥルーブラッドの「魔法」として指摘したいのは、ブルース歌手とストーリーテラーにとって共通の要素でもある、声そのものがもつ力についてである。ベイカーは「訓練された声しか、ブルースは歌えない(51)」と述べている。なるほど、トゥルーブラッドの語りも、優秀なブルース歌手が厳しい鍛錬によって磨き上げられた声を出す出し物のようである。トゥルーブラッドは、話を繰り返し白人男性に語って聞かせるが、そのつどより大きな影響を相手に与え、言葉を操る自分の力も増大させる(52)。トゥルーブラッドの話を聞きにたくさんの白人が興味津々にやって来れば来るほど、彼の語りの声が磨き上げられる。彼の声は同じ話を何十回もしたらしく、「呪文のように太くて低かった(53)」。このように主人公は、トゥルーブラッドの声に呪術的力を見いだす。

では、主人公は、トゥルーブラッドのストーリーテリングとの出合いによって、どのような影響を受けていくのか。メルヴィン・ディクスンは、トゥルーブラッドのストーリーテリングの主人公への教育的効果を次のように指摘する。

『見えない人間』は、あらゆる種類のパフォーマンスに満ちている。(略) 最も有益なパフォーマンスは、トゥルーブラッドが近親相姦の話をすることである。なぜなら、そうするなかで圧倒的なまでに名前がない主人公の心を奪い、また教育的な手ほどきとしてのパフォーマンスを繰り返すからである(54)。

このディクスンの指摘をふまえたとき、トゥルーブラッドのストーリーテリングにふれる前と後で主人公は、具体的に何が変わったといえるのか。主人公の一つ目の変化は、彼自身の演説のスタイルに見て取れる。トゥルーブラッドに出会う前、高校の卒業直後に白人の有力者の前でおこなった演説の際には、「演説はいままでのものよりも百倍も長く感じられたが、僕は一語も省くことができなかった。暗記した言葉の一つひとつのニュアンスを考えて表現しながら、すべてのことを話さなければならなかった[55]」というように、もともとあった原稿を暗唱して演説に臨んでいたことがうかがえる。

しかし、トゥルーブラッドに出会ったあと、共産党とおぼしき政治組織での初めての演説に、主人公が用意した原稿はなかった。「というのも、せっかく読んだパンフレットの言葉も文句も思い出せなかったからだ[56]」。意図してか緊張のためにかは不明だが、主人公は完全にアドリブで演説をすることになる。そのとき彼は「伝統的な演説のやり方」に頼ることを選ぶ[57]。「伝統的な演説」とは、よくある政治的なレトリックを用いるという意味で、「故郷でよくきいたことがある政治的な手法の一つ[58]」と主人公によって説明されている。しかし実際には、トゥルーブラッドの影が見えるのである。たとえば、壇に上がる前に主人公は思う。

僕は、恐怖心が頭をさっとよぎりながらも、自分が壇に上がって口を開いたとたんに別人になるだろうと、漠然と感じた。（略）ちょうど日増しに大きくなっていく少年が、ある日大人に、太くて低い声をした大人になっていくのと同じように。（略[59]）

主人公は、語り始めるやいなや「太くて低い声」の大人に変わる予感を覚える。「低い声」とは、一般的な男性の成長の過程の声の変化を指すようではあるが、作品中、実は唯一トゥルーブラッドの声だけが「呪文のように太くて低かった」と描写されているのであり、そのことは、主人公がトゥルーブラッドのようなストーリーテラーとしての成長過程にある、という意味を含むとも考えられる。また、彼が無意識にではあってもトゥルーブラッドを自身のロールモデルにしていることは、彼が演説の冒頭でまず自分自身の声を気にすることからもうかがえる。

マイクに近づきすぎたのか、声はこもったようにきしんで響いたので、僕は数語話すと戸惑い、途中でやめた。まずいスタートになった。なんとかしなくては。僕は、演壇のすぐ前のぼんやりと見える聴衆のほうへ身を乗り出して、言った。「（略）正直に申しますと、マイクがかみつきそうに見えるんですよ！（略）」

うまくいった。聴衆が笑っている間に、誰かがやってきてマイクの調整をしてくれた。（略）「これでどうですか？」と僕は言い、会場に響き渡る深みのある自分の声を聞いた。[60]

主人公は演説を中断し、「響き渡る深みのある自分の声」になるまで待つ。一方で、語りの中身よりもまず声そのものに対して向けられる意識は、以前の高校卒業の際の故郷での演説では見られなかった。したがって、自身の声がもつ力に対する意識が変化したことが、彼に起こった二つ目の変化として挙げられる。

やがて、その声はいつしか客席を巻き込み、拍手喝采や会衆からの合いの手をたびたび挟む。そしてそのつど、一方通行ではなく完全にコール・アンド・レスポンスの演説の伝統を生かしながら、精神的で音楽的になっていく(61)。それは頻繁に交わされる、会衆の「いまのはストライク(62)」、彼の「僕は、捕球はうまいし、ピッチングの腕もいいですよ！(63)」というような、話の趣旨とは関係がない双方向の小気味いい言葉のやりとりからも明らかである。ジョン・F・キャラハンは、この演説の場面を、「演説をストーリーテリングが凌駕する(64)」と指摘する。

雷鳴のような喝采は鳴りやまず、そして会衆の熱狂ぶりはすさまじい。語り終えると、主人公は感激のあまり思わず涙ぐむ。すなわちこれは、自分の主義や主張を語る演説であるよりもむしろ、語りのエンターテイメントに近い。それは、後日、この晩の集会で彼がおこなった演説がブラザーフッドの会議で、組織のイデオロギーに沿って語りかけていなかったという理由によって非難されることからも明白である。このような、主義主張というお仕着せの言葉をなぞって語りかけるよりも、むしろ観客の反応を見ながら、瞬間的に最もふさわしい言葉を選び取り、観客の関心を引き付ける語り口にもまた、トゥルーブラッドの影響を垣間見ることができるだろう。

もちろん、以上の変化は、主人公が自覚的にトゥルーブラッドから学び取ったというわけではない。むしろ主人公にはトゥルーブラッドに対して相反する二つの感情がある。たとえば、トゥルーブラッドの語りが終わったとき、主人公は次のように思う。

> 彼はたいした農夫だった。彼の話に耳を傾けているときは、僕は屈辱感と恍惚感のはざまで、

心をかき乱されていたので、恥ずかしい気持ちを和らげるために、彼の熱心な顔に注意を向け続けた。(65)

主人公は尊敬と侮蔑が入り交じった感情を持て余しているのであり、自ら学ぼうとしたわけではなく、むしろ意図せずして影響を受けてしまうのだ。隠しておきたかった出自が露呈してしまったような気恥ずかしさと、アフリカン・アメリカンが長く育んできた口承文化の卓越さへの驚嘆という相反する複雑な心情が共存する。そして、トゥルーブラッド以外にも主人公にストーリーテリングを披露する者がいて、その人物に対しても主人公は同様の感情を抱く。それはトゥルーブラッドの次に彼が出会うストーリーテラーで、ハーレムでカートを押す男、ブルーである。ブルーは、次のように主人公に語りかけてくる。

パロディーを作るが、お前の悪口を言ってるんじゃねぇぞ——俺の名前はピーター・ウィートストロー、俺さまは悪魔の養子の一人っこ。じゃあ、こいつを巻き舌で言ってみな！　お前は南部出身だよね？（略）じゃあ、ちゃんと聞いとけよ！　俺の名前はブルーだ。熊手を持ってお前に突きかかるぞ。フィ・ファイ・フォ・ファム。どいつもこの悪魔を撃てやしねぇ！(66)

主人公はとまどいながらもブルーの抗し難い魅力に引き付けられて話を聞き続け、別れ際に次のように思う。

たしかにあの男は悪魔の養子だ。口笛で三つの音色からなる和音を吹くのだから……。本当に黒人はたいした人種だな、と僕は思った。誇りとも不快感とも区別がつかない感情が、ふと僕の心をよぎった。[67]

このように、主人公はトゥルーブラッドだけでなく、このときに出会った通りがかりのストーリーテラーのブルーに対しても同様の感情を抱いている。だからこそ、トゥルーブラッドはたしかに強烈な人物ではあるものの、トゥルーブラッドと主人公のつながりだけが焦点化されるべきではない。むしろ、カートの男なども含めて、ストーリーテリングを自分の前で披露する者たちと、主人公とのつながりのなかに、より本質的な意味を見いだせる。ステプトの「下降するナラティヴ」でいうところの「一族のリテラシー」を主人公に与える者としての役割を彼らストーリーテラーたちが果たしている、という意味においてである。そして、ひょっとすれば、これらの主人公とストーリーテラーたちの構図は、若き日のエリスンとＦＷＰのヴァナキュラーな語り手たちとの構図に重なっているのかもしれない。

7　プレ・テクストとしての奴隷制度

ここで少し寄り道をして、なぜ移動を望んでもいない主人公に対して移動が強いられるのか、という重要な問題について考えてみたい。主人公の移動にとって、祖父の存在感は無視できないように思える。たとえば、この作品で時系列的にいえば物語の最後にくるはずのプロローグとエピローグを除いた本文そのものは、祖父の遺言から始まる。白人からはいい黒人として好かれた祖父は、死の床に主人公の父親を呼んで、次のように言う。

わしが死んでも、お前に立派な闘いを続けてもらいたい。お前に初めて言うが、わしらの人生は戦争だ。わしは生まれてこのかたずっと裏切り者だったし、再建時代に銃を捨てて以来ずっとこの国でスパイだった。おまえはライオンの口に自分の頭を突っ込んで生きろ。わしはお前に、ハイ、ハイと言って連中が何も言えないようにし、ニッコリ笑いながら奴らの心を傷つけ、奴らの考えに合わせて、死と破滅へと追い込んでもらいたい。わざと飲み込まれて、連中がお前を吐き戻すか、連中の腹が張り裂けるかするようにしむけてもらいたいんじゃ。[68]

祖父の遺言は、一種の謎かけのようである。かつて奴隷のストーリーテラーが、白人の耳に入る自分たちの知識や情報を混乱させるために、話に対して含みがある言い方、間接的なレトリック、二重の意味のスタイルを巧みに用いたように、[69] 奴隷だった祖父も、言葉をシグニファイングさせて（機知に富む言い回しの連続で、相手を攪乱させて）語る。「ライオンの口に自分の頭を突っ込」むのは、『聖書』の「ダニエル」書で、ライオンの穴に入れられながらも無傷で神に助け出されたダニエルのようであり、そして「飲み込まれ」るのは、「ヨナ記」でヨナがクジラに飲み込まれて神によって三日後に吐き出されたエピソードを、ふと思い起こさせる。

祖父の遺言はどこか予言的であり、その予言は成就されていく。たとえば、主人公はニューヨークの地下鉄で、「半狂乱のクジラの腹から吐き出されるように」プラットホームに降り立つ(70)。また、主人公が最後に穴ぐらに落ちるのは、「ライオンの口に自分の頭を突っ込む」動きにも似ている。さらに作品では描かれていないが、今後、主人公が地上へ出る際の動きは、クジラの腹から吐き出される動きとして、再び成就されるだろうことを示唆しているようでもある。ただ、ここで注目したいのは、なぜ祖父の遺言がこのように主人公に力を及ぼすのかという理由について、作品は何も語らない点である。

主人公は次のようにいう。「だが、祖父の遺言は僕にものすごい影響を与えた。僕には、祖父が言おうとしたことが理解できなかった(71)」。不可解な祖父の遺言は始終主人公の頭から離れない。そして、なぜ祖父の遺言が主人公の心に付きまとうのかということが説明されないまま、主人公は、ただ祖父の存在に漠然とした恐怖心を抱き続ける。たとえば、次のような描写がある。

祖父の顔は僕にとって魅力的な顔だった。目は僕の動きをすべて追っているようだった(72)。

全知全能的な存在として、死後も主人公を見つめる祖父の顔やエピソードは、作中に幾度となく現れる。次の描写は、ハーレムにあるブラザーフッドの事務所での出来事である。組織に所属するブラザー・タープという南部から逃げてきた老人の姿が、祖父に重なる。

　戸口から差し込んでくる早朝の光のなかで、灰色の額縁がそこに作られ、彼の目を通して、僕の祖父が僕を見つめている気がした。（略）「どうかしたかね？（略）あんたが幽霊でも見たみたいな顔つきをしているからさ。気分が悪いのかね？」
「何でもありません。ちょっと動揺しただけです[73]」

　このようにして、祖父は死後も主人公から離れることはない。ヘイゼル・V・カービーは、あらゆるアフリカン・アメリカン文学で、奴隷制度は「その具体的状況や社会関係が、歴史的な力学として、フィクションのなかに頻繁に再現されているために、文学的想像力に取り憑いている[74]」という。つまり、アフリカン・アメリカン文学は、奴隷制度という「プレ・テクスト[75]」に支配されているという指摘である。その指摘は、『見えない人間』に対しても当てはまる。主人公が元奴隷の祖父の遺言を「呪い[76]」と言い、事実、最初から最後まで付きまとうことの合理的な説明がないにもかかわらず、その「呪い」が主人公に最後まで影響力を及ぼし続けるからである。また、それはあたかも、奴隷制度で奴隷にされていた者が、なぜ自分が奴隷になったのかという不条理さに説得的な説明を得られなかったことに似ている。奴隷制度が、奴隷にとって不可解で不条理な運命として彼らを支配したように、祖父の遺言は、いわば奴隷制度という暗い歴史の影のように理不尽にも主人公を支配し続けていく。

しかし、少し視点を変えてみると、祖父の遺言や、他にも路上に落ちていた奴隷の解放証明書など幾度となく登場する奴隷制度にまつわる人物や事柄こそが、主人公が自分で考えをめぐらし、真実を見いだすきっかけを与えてもいるのである。地下に落下した主人公はある晩、穴ぐらのなかのさらに下まで落ちていく。そこには、奴隷制度の風景と音響の地底が広がる。彼は『神曲』のように、さらに深みへと降りていく。世界苦に満ちた黒人霊歌を歌う老婆と出会うが、穴ぐらの下にはさらなる平面があり、奴隷の競売と出くわす。ところがその下にもさらなる平面があり、キリスト教の黒人教会の説教が聞こえてくる。そこから出ていこうとすると、先ほどの黒人霊歌を歌う元奴隷の老婆が主人公に話しかけてくる。そこで、主人公は次のような会話を彼女とする。

「お婆さん、あなたがそんなに愛している自由とは一体何なんですか?」。僕は気になっていたことを訊いた。

するど老婆は驚き、それから物思いに耽り、やがて困った顔つきをした。「お前さん、忘れちまったわぁ。おかげですっかり頭が混乱してよう。(略)」

「それで、自由についてはどうなんですか?」[77]

老婆は頭が痛くなったと言い、答えないまま消えてしまう。したがって、元奴隷の祖父が残した謎と同様に、この老婆が愛していた「自由」とは何なのか、解答が得られないままとなる。元奴隷の祖父も、元奴隷の見知らぬ老婆も、主人公に大きな疑問だけを残すからこそ、主人公は元奴隷から出された問題の解答を自力で探求しなければならない。つまり奴隷制度にまつわる人物やエピソードの奇妙な存在感や言動の不可解さこそが、主人公を真実に向かわせていると理解できる。

さらには、あの奴隷体験記《スレイヴ・ナラティヴ》のダグラスさえもが、主人公の前に意外な形で登場し、主人公の人生に干渉してくる。主人公がハーレム地区の事務所で自分の机に座って世界地図を眺めていると、ブラザー・タープが現れ、壁に掛けたいものがあるといい、不自由な足を使いながら一枚の額を吊り下げる。


「なあ、この方がどなたか知ってるかね？」

「もちろんですよ。元黒人奴隷のフレデリック・ダグラスでしょ」と僕は答えた。

「そうそう、そのとおりじゃ。この方のことをいろいろと知ってるのかい？」

「あまりたいしては。ですが、祖父がよく話してくれました」

「それで十分。あの方は偉かった。ときどきあの方の顔を見るんだね。それはそうと、お前さん、必要なものは全部そろっているのかい――紙とか、そのようなものは[78]」


このように、ダグラスや祖父が話題になり、そのあと続けて「紙とか、そのようなものは」と、タープが確認するのは、いささか唐突で奇妙な印象を残す。アフリカン・アメリカンのリテラシーをめぐる強い神話がここでも強調されているのであり、この場面は主人公が真のリテラシーを得て自由になることを、タープの何げない言動を通じてダグラス（の肖像画）が要求していると考えることもできる。しかしナイーヴな主人公は次のように、奴隷から政府の公職に就くまで上り詰めた、上へ向かうダグラスの社会的成功に憧れるだけである。白人に代筆されることなく、自分の思いの丈を自分の言葉で記録する力を得た、ダグラスの奇跡の本質を見極めるには至らない。主人公はこう思う。

ブラザーフッド協会は、それ自体が一つの世界だったし、僕はできるかぎりそこの秘密を発見し、出世しようと決心した。限界は見られなかったし、この国でそのトップまで上れそうな唯一の組織だったので、僕は上り詰めるつもりだった。（略）ときたま僕は、ダグラスの肖像に光が水のように揺らめくのを見つめながら、彼が言葉の力で奴隷の身から政府の一員にまで、それもトントン拍子に上り詰めたのは実に魔術的だと思ったものだ。おそらく、似たようなことが僕の身にも起きつつあるのだろう、と僕は思った。[79]

しかし主人公は自分自身の言葉ではなく、ブラザーフッドで、イデオロギーに彩られた言説を民衆へと届けることで、「トップ」へ上がろうとしてしまう。すると主人公の前に、あらためてダグラスの気配が、タープを通じて現れる。タープは南部で白人から土地を奪われそうになり、牢屋に鎖でつながれ、土地も家族も失った過去がある。年齢から逆算すると、それは奴隷解放後の再建期の出来事のようである。彼の不自由な足は医学的に問題がないにもかかわらず、足かせでつながれていた頃の癖で、彼は足を引きずって歩く。タープが脱出の機会をうかがい、ようやく逃亡に成功したときには、鎖でつながれてからすでに約二十年の歳月が過ぎていた。タープは次のように言う。

誰かにあげるなんておかしいかもしれんが、このなかにゃ、たくさんの意味が込められているから、本当に何を相手に闘っているのか、あんたが忘れないようにするため、役に立つかもしれねえよ。（略）こいつをあんたに受け取ってもらいたい。幸運のお守りみたいなもんだ。とにかく、こいつは、わしが逃げるためにヤスリで切ったものなんだから。[80]

この場面に現れるダグラスの気配とは、「幸運のお守り」である。それを示唆しているのは、ダグラスの自伝のなかで、彼が年上のよきアドバイザーであるサンディから、「根っこ」についての知識を伝授される場面である。この場面のダグラスの「根っこ」に、タープが伝授する「お守り」が極めて類似しているのである。ダグラスは、自伝のなかで次のように語る。

その晩、私はちょっと知っている奴隷、サンディ・ジェンキンスに出会った。（略）彼は数年間それを持ち歩いていると言った。そして、彼は持ち歩いてきたから、一度も鞭打たれたことがなかったし、持ち歩いている間は決して鞭打たれないと思う、と言ったのだ。私は初めのうちは、ポケットに根っこを持ち歩くだけで彼が言うような効き目があるという考えを信じようとはしなかった。（略）だが、サンディは、たいそう真剣にその必要性を私に認識させ、役に立たなくても害になることはないぞ、と言ったのだ。彼を喜ばすために、とうとう私はその根っこを取り、彼の指示に従って、体の右側にそれを持って歩いた。[81]

ダグラスは根っこの効果に対して半信半疑だったが、事実、主人から鞭打たれることはなく、その後ダグラスは主人に立ち向かい、取っ組み合いのけんかをして勝利することになる。ダグラスは、「コーヴィー氏とのこの闘いは、奴隷としての私の生涯で転換点だった[82]」と述べる。この闘いを機に、自分のなかで死んでいた自由になりたいという強い思いを、彼は再び思い出すのである。そして、やがて逃亡し、ダグラスは本当に自由を手に入れることになる。つまりダグラスの自伝でサンディが勧めた「根っこ」は、自由の方向へ向かうお守りとして機能している。

一方で、ブラザー・タープのこの足かせもまた、主人公をブラザーフッドから解放していく。タープは「本当に何を相手に闘っているのか、あんたが忘れないようにするため、役に立つかもしれねえよ」と言う。そして、この「お守り」を渡されて以降、主人公には自分にとって本当の敵は誰なのかが明白になっていく。たとえば、ブラザー・ジャックとの対立が徐々に明確になっていく場面では、主人公はジャックとの口論をどこか面白がりながら、彼の目の前で挑戦的に「親指と人指し指で足かせを持ってぶらぶらさせ[83]」る。また、主人公の思想的教育係だったハンブローとの対立が決定的になるときも、「タープの足かせをポケットから取り出し、拳にそっとはめ[84]」ていて、頭にくると、こいつに「タープの足かせを投げつけてやろうか[85]」と発作的に思う。

このように、タープから渡された「幸運のお守り」は、組織との決別を決定づける場面では、彼が奇妙なまでに必ず身に付けているものとなる。サンディが勧めた「根っこ」がダグラスにコーヴィー氏と対決させ、さらにはその対決が逃亡する勇気を与えるきっかけとなったように、タープが渡した「幸運のお守り」は主人公に組織と対立し、そしてその対立のなかで真実を見極める力を与える。すなわち、根っこが結果的に逃亡へつながるきっかけになったのと同様、「幸運のお守り」は主人公がブラザーフッドという、とどのつまりは白人中心主義的な組織から袂を分かつ決別と自立の象徴になるのである。

以上をふまえて考えると、主人公に移動を強いる根源的な力とは、かつての奴隷制度が奴隷に強いた不条理さと同種のものであり、それは奴隷制度がいまなお時代を超えて主人公に落とす暗い影だといえる。その一方で、祖父やダグラスといった元奴隷たちの存在であり、奴隷制度の影こそが、主人公に真実を見いださせていく。とくに繰り返されるダグラスの登場は、リテラシーと無関係ではなく、主人公がこの世に生まれ落ちたときから与えられている、忌まわしい奴隷制度というプレ・テクストに対して、主人公にいわばアプレ・テクストを書くよう強いているようにも思える。

また、祖父たち元奴隷は主人公に一種の呪いのように付きまといながらも、実はジムクロウ法に象徴されるようないまなお主人公を支配する奴隷制度の影響や傷跡と闘うよう、つまりプレ・テクストと対峙するよう励ましている。そのとき主人公は、書くという自己を客観化する作業を通じてはじめて自分を支配するプレ・テクストにコンテクストを与えられる。主人公は、それによってタープが言った「本当に何を相手に闘っているのか」、言い換えれば、奴隷制度から続く不条理さと闘っているのだと理解できるようになる。

このことを通じて、あらためて確認しておきたいのは、この章の冒頭で取り上げたあるエピソード、『見えない人間』が奴隷体験記《スレイヴ・ナラティヴ》の焼き直しではないかと聞かれてエリスンが否定したことについてである。たしかにこの作品は、奴隷体験記《スレイヴ・ナラティヴ》を下敷きにした単なる焼き直しではない。むしろ、あからさまに作中にダグラスまでもが登場するように、むしろ奴隷体験記《スレイヴ・ナラティヴ》の痕跡を残しておくことが意図された作品であり、作品が奴隷制度の歴史の刻印を帯びているということ自体が一つのメタなメッセージになっているのである。そして、このことが意味しているのは、主人公の葛藤や怒りは彼個人から始まったのではなく、実は奴隷制度から連綿と続く彼らの闘いでもあった、ということである。

白人世界で自由を求めて移動し、発言権を得る。そのような奴隷制度（の爪痕）と現代で闘う主人公の物語は、まるで奴隷体験記《スレイヴ・ナラティヴ》の作者たちが経験した古い奴隷制度の時代からの闘いと同じである。このように、主人公がしているのは本質的には奴隷制度から続く長い闘いであることを作品で示唆したつもりだったために、この作品が奴隷体験記《スレイヴ・ナラティヴ》の焼き直しではないかという質問に対して、エリスンはただちに否定したのだ。

8　ニューヨークに現れる南部

作品分析に戻ろう。南部の黒人大学を出て成功することを信じていたものの、トゥルーブラッドに出会って以来、なぜか主人公の思うようにはいかず、彼は出世路線から外れてしまう。事実上放校された主人公は、バスで北へ向かう。ニューヨークに着き、ハーレムへの行き方を人に尋ねると、「ずっと北のほうに行きな」[86]と答えが返ってくる。そして「北へ」[87]と自分自身に言い聞かせながらハーレムへ向かう。このように、主人公の身体の動きは、依然として南から北を向いていることに着目しておきたい。

まず、興味深いのは、北にいながらにして、思いがけず自分がもといた南を捉えてしまうという、逆転する方向感覚である。悪意に満ちた文面とは知らずに後生大事に推薦状を携え、主人公は、北部でニューヨークの有力者を訪ね歩く就職活動を続ける。ようやく職を得たペンキ工場で巻き込まれた爆発事故のあと、失意の主人公にニューヨークでの最初の冬が訪れる。何もかもが行き詰まったとき、冷たい大気のなかで通りを歩いていると、不意にサツマイモが焼ける匂いが漂ってくる。匂いによって、主人公の思いは過去へ移動する。主人公は北のニューヨークにいるにもかかわらず、思いがけない匂いや味によって南を捉えてしまう。

（略）ストーブの煙突から細い螺旋状の煙が出て、一瞬の突き刺すようなノスタルジアをもたらしながらその煙はサツマイモが焼ける匂いを漂わせ僕のところへゆっくりとやってきた。銃に撃たれでもしたかのように立ち止まり、その匂いを深く吸い込み、思い出す。僕の思いはどっと込み上げる。過去へ、過去へ。[88]

たまらなくなった主人公は、イモを買う。熱いイモを食べると、強烈な郷愁と解放感が襲ってくる。そして自分の本当に好きな物を食べるという喜びに浸った次の瞬間、自分を裏切った憎き学長のブレッドソーに爆発的な怒りでもって悪態をつき始める。

「ブレッドソー、お前は臓物料理を食らう恥知らず野郎だ！　告発してやる、お前は、豚の内臓を食べてるってな！　は！　そしてお前はそいつを食らうだけでなく、こそこそと秘密裏に食ってやがる。お前は見下げた臓物好き野郎だ！（略）衆目の前で暴いてやるからな！」。そして彼は内臓をひきずる、何ヤードも、青唐辛子に豚の耳、ポークチョップやササゲ豆と一緒に。(89)

食の嗜好をめぐる悪態を一つずつ確認すると、臓物料理のチトリングスだけでなく、そのあとに「青唐辛子に豚の耳、ポークチョップやササゲ豆」が続くのは、南部料理のなかでもソウルフードと呼ばれる黒人料理を思い起こさせる。豚の小腸料理であるチトリングスのように、ソウルフードとは、もともと奴隷時代に白人が食べ残した部位をおいしくするため工夫を凝らすなかでレシピが発展してきた料理だった。(90)また、サツマイモは奴隷時代の主食であり、やはり南部に深く結び付いた食べ物である。主人公はそれらをブレッドソーの目の前で揺らしてみせるだけで、彼が社会的な面目を失うにちがいないと夢想する。そして、どのように彼が社会的上昇を追い求めたところで、出自は変えようがないと何かが吹っ切れた主人公は次のように言い放つ。

オレはオレだと思イモっす！（I yam what I am!）[91]

あたかも『旧約聖書』の神のような宣言は、本来は「オレはオレである（I am what I am）」であるはずの be 動詞が yam（イモ）に言い換えられている。この言葉遊びが自分の過去とアイデンティティを結び付ける。[92] またこれは、エリスンの読者に向けたユーモアであるとともに、主人公が自分の隠したい出自を自嘲的な笑いに転化できるほど、自分のなかの南部を対象化しつつあるともいえる。それというのも、主人公はニューヨークに来た最初の頃、入ったレストランで「ポークチョップ、グリッツ、オレンジジュース、ホットビスケット、コーヒー」という典型的な南部の朝食を勧められて、南部出身ということがばれるのを危惧し、かたくなに拒否しているからである。[93] したがって、この be 動詞の yam への変化は、大真面目で、高らかな自己宣言となる。

長い作品の息抜きのような、かつ真剣なこのイモを食べるという行為によるエリスン流の奇妙な自己肯定の直後、主人公はハーレムの通りで立ち退きにあう老夫婦に出会うことになる。主人公は通りに打ち捨てられた家財道具のなかから、魔除けのお守りのウサギの後ろ足、搾乳機などを目に留める。「ウサギの後ろ足」は、サンディィの根っこと同じく奴隷たちの間で大事にされていた一種のお守りであり、また「搾乳機」は、とくに老婆が乳母として乳を与えていたことを示唆する。「僕までが、失うには耐えがたい、苦痛に満ちてはいるが、貴重な何かを奪われるよう」[94] に感じ、漠然とした認識の痛みを覚える。だが、次のものに目を留めた瞬間、主人公は何かが爆発しそうな感情に襲われる。

古びてぼろぼろになりかけている薄い一枚の紙切れで、黄色く変色した黒インクでこう書いてあった。「解放証明書　当家の黒人プリマス・プロボは、一八五九年八月六日付で自由の身になったことを、全員に告ぐ。署名、ジョン・サミュエルズ、メイコン……」。（略）僕の手は震え、まるで長距離を走ってきたか、せわしい通りでとぐろを巻いたヘビに出くわしたかのように、息はゼーゼーいっていた。(95)

ここで、一八五九年の奴隷解放証明書という「一つの啓示（epiphany）のなかで、見えない人間は、路上に打ち捨てられた、先祖の過去を見る(96)」のである。まさしくそれは紙／神の啓示だったといってもいいかもしれない。このように、北部での挫折の末に、主人公は北にいながらにして、奴隷制度というアフリカン・アメリカンの過去に出合う。瞬間的に主人公は、その場で演説を始める。よどみなく言葉が流れ、路上の人々を巻き込み、やがて誰一人警察と衝突させることなく、老夫婦の立ち退きをやめさせることに成功する。

その一部始終を目撃したブラザーフッドのジャックによって組織に勧誘された主人公は、活動のなかでトッド・クリフトンという名の、組織でも上層部にいるアフリカン・アメリカンのハンサムな青年と出会う。次に主人公が北にいながらにして完全に南を捉えるのには、このクリフトンが重要なきっかけを果たす。ある日、主人公とクリフトンはブラック・ナショナリストの組織を牽引する雄弁な説教者ラスと通りで小競り合いになる。二人はラスと殴り合いを始めるが、不意に、空を飛行機が飛んでいく。三人はけんかをしばし中断して、ただ空を見上げる。この何げない描写によって、トッド・クリフトン（Tod Clifton）の名は、「フライング・ホーム」の主人公トッド（Todd）と同じだったことが読者に思い起こされる。[97] クリフトンが、遅かれ早かれ「フライング・ホーム」のエリート飛行士トッドのように「上」から落下することが、先取り的に示唆されるのである。主人公はラスと言い合う。

「あんた、そんな考えでは歴史の波にのみ込まれてしまうよ」と僕は言った。（略）ラスは激しく首を振って、クリフトンを見た。
「（略）お前ら二人に聞くが、お前らは目を覚ましているのか、眠っているのか。お前らは過去を忘れてどこに行こうとしてるんだ？[98]」

ここでいう「歴史」とは、主人公が世界は「科学で統制が可能であり、そしてブラザーフッドは科学と歴史の両方を統制している[99]」といっていることから、組織のイデオロギーによるドグマ的な歴史観だと思われる。一方、ラスはその「歴史」を認めておらず、二人がアフリカン・アメリカンの「過去を忘れて」いることを非難する。やがて二人だけになったとき、クリフトンはラスの思いに共感するかのようなことをつぶやく。「人間はときたま歴史の外に飛び出す必要があるように思えて……（略）歴史の外側に飛び出し、背を向けるのさ[100]」。その後クリフトンは、突然組織を抜ける。彼は、黒人を戯曲化した紙のサンボ人形を売る行商を始め、警官を殴って射殺されるという、ほとんど犬死にとしかいえないような不可解な死を迎える。主人公はその場に偶然立ち合わせ、混乱した頭で地下鉄の階段から地上に出る。すると、次のような風景が地上に広がっている。

　主人公は、重い石でも運んでいるかのように、暑い大気のなかを歩いていく。そこでは、これまで気がつかなかった現実離れした様々な衣裳を着た女たちが歩いており、色が濃いエキゾチックな色彩のストッキングに、苦しいくらいに気がつく。彼らの顔が、みんな南部の誰かの顔に見えてくる。主人公は汗だくになって歩く。そして、いつしか、南部の風景にたどり着くのである。その瞬間、通りのレコード屋からけだるいブルースが次第に大きくなって聞こえてくる。彼は立ち止まって思う。「記録に残されるのは、これだけではないのか？（略）これが時代を映すたった一つの真の歴史ではないのか？[101]」。アフリカン・アメリカンは常に「歴史の溝の外にいた[102]」。一方、奴隷解放後の南部で生まれたブルースは、主人公にとって奴隷制度と解放後の時代を伝える。決してそれは、文字で書かれた記録ではない。だが、たとえレコードの溝の記録ではあっても、記録された音こそが、強いていえば彼らにとって唯一の歴史だったのだと腑に落ちるのである。

　事務所に戻った主人公は、世界地図と向かい合わせに座る。世界地図とは、彼らの革命思想のなかの世界を統制できるという感覚と重なるかのように、世界を見下ろす視線で構成された、ある意味でフィクショナルな世界像である。たしかに作品中、事務所での何げない主人公の視線の先には、いつも世界地図があった[103]。しかし、いまやその世界地図と正面を向いて対峙させるかのように、主人公はクリフトンの人形を置く。あたかもクリフトンの人形が、たった一体で世界に対決を挑んでいるかのような不気味な構図さえ浮かび上がる。そしてそのクリフトンの人形とは、いまや主人公の姿にほかならない。彼は単独行動に出始める。組織の意向とは関係なく、クリフトンの葬儀を組織する。次がクリフトンの葬儀の場面である。

> 僕の後ろから暑い風が吹いてきて、盛りがついた牝犬のような甘い匂いを運んできた。
> 僕は振り返って見た。太陽の光は帽子をかぶったおびただしい数の頭上（略）に照りつけた。[104]

クリフトンの葬儀の際の行進で、「振り返る」と太陽が高く頭上を照らす。この太陽は、もう一人の登場人物と言ってもいいほどに、葬儀の間中、背後にあって、強く照りつける。そして不意に、盛りがついた犬のような甘い匂いをのせた熱い風は、「後ろ」から吹いてくる。これまで確認したように、主人公の方向感覚は、北（上）を向いていたのであり、後ろから前に吹く風とは、南から吹いてくる風だと考えられるのである。葬儀は棺を先頭に、ゆったりした行進から始まる。多くの参列者らの行列のどこかで、老人が歌い始める。「まるで歌はずっとそこにあって、老人がそれに気づいて呼び覚ましたかのようだった[105]」。それは黒人霊歌であり、白人までもが共感し会場に歌が満たされる。黒人霊歌、すなわち前掲のブルースよりもさらに古い奴隷生活のなかから生まれた歌に包まれ、主人公は演説を始める。しかし、すでにブラザーフッドの教義や政治を持ち出すことはない。

そしてクリフトンの葬儀のあと、主人公はついに、北にいながら南部特有の天候のなかで、南部の町の通りを歩いているかのような状態に決定的に陥る。

> 僕は、安っぽいスポーツシャツや夏服のまぶしい赤や黄色や緑に時折目をつぶりながら、南部特有の天候をした南部の歩道を歩いた。群衆はゆだって、汗をかき、波のようにうねった。買い物袋を抱えた女性たち、ピカピカに磨いた靴を履いた男たち。南部でさえ、彼らはいつも靴を磨いた。（略）腐りかけたキャベツの匂いがした。（略）オレンジ、ココナツ、アボカドが小さいテーブルの上にきちんと積み上げてあった。僕はゆっくり動く群衆の間をぬって通り過ぎた。（略）洗濯機の内側から湯気で曇ったガラスを通して見るみたいに、群衆は沸き返っていた。（略）[106]

物売りの声、腐りかけたキャベツの匂い。そして、ゆっくりと動く群衆を、洗濯機の内側から湯気で曇ったガラスを通して見ているようだという。ここで、南部特有の湿度が押し寄せてくる。南部の湿度を触覚で感じ取ったときに、主人公が「南部の歩道を歩いた」と認識しているように、北にいながらも、彼はもはや完全に南部の風景に取り囲まれている。それと並行して、ブラザーフッドへの忠誠心を事実上失っている。主人公に「新しいかたちの世界を見せてくれていた[107]」組織への情熱が消え去り、より絶対的なものとして主人公の眼前に南部の風景が現れるのである。このようにして、主人公は南、つまり「下」へとたどり着く。そして、そこへ決定的に主人公を導いたのは、アフリカン・アメリカンの長い苦難の一切合切の歴史が凝縮して表現された、まぎれもなくブルースの音楽だった。

9 「ラインハート」という未知なる可能性

イモの匂い、打ち捨てられた解放証明書、そしてクリフトンの存在を通じて、北へ向かったはずの主人公は、むしろ北にいながら南を捉えていく。しかし、ここがこの作品の一筋縄ではいかない点だが、彼は決して自分の古巣である南部へ帰ることも、一族の紐帯に帰属感を覚え、そこに安住することもない。そのとき、主人公に一つの重大なヒントを与えるのが、作品の後半に突然登場して(もしくは登場せずして)強い印象を残すラインハートという人物である。ブラザーフッドから追われる身となった主人公は、身を守るためにサングラスをかけて通りを歩く。顔が似ているらしいラインハートと勘違いされた主人公は、ラインハートという人物があるときは誰かの愛人、またあるときには聖職者、さらにあるときには賭博師だということを知る。ラインハートは、変数のような男であり、文脈によって姿を変えるのだ。

このラインハートの存在によって主人公は、一人の人間が様々な可能性をもっていいこと、すなわちアイデンティティは決して一つのものでなくともいいのだということに気がつく。「もし小作人が夏の間にウエーターや工員やミュージシャンの仕事をして大学に入学し、卒業後に医者になれたとすれば、これらすべてのものが一度に実現したことになりはしないか[108]」と彼は思う。そしてさらに主人公は、「その可能性に一種の病的な魅力を覚え[109]」、次のように考える。

成功とは上に向かって上ることだという、あんな嘘っぱち。あいつらは、実にくだらない嘘をついて、僕ら黒人たちを支配してきた。人間は成功に向かって上に進むこともあるし、下に落ちることだってある。上がったり下がったり、後退したり進んだり、カニ歩きに斜め歩き、円を描いてぐるぐる回り、結局はおそらく同時に、行ったり来たりする昔の自分に出会う。どうして僕は長い間こんなことに気がつかなかったんだろう。(110)

成功の方角は「上」だけでなく、むしろ様々な方角に向かって道は開かれていると主人公は悟る。そこには、新たな解放感がある。ラインハートの存在によって、『見えない人間』というタイトルの解釈にも変更が生じる。すでに『見えない人間』の着想を、FWPでエリスンが出合った話に出てくる「スウィート・ザ・モンキー」という姿が見えない人物から得ている可能性については確認した。人の目に見えないスウィートは、人に見えないからこそ恐れられ、野放図に生きる。同様に、主人公が人から見えないという不可視性は、転じて何にでもなれる、という未知数的な可能性を意味することになる。

ようやくここまできたところで、最初の、二つのベクトルの両方を一人の人間が引き受ける、すなわち白人社会での言葉と一族の言葉の両方を自在に操ることができるか？というステプトの問いかけに対する答えを提示しておきたい。主人公は「上昇のナラティヴ」と「下降のナラティヴ」の両方を得ることができるだろう。少なくとも、トゥルーブラッドと同じ小作人としての人生と白人社会での成功を意味する教育を受けた者としての人生の両方を手にする自由があることを、主人公はラインハートの生き方を通じてはじめて気がついた、といえる。「上がったり下がったり、後退したり進んだり（略）結局はおそらく同時に、行ったり来たり」してという描写からは、主人公が上昇と下降とを繰り返し、「上昇のナラティヴ」と「下降のナラティヴ」の両方を手に入れることを予期させる。

とはいえ、エリスンの主人公はじっとしていない。そのような新たなビジョンの可能性を示しながらも、それはそれとして保留にしたまま、結局は下へ降りていってしまう。主人公を最後まで捉えて離さない下という方向感覚に沿い、作品はどのような帰結をみるのか。ブラザーフッドと主人公の関係が完全に決裂し、一方で主人公はブラザーフッドの敵対勢力であるラスからも追われる立場となる。彼の混沌とした状況を助長するかのように、ある晩、ハーレムに大暴動が起こる。ハーレム住人の一人から「上って言ってんだ！」[111]と、屋上に行くよう促され、主人公は成り行きで彼らとビルに放火する。[112]そのとき彼らは、屋上から下へ降りながら火を放っているのであり、最終的に主人公が地下の穴へ落ちる下への動きは、この放火からすでに始まっているとも考えられるだろう。

負傷しながらも、ふらふらになってハーレム中を逃げて駆け回る主人公は、メアリーの家を目指したが、北に向かってというより、ダウンタウンへ向かってしまう。[113]信頼する老婦人メアリーがいる「上（up）」である北へ向かおうとするが、たどり着けない。また、この暴動を仕組んだブラザーフッドと対決するためにハーレムから南に位置する七番街へ向かおうとするが[114]、やはりたどり着けない。主人公の水平の方向感覚が、混乱のなか、どこにもたどりつけないという意味で薄らいでいくのに比べて、むしろ垂直的な方向性は次第に強調されていく。垂直方向の障害物が、主人公の前進を阻むのである。

たとえば、ブロックがビルから雨のように降り、屋根から人が落ちてくる。[115] 街灯の上からは、マネキンがブラリと吊り下げられ、主人公を馬に乗って執拗に追いかけるラスは、主人公を見つけるなり、「こいつを吊るし上げろ！」[116] と叫ぶ。必死に逃げる主人公の頭上に、不意に水が勢いよく降り注ぐ。[117] このように、暴動というカオスのなかに、上から下への動きが繰り返され、ついに主人公は、誰かが開けておいたマンホールのなかに落ちる。[118] ここで、上（up）や下（down）で表現されることもあった南北の水平性が、文字どおりの意味の上下という垂直性へと完全に転換する。

興味深いことに、地下の真っ暗闇のなかで最初に主人公の体に触れるのは黒い石炭である。[119] 地下の真っ暗闇だけなく、主人公がその上に落ちた石炭の山の黒さも彼が人種的アイデンティティを見いだすことの隠喩のようにも思えるが、実はそれだけではない。この石炭の場面は、あの教育者ブッカー・T・ワシントンの奴隷体験記《スレイヴ・ナラティヴ》で語られているように、ワシントンが少年時代に働いたという炭坑をイメージさせる。[120] つまり、社会的に上へ上へと上り詰め、事実ホワイトハウスにまで招かれたワシントンにとっては本来出発点だったはずの場所に主人公は落ちたのである。これは、白人迎合主義と批判されることが多いワシントンへのエリスン流の皮肉かもしれない。

続けて主人公は思う。

> 僕は記憶の定かではないずっと以前から、あちこちに引っ張り回されてきた。ところが、困

ったことに、僕はいつもみんなが行く方向にばかりついていって、肝心な自分の方向にはいかなかった。（略）何年もの間、他人の意見を取り入れようとしてきた末に、とうとう僕は反逆した。僕は見えない人間になった。このようにして長い道のりをやってきたあとで、もともと自分が憧れていた社会の地点から引き返し、また長い道のりをブーメランのように戻ってきたのだった。[121]

　このとき、「ブーメランのように戻ってきた」という表現は、どこに戻ってきたか目的語が省かれているため、曖昧さを残す。ただ、明らかなのは、自分がようやく誰の言説をも拒否できる場所へたどり着き、「見えない人間」である自分をついに認識するということである。

　最後に主人公は、落ちた地下の穴ぐらで、どの方向を志向しているのか。まず、彼は電力会社から不当に電気を引いて千三百六十九個の電球を天井に張り巡らしているという。[122]そしてこれから四方向の壁、また床にも取り付けると言う。いまや光によって、地下の地平の東西南北と垂直に貫かれた上下とを支配し、一カ所の盲点となる場所もない。彼はいまの自分の状態を、「人の目には見えず、実体もない」と言う[123]が、それは、彼が肉体をもたない、知覚そのものが露出した状態であると解釈することもできるだろう。地上で、ときに不確実だった視覚は、煌々と明るい地下で、復讐のように全方向へと向かって研ぎすまされているのである。

　次に、主人公は地上に漂う「死臭かもしれないし、春の息吹かもしれない匂い」を嗅ぎ取ることができるようになり、願わくば春の息吹であってほしいと願う。[124]そして「古びた皮膚は振り捨てて、この穴を出ようと思う」[125]という宣言は、まるで脱皮を連想させる。したがって、主人公の「再生」[126]のイメージがそこに与えられている。嗅ぎ取る地上の匂いや、スロー・ジンの赤い液を好物のバニラ・アイスにかけると上る湯気、[127]やがて古い皮膚を穴ぐらに脱ぎ捨てて出ていくというイメージで、彼は「上」とさらには未来を捉えているといえる。

さらに、いまターンテーブルを一台もっていて、今後五台に増やして全部一度に聞きたいと言う。[128]ある日ルイ・アームストロングのレコードを聴いていると、穴ぐらのさらに下に落ちていく感覚を味わう。幾層にも深みが続き、どの層からも聞こえるのは、奴隷たちの歌や声、そして耳をつんざくような楽器の音である。[129]このとき主人公が捉えている場所とは、「下」の方向にあり、また、奴隷たちの声や歌によって、彼らがアメリカでさかのぼれるかぎりの最も古い過去の南部を捉えているといえる。

したがって、主人公の方向感覚は垂直に上昇する一方で、垂直に下降する。未来を希求する一方で、過去へ引き戻される。ここに、彼の上昇と下降の深刻な分裂、あるいは上昇と下降の二つのベクトルの共在があるのであり、その矛盾は回収されないまま（もしくは矛盾を身の内に引き受けながら）、作品は次の一文で幕を閉じる。「次の点にだけは、さすがの僕もおびえてしまう。僕は、君たちに代わって低い声／周波数で（on the lower frequencies）語っているのに、そのことに誰も気づいてくれない」[130]。このとき、彼が語っているという低い声の周波数は比較級になっているため、どのような音域よりもさらに低い音域になる。[131]つまり主人公は、声によっても再度「下」へ向かう動きを表す。これは、彼が出会ったトゥルーブラッドよりも低い声となったことを示しているのではないか。名うてのストーリーテラーよりもはるかに成熟した語り手としていま、主人公は、読者に向かって声で語り始めたばかりである。その瞬間、文字で書かれたこの作品は、同時に主人公の低い声によっても語られていたことに気づくかどうかは、読み手である私たちの耳のよさ次第なのである。

10　声と文字をめぐる三つの文学評論

ここで遅ればせながら、本書がアメリカ文学史の展開上からどのような位置を占めるのかについて、『見えない人間』に関連しながら言及しておきたい。声と文字の相克を論じるにあたり、その研究前史として、アフリカン・アメリカン文学の代表的な論者たちに負うているところが非常に大きい。だが、本書はそれ以外にもいくつかの研究の支流にも位置しているため、整理しながら補足しておく。

当然のことながら、アフリカン・アメリカン文学同様、あらゆる文学に「テクストにおける声」という一般的問題は存在する。[132] だが、他の文学と比較した場合、アフリカン・アメリカン文学がもつ際立った特徴は、歴史的に見て、自分の人間性を証明するために、禁止された文字を用いてテクストのなかに自分の存在を書き込む必要があったことに始まる。したがって、「声＝抑圧された主体や権威の獲得」という意味づけが、彼らのテクスト上の声にはなされることがある。広く人種問題、ジェンダーの問題で、抑圧のなかで沈黙を破って自分の声を獲得する、という意味での「声」についての研究は、実に相当な数にのぼるだろう。

本書はまず、そのような主体としての声を前提としながらも、むしろ、テクスト上の声を実際の音声のように響かせようとする作品や、テクスト上のオーラルなパフォーマンスについて論じた先行研究の支流に位置づけることができる。その代表的論者として、本章でも援用したベイカー、その他、ゲイツ、ジョン・F・キャラハン、ロバート・オミーリーなどが挙げられる。[133] とくに、ベイカーとゲイツはアフリカン・アメリカン文学の代表的論者としても知られ「声」以外への言及も多いが、後述するように、「テクストにおける声」に対する複数の有益な用語を生み出した功績は大きい。

「声」について一つ補足すれば、アフリカン・アメリカンの声の音声的な語りの描写をどうするか、という問題は、アフリカン・アメリカン小説に見られる「枠」の問題としてしばしば議論される。たとえば、ヴァナキュラーな語りを多く取り入れた場合、地の文はどう表現するのか。もし地の文もアフリカン・アメリカンの声の音声的な語りにした場合に、登場人物が作中で別の物語を語る形式をとる枠物語という構成にし、ヴァナキュラーな語りは枠内に収めることで、枠の外（プロローグやエピローグなど）は標準的な書き言葉に準じるのか。もしくは、標準英語と黒人英語の仲介の役割を果たしている枠を完全に取り払い、完全なアフリカン・アメリカンの音声的な語りだけで終始描写するのか。[134] このような「枠」の有無についての問題は、本質的には「テクスト上の声」について問うている。

一方、文字（リテラシー）についての研究としては、ステプトの先駆的研究が挙げられるだろう。リテラシーとアフリカン・アメリカン文学との結び付きを時系列的にさかのぼって考察した彼の功績は、いくら強調しても強調しすぎることはない。同様に、ゲイツもアフリカン・アメリカン文学にとって書くとはどういうことかについて多く言及する論者ではあるが、むしろ彼の場合、話し言葉と書き言葉との間の奇妙な緊張が、文学のなかでどのように主題化されてきたか、つまり声と文字の両者の緊張そのものに言葉を与えてきたといえる。

あらためてステプト、ベイカー、ゲイツらアフリカン・アメリカン文学を代表する論者が論じた声とリテラシーの問題に関する主な論点とそれぞれの相違点をここで整理しておきたい。

まずステプトによる、リテラシーと自由をめぐる「上昇のナラティヴ」と「下降のナラティヴ」のインパクトは、それまで漠然と口承文化やフォークロアとしか捉えられていなかった領域に、「一族のリテラシー」という言葉を与え、また「一族のリテラシー」を、白人の価値体系を象徴するリテラシーの反対概念に位置づけながら議論を深めたこと、このいわば二項対立的な概念を据えることで、議論を弁証法的に発展させようとした功績が挙げられる。

一方で、一つの疑念も湧く。ステプトによる「一族のリテラシー」とは、主人公がそれを読める（真に理解できる）ようになることで自らのアイデンティティを深めることができる「文化のサイン」[135] に対する読解力だが、それらのサインに相当するものが仮に音楽や声で表現されていた場合に、はたしてどのように論じるべきなのか。すなわち、ブルースやストーリーテラーの語りをきっかけにして主人公が民族的紐帯を獲得した場合、それらを「一族のリテラシー」と呼ぶと説明がつきにくいことが出てくるのではないか。事実、『見えない人間』の主人公がアフリカン・アメリカンとしての集団的なアイデンティティの獲得に至るまでに、トゥルーブラッドの語りや、黒人霊歌やブルースといった音楽もまた、共同体的な態度の回復にとって重要な意味をもつ。しかし、ステプトの評論での音楽への言及は、注意深く避けられている。ステプトは文化コードを読むこと、もしくはリテラシーを、彼自身の評論の最も重要な概念としたために、アフリカン・アメリカン文学に頻繁に現れる歌を含む音楽描写や口承の語りの効果を分析することが困難になるという落とし穴に自ら陥ったように思える。

一方でベイカーが、一九八四年に『ブルースの文学――奴隷の経済学とヴァナキュラー』で、ステプトの「原初的な神話」を「リテラシー神学」[136]と皮肉を込めて呼んで「リテラシー」論の限界点を批判し、自身は「ブルース」というタームを文学批評に持ち込んでアフリカン・アメリカン文学を音楽用語で伸びやかに批評したことが、この問題の本質を象徴しているように思える。ベイカーは、ステプトが「原初的な神話」とそれが作用する「文学的」起源だけを主張する点を批判する。[137]たとえば、ラングストン・ヒューズの詩は、ステプトのリテラシーから説明するよりも、「アフロ・アメリカンの言葉や音楽のパフォーマンスの枠組みから考えるほうが理解しやすいかもしれない」[138]とベイカーはいう。また、フォークロアやストーリーテラーの高度な語りの技芸といった、文字によらない口承文化を取り込んでいる文学作品も、ステプトのリテラシー論で説明しようとするには限界があることをベイカーは主張する。

あらためて確認しておくと、ベイカーの「ブルース」とは労働歌、世俗音楽、野外での叫び歌、賛美歌、諺に隠れた知恵、民衆の知恵、政治の話、下劣なユーモア、挽歌、その他多くが結び付いて変化し続けるものである。言い換えれば「ブルース」は、様々な口承文化を結合させ、無限の変化を繰り返す変容体である。ベイカーいわく、そのような「ブルース」がアフリカン・アメリカン文学作品で表出される瞬間とは、たとえば『見えない人間』のトゥルーブラッドのストーリーテリングや、『彼らの目は神を見ていた』のジェニーが突如、夫から抑圧されていた声を取り戻し、「もの騙り」とよばれる言葉の機知で相手をやり込める場面(139)、さらには『ソロモンの歌』のミルクマンの一瞬のひらめきなどであり(140)、それらは爆発的なエネルギーの表出によって立場や価値観の逆転が生じる「ブルース・モーメント(141)」として理解される。

このように形容し難い口承文化がもつ荒々しいエネルギーやどこへ着地するかわからないスリルを文学理論へと発展させたベイカーは、一方で、リテラシーやテクストについても言及している。たとえば、ベイカーの「ブルース」は、そもそも名もなきアメリカのヴァナキュラーな（土着の）人々によって豊かに担われているが、ベイカーにとって、彼らが高度なリテラシーの担い手である可能性は極めて低い。『帰郷——黒人文学における諸問題と批評』でダグラスの読み書き能力の習得についてふれながら、テクストを著すということは、黒人英語もしくは口承文化が支配する黒人共同体によって形成された経験の領域から距離を取ることを意味すると述べている(142)。要するに、書き言葉を習得するとは、ベイカーによれば白人の言葉遣いを習得することでしかなく、一度そういった言語的なコード、文字の慣習、文字文化に属する聴衆の期待に帰属すると、その声はおそらく二度と黒人のアメリカの奴隷制度のオーセンティックな声ではなくなる(143)のである。

したがって、書き始めるということは、慣れ親しんだ「ヴァナキュラー」、土着の語りを忘れることを意味する。つまり、ベイカーにとって、ヴァナキュラーな語りとリテラシーとの間には絶対的な断絶があるのであり、その点でステプトの二つのリテラシー論とは異なっている。ステプトは二つのリテラシーの間で両方を習得できるか否か、白人の表象体系とアフリカン・アメリカンの象徴体系の両方の獲得の可能性を探るが、ベイカーの場合、リテラシーかヴァナキュラーな語りかというように、あくまでも二者択一的な対抗概念に基づいて論じていると理解される。

さて、本章では扱うことができなかったが、ゲイツの「スピーカリー・テクスト」という概念もまた、アフリカン・アメリカン文学での声と文字の問題につらなる批評概念なので、簡単にふれておきたい。一九八八年に発表された『シグニファイング・モンキー——もの騙る猿／アフロ・アメリカン文学批評』でゲイツは、黒人のヴァナキュラーの伝統には修辞上の戦略があり、それがえてして「もの騙るもの（the Signifier）」と「もの騙られるもの（the Signified）」の間に様々な混乱を引き起こす[144]ということを体系的に論じた。

ゲイツはそのような修辞のはたらきに対して、「シグニファイング・モンキー」という奴隷制度に起源をもつといわれる民話のトリックスターの名を与え、また「シグニファイング・モンキー」というアメリカ生まれのトリックスターの前身に、アフリカのヨルバ神話に伝わる聖なるトリックスター「エシュ」を配置する。「われわれは書かれた記録をもって答えることができない[145]」と断り、ゲイツはエシュやその友人イファを、アフリカの口承の神話や彼らの姿を模した人形から読み解いていく。それによって彼らの文化のなかに息づく、アフリカ大陸にルーツをもつ口承文化について精査する。

概していえば、エシュの友人イファが通常のテクストであるならば、エシュはそのテクストを果てしなく解釈し、翻訳する決定不可能性の存在として現れる。言い換えれば、シニフィアンに対して、シニフィエを無限に生み出す存在が、エシュもしくはシグニファイング・モンキーというトリックスターのはたらきであるのかもしれない。たとえば、Aという物語、もしくはAという意味の伝達の過程で、彼らは同時にもの騙っていることがあるのであり、黒人のテクストを理解できるものであれば、Aと発されたテクストが実は反Aなのだと理解したり、意味の混乱や意味の飛躍を面白がったりもできる。エシュ、シグニファイング・モンキーという概念は、修辞上の戦略の伝統にのっとった文学作品にとって重要であるため記号論に引き付けながら細かく追っていくべきことだが、ここでは紙幅の都合上、他日を約したい。

ゲイツはこのようなシグニファイング・モンキーの影響下にあるテクストに表れる形態には、「文彩による改変」「スピーカリー・テクスト」「トーキング・テクスト」「スピーカリー・テクストの書き直し」という大きく四つの特徴があるとして具体的な作品分析をおこなう。なかでも秀逸な分析用語が、この「スピーカリー・テクスト」である。ゲイツは、とくに口承文学の伝統を体現するように意図し、また実際の会話の音韻的・文法的・語彙的形態を模倣し、口承の語りという幻想を生み出すよう意図した作品を「スピーカリー・テクスト（the speakerly text）」と名づけた。[146] この造語の最大のインパクトは、その形容矛盾である。「話す」と「テクスト」という二つの言葉をつなげることによって、アフリカン・アメリカン作家の声の文化と文字の文化の二項対立への葛藤をそのまま表現することが可能となった。

　ゲイツは、「スピーカリー・テクスト」の起源を、初期の奴隷体験記《スレイヴ・ナラティヴ》に見いだしている。最初の奴隷体験記《スレイヴ・ナラティヴ》は、環大西洋の奴隷貿易のなかで十八世紀にジェイムズ・グロニョソーが書いた『アフリカの王子、ジェイムズ・アルバート・ユコーソー・グロニョソー自身によって語られた彼の生涯における最も注目すべき詳細な体験記』である。そもそも、その副題が「彼自身によって書かれた」「語られた」「述べられた」と、版を重ねるごとに変化を繰り返した本のなかで、ゲイツはその本と声の関係が克明に描かれていることに着目する。[147]

　奴隷貿易の商品となったアフリカ人であるグロニョソーが船上で初めて目にして驚くのは、船員が本を読むという行為であり、それはあたかも本そのものが声を出してしゃべっているかのように見える光景だった。グロニョソーは本に耳を傾けて声が聞こえてくるのを待つが、本は決して語らない。ゲイツは、グロニョソーの描写をふまえ、読む行為を象徴的に「トーキング・ブック」と呼ぶ。[148] 船員には話しかけるが、奴隷には話しかけてくれない本という言葉のあやは、奴隷には字が読めないことを意味する。彼が読めるようになる（音読できるようになる）とき、その本から声が出始めてようやく「トーキング・ブック」となるのであり、そのときはじめてグロニョソーは人間と見なされる。ようやく、本を読み、考え、主体をもった人間として自由を訴えることが可能となるのである。[149]

　ゲイツの指摘では、時代を経て、奴隷体験記《スレイヴ・ナラティヴ》の伝統は、本に話をさせるのではなく（本が読めるようになるのではなく）、読み書きができるようになるなどの識字の教育の場面を操り返し描くことにシフトしたという。(150)船上の十八世紀の「トーキング・ブック」の時代から、十九世紀の奴隷体験記《スレイヴ・ナラティヴ》の時代になると、ただ読めるだけでなく、書けるようになるということに自由の意味が付与されたといえる。またゲイツによれば、前掲のステプトこそが、アフリカン・アメリカンの識字と自由の伝統を巧みに明らかにしたのであり、ゲイツはその点でステプトを評価する。(151)

だが、ここで新たな問題が生じる。十九世紀の奴隷体験記《スレイヴ・ナラティヴ》で書けるようになることに自由の意味が付与されたとき、書かれたものは、あくまでも標準英語に準じる。一方で、彼らには口承の伝統という、文字によらず声で紡ぐ独自の表現手法があった。この二種類の表現手法の折り合いをつける必要が起こったのだ。

ゲイツが、必要とされるのは「(略)すなわち、深く叙情性にあふれ、難解なまでに比喩的で、しかも疑似音楽的で黒人の専売特許である口承の伝統と、広く受け入れられてはいるが、まだ十分には自分のものになっていない標準英語の間の仲立ちである。作家にとっての苦しみは、これら二つの関連しながらも際立った違いがある文学の言語に通じながら、もう一つの表現を――大胆で新奇なシニフィアンを見つけることだった(152)」というように、標準英語とアフリカン・アメリカンの声の伝統の間での折り合いを見いだすために、小説での声の描き方の模索が始まる。いわば「どのような声によって、小説の言語で自分たちアフリカン・アメリカンの声が語れるか」という問いが生じるのである。(153)

作家たちの試みの軌跡は、ゲイツが大なり小なり『シグニファイング・モンキー』で取り上げているチャールズ・W・チェスナットやジーン・トゥーマー、また方言詩を表したポール・ローレン

表2　ステプト、ベイカー、ゲイツによる声とリテラシーに関する用語のイメージ

批評家＼概念	声／非文字	リテラシー	声と文字の融合（作品での声の模倣的表現）
ステプト	「下降のナラティヴ」で習得される共同体的態度としての「一族のリテラシー」	「上昇のナラティヴ」で習得される白人の象徴体系としての「リテラシー」	2つのリテラシーを共存させることで2つの自由を得る可能性を示唆（例：『見えない人間』主人公）
ベイカー	「ヴァナキュラー」「ブルース」「奴隷制度のオーセンティックな声」「口承文化」	「リテラシー」	文学作品で描かれる「ブルース・モーメント」、「ヴァナキュラー」な登場人物によるストーリーテリング（例：『見えない人間』トゥルーブラッド）
ゲイツ	「声」	「テクスト」	「トーキング・ブック」「スピーカリー・テクスト」

（出典：Robert B. Stepto, *From Behind the Vail: A Study of Afro-American Narrative*, University of Illinois Press, 1991; Houston A. Baker, Jr., *Blues, Ideology, and Afro-American Literature: A Vernacular Theory*, University of Chicago Press, 1987; Houston A. Baker, Jr., *The Journey Back: Issues in Black Literature and Criticism*, University of Chicago Press, 1983; Henry Louis Gates, Jr., *The Signifying Monkey: A Theory of African-American Literary Criticism*, Oxford University Press, 1989.）

ス・ダンバー、第2章でふれたFWPのニグロ・アフェアーズのトップを務めた詩人ブラウン、そしてヒューズなどにたどることができる。

　以上、三人の論者の声とリテラシーをめぐる用語を整理すると表2のようになる[154]。

　本書は以上のような、声と文字に関する代表的研究の支流に位置づけられる。が、第1部で二つの奴隷体験記《スレイヴ・ナラティヴ》を見てきたことからわかるように、文学史のなかにFWPスレイヴ・ナラティヴを組み込んだうえで声と文字の関係の過去から現代までを俯瞰しようとしている。というのも本書は、FWPスレイヴ・ナラティヴが、声と文字の関係を解き明かすのに不可欠であるという認識に立っていて、またFWPによって二十世紀後半のアフリカン・アメリカンの文学史が大きく変化したことを説明する明確な筋道をつけようとしているからである。

　FWPの研究はこれまで基本的に、経済史を含む歴史学でおこなわれてきた[155]。したがって、本書は歴史学で積み重ねられてきたFWP研究の支流にも位置づけられているといえ、一九三〇年代のFWPスレイヴ・ナラティヴに関する歴史研究の流れと、声と文字を主題とする文学研究の流れの二つが交わるところに位置づけられるといえる。

注

（1）Ellison, Ralph. "The Essential Ellison (Interview)." *Y' Bird*, vol. 1, no. 1, 1977, pp. 155-156.

（2）Ellison, Ralph. *Shadow and Act*. Kindle ed., Vintage International, 1995, p. 173.（ラルフ・エリスン

『影と行為』行方均／松本昇／松本一裕／山嵜文男訳、南雲堂フェニックス、二〇〇九年）

（3）Allen, William Francis, Charles Pickard Ware, and Lucy McKim Garrison. *Slave Songs of the United States.* Books for Libraries Press, 1971, p. 10, 76, 95.

（4）Pryse, Marjorie. “Ralph Ellison’s Heroic Fugitive.” *American Literature,* vol. 46, no. 1, Mar. 1974, p. 4.

（5）Stepto, *From Behind the Veil,* p. xv.

（6）*Ibid.*, p. 167.

（7）Ellison, Ralph. *Invisible Man.* Vintage Books, 1995, p. 32.（ラルフ・エリスン『見えない人間（Ⅰ）（Ⅱ）』松本昇訳、南雲堂フェニックス、二〇〇四年）

（8）*Ibid.*, p. 33.

（9）Eichelberger, Julia. *Prophets of Recognition: Ideology and the Individual in Novels by Ralph Ellison, Toni Morrison, Saul Bellow, and Eudora Welty.* Louisiana State University Press, 1999, p. 43.

（10）Botkin, *Lay My Burden Down,* p. 13.

（11）井上麻衣子「ラルフ・エリスンの Invisible Man における黒人の記憶と歴史」「中央大学大学院研究年報」第三十五号、中央大学大学院研究年報編集委員会、二〇〇五年、一七ページ

（12）Ellison, *Invisible Man,* pp. 190-191.

（13）*Ibid.*, p. 383.

（14）*Ibid.*, p. 568.

（15）Stepto, *From Behind the Veil,* p. xi.

（16）Ellison, *Invisible Man,* p. 579.

(17) Stepto, *From Behind the Veil*, p. 167.
(18) *Ibid.*, p. 167.
(19) *Ibid.*, p. 173.
(20) *Ibid.*
(21) *Ibid.*, p. 168.
(22) Mangione, *The Dream and the Deal*, pp. 256-257.
(23) Busby, Mark. *Ralph Ellison*. Twayne Publishers, 1991, p. 13.
(24) Ellison, Ralph. *Conversations with Ralph Ellison*. Edited by Maryemma Graham and Amritjit Singh, University Press of Mississippi, 1995, pp. 294-295.
(25) Banks, Ann. Introduction. *First Person America*, W.W.Norton, 1980, p. xvii.
(26) Ellison, *Conversations with Ralph Ellison*, pp. 91-92.
(27) *Ibid.*, p. 246.
(28) Bascom, Lionel C., editor. *A Renaissance in Harlem: Lost Voices of an American Community*. Bard, 1999, p. 36.
(29) Banks, *First Person America*, p. 250.
(30) Ellison, *Invisible Man*, p. 255.
(31) Bascom, *A Renaissance in Harlem*, p. 34.
(32) Banks, *First Person America*, p. xx.
(33) *Ibid.*, p. 250.
(34) Bascom, *A Renaissance in Harlem*, p. 44.

（35）Banks, *First Person America*, p. 244.

（36）『見えない人間』のペンキ工場のモチーフになった可能性として、エリスンがFWPの『ニューヨークの黒人』のために提出した草稿で、アメリカの印刷の歴史と黒人の印刷工について調べて報告していることが挙げられる。この草稿は、ニューヨークのションバーグ・センターにマイクロフィルムで保管されている。詳しくは Ellison, Ralph. "Negro Printers and Pressmen in history of American Printing 〈1/3/39〉." 1 Mar. 1939: *Writers' Program, New York City, Negroes of New York* 2: Sc Micro R-6544 を参照されたい。

（37）前掲『人類学と脱植民地化』一〇七ページ

（38）同書一一八ページ

（39）Carby, Hazel V. "Ideologies of Black Folk: The Historical Novel of Slavery." *Slavery and the Literary Imagination*, edited by Deborah E. McDowell and Arnold Rampersad. Johns Hopkins University Press, 1989, p. 127.

（40）Ellison, *Invisible Man*, pp. 59-60.

（41）*Ibid.*, p. 57.

（42）*Ibid.*, p. 46.

（43）Baker, Houston A., Jr. *Blues, Ideology, and Afro-American Literature: A Vernacular Theory*. University of Chicago Press, 1987, p. 188.（ヒューストン・A・ベイカー・ジュニア『ブルースの文学――奴隷の経済学とヴァナキュラー』松本昇／清水菜穂／馬場聡／田中千晶訳、法政大学出版局、二〇一五年）

（44）*Ibid.*, p. 5.

(45) *Ibid.*, pp. 3-4.
(46) *Ibid.*, p. 188.
(47) *Ibid.*, p. 5.
(48) *Ibid.*
(49) Ashe, Bertram D. "Listening to the Blues: Ralph Ellison's Trueblood Episode in *Invisible Man.*" *Ralph Ellison*, edited and introduction by Harold Bloom. New ed., Infobase Publishing, 2010, p. 100.
(50) Ellison, *Invisible Man*, p. 61.
(51) Baker, *Blues, Ideology, and Afro-American Literature*, p. 8.
(52) Byerman, Keith E. *Fingering the Jagged Grain: Tradition and Form in Recent Black Fiction.* University of Georgia Press, 1995, pp. 38-39.
(53) Ellison, *Invisible Man*, pp. 53-54.
(54) Dixon, Melvin. *Ride Out the Wilderness: Geography and Identity in Afro-American Literature.* University of Illinois Press, 1987, p. 72.
(55) Ellison, *Invisible Man*, p. 30.
(56) *Ibid.*, p. 342.
(57) *Ibid.*
(58) *Ibid.*
(59) *Ibid.*, p. 336.
(60) *Ibid.*, p. 341.
(61) Hanlon, Christopher. "Eloquence and *Invisible Man.*" *Ralph Ellison*, new ed., p. 131.

(62) Ellison, *Invisible Man*, p. 342.

(63) *Ibid*, p. 344.

(64) Callahan, John F. *In the African-American Grain: Call-and-Response in Twentieth-Century Black Fiction*. University of Illinois P, 2001, p. 165.

(65) Ellison, *Invisible Man*, p. 68.

(66) *Ibid.*, p. 176.

(67) *Ibid.*, p. 177.

(68) *Ibid.*, p. 16.

(69) Callahan, *In the African-American Grain*, p. 26.

(70) Ellison, *Invisible Man*, p. 158.

(71) *Ibid.*, p. 16.

(72) *Ibid.*, p. 33.

(73) *Ibid.*, p. 384.

(74) Carby.“Ideologies of Black Folk.”pp. 125-126.

(75) Ibid., p. 126.

(76) Ellison, *Invisible Man*, p. 18.

(77) *Ibid.*, p. 11.

(78) *Ibid.*, p. 378.

(79) *Ibid.*, pp. 380-381.

(80) *Ibid.*, p. 388.

（81）Douglass. "Narrative of the Life of Frederick Douglass, an American Slave," pp. 568-569.
（82）Ibid., p. 570.
（83）Ellison, *Invisible Man*, p. 393.
（84）*Ibid.*, p. 502.
（85）*Ibid.*, p. 503.
（86）*Ibid.*, p. 157.
（87）*Ibid.*, p. 158.
（88）*Ibid.*, p. 262.
（89）*Ibid.*, p. 265.
（90）チトリングスについてはＦＷＰによる以下のエッセーが興味深い。Willard, Pat. *America Eats! : On the Road with the WPA*. Bloomsbury Publishing, 2008, pp. 39-46.
（91）Ellison, *Invisible Man*, p. 266.
（92）Byerman, *Fingering the Jagged Grain*, p. 29.
（93）Ellison, *Invisible Man*, p. 178.
（94）*Ibid.*, p. 273.
（95）*Ibid.*, p. 272.
（96）Callahan, *In the African-American Grain*, p. 161.
（97）『見えない人間』の主人公も、「フライング・ホーム」のトッドも、ヴァナキュラーなものとの出合いによって経験し、永遠に変えられてしまうことをオミーリーは指摘する。O'Meally, Robert G. "On Burke and the Vernacular: Ralph Ellison's Boomerang of History." *History & Memory in African-*

American Culture, edited by Geneviève Fabre and Robert O'Meally. Oxford University Press, 1994, p. 258.

(98) Ellison, *Invisible Man*, p. 375.

(99) *Ibid.*, p. 381.

(100) *Ibid.*, p. 377.

(101) *Ibid.*, *p.* 443.

(102) *Ibid.*

(103) *Ibid.*, p. 361, 378, 381, 446.

(104) *Ibid.*, p. 451.

(105) *Ibid.*, p. 453.

(106) *Ibid.*, p. 460.

(107) *Ibid.*, p. 382.

(108) *Ibid.*, p. 509.

(109) *Ibid.*

(110) *Ibid.*, p. 510.

(111) *Ibid.*, p. 546.

(112) *Ibid.*, pp. 545-549.

(113) *Ibid.*, pp. 560-561.

(114) *Ibid.*, p. 553.

(115) *Ibid.*, p. 552.

(116) *Ibid.*, p. 557.
(117) *Ibid.*, p. 560.
(118) *Ibid.*, p. 565.
(119) *Ibid.*
(120) Washington, Booker T. *Up from Slavery*. W.W.Norton, 1996, pp. 22-23.
(121) Ellison, *Invisible Man*, p. 573.
(122) *Ibid.*, p. 7.
(123) *Ibid.*, p. 581.
(124) *Ibid.*, p. 580.
(125) *Ibid.*, p. 581.
(126) Tanner, Tony. "The Music of Invisibility." *Ralph Ellison*, edited by Harold Bloom, Chelsea House Publishers, 1986, p. 42.
(127) Ellison, *Invisible Man*, p. 8.
(128) *Ibid.*, p. 7. ヒップホップ音楽は、一九七〇年代半ば、ニューヨークのブロンクスでアフリカ系、ヒスパニック系、プエルト・リコ系の貧しい若者によって生まれた。彼らはクラブに行く金がなく、公園などでパーティーをする際に、楽器を弾くことができない者がターンテーブルを二台使用して複数の既存のレコードを同時に鳴らし、スクラッチなどの技法を用いた。それに韻をふませた調子がいい語り、つまりラップと組み合わせることで新しい音楽が生まれた。エリスンのターンテーブル五台を同時に鳴らすという発想は、もともとはミュージシャンだったエリスンならではかもしれないが、実はその後のヒップホップ音楽の誕生に先駆けて、音楽的な先見性があったといえるだろう。今後、エリスンのインタビューのなかでのポップ・カルチャーへの言及を網羅する必要があるが、ひとまず本書では、ターンテーブル五台という発想が、ヒップホップ音楽の誕生のアイデアに先んじていた可能性についてふれておきたい。

(129) *Ibid.*, pp. 9-12.

(130) *Ibid.*, p. 581.

(131) このように最後の深く沈み込んでいくような救いのない暗さは、読者に重苦しい行き詰まりの感覚を与える。それは、発表された時代に鑑みると、そのあと「急速に進展する公民権運動という夜明け前の最も暗い闇の時期を小説は描いている」と理解することができるだろう(山下昇『ハイブリッド・フィクション――人種と性のアメリカ文学』開文社出版、二〇一三年、一六三ページ)。そもそも主人公が発しているという「低周波」は、よく知られているように人間の耳にはよく聞こえないこともあるが、長期にわたってその微振動にさらされると人体に害を及ぼすことでも知られる。彼の語りの声によってやがて白人のアメリカ社会に大きな瓦解が始まる、そのような公民権運動前夜の不気味な静けさを暗示した場面として、私たちは最後の一文を捉えることができるだろう。近年では、「朝日新聞」で柴田元幸がJ・D・サリンジャーの死を悼んだ寄稿文で、何十年も作品が発表されなかったサリンジャーの隠遁生活にふれた際に、エリスンを引き合いに出して「地下から出て新しい関係を人々と結ぶ意思を表明して終わる『見えない人間』(一九五二)を書いたラルフ・エリスンは、その一作で代表的なアメリカ黒人作家の地位を得たが、やはりその後数十年、その新しい関係がいかなるものになるのか、答えを出せぬまま生涯を終えた」と言及した(柴田元幸「「生きる違和感」に普遍性――サリンジャー氏を悼む」「朝日新聞」二〇一〇年二月一日付)。

(132) Gates, *The Signifying Monkey*, p. 132.

(133) キャラハン、オミーリーらのプロジェクトについては以下を参照されたい。Callahan, *In the African-American Grain*; Fabre, and O'Meally, *History & Memory in African-American Culture*.

(134)「枠」の有無についての問題については、アフリカン・アメリカン作家らによる異議申し立てとして問題提起されてきた経緯がある。その代表的作家に、ジョン・ワイドマンとゲイル・ジョーンズがいる（Wideman, John. "Defining the Black Voice in Fiction." *Black American Literature Forum*, vol. 11, no. 3, January 1977, pp. 79-82; Jones, Gayl. *Liberating Voices: Oral Tradition in African American Literature*. Harvard University Press, 1991.）。また、「枠」の問題を声の権威と絡めて包括的に論じたアッシュの業績が挙げられる（Ashe, Bertram D. From *Within the Frame: Storytelling in African-American Fiction*. Routledge, 2002.）。

(135) Stepto, *From Behind the Veil*, p. 173.

(136) Baker, *Blues, Ideology, and Afro-American Literature*, p.107.

(137) *Ibid.*, p. 95.

(138) *Ibid.*, p. 97.

(139) Hurston, Zora Neale. *Their Eyes Were Watching God*. Harper Perennial, 2006, pp. 78-80.（ゾラ・ニール・ハーストン『彼らの目は神を見ていた』松本昇訳、新宿書房、一九九五年）

(140) 本書は第5章でミルクマンが歌に反応して謎がとける場面を取り上げる。

(141) *Blues, Ideology, and Afro-American Literature*, p. 14.

(142) Baker, *The Journey Back*, 1983, p. 43.

(143) *Ibid.*

(144) Gates, *The Signifying Monkey*, p. 52.

(145) *Ibid.*, p. 5.
(146) *Ibid.*, p. 181.
(147) *Ibid.*, pp. 136-137.
(148) *Ibid.*, p. 130.
(149) ゲイツは本が「語らなかった」原因をグロニョソーが自分の「ブラックフェイス」に結び付けていたことにも言及している。*Ibid.*, pp. 136-137.
(150) *Ibid.*, p. 167.
(151) *Ibid.*
(152) *Ibid.*, p. 174.
(153) *Ibid.*, p. 184.
(154) 三人の論者による声と文字をめぐる先行研究にもう一つ付け加えておきたいのは、一九九七年にゲイツとネリー・マッケイをはじめ、オミーリーもその編者の一人として名を連ねている『ノートン版アフリカン・アメリカン文学アンソロジー』(*The Norton Anthology of African-American Literature*) の存在についてである。森あおいによれば、十年の歳月をかけて編纂され出版された二千六百ページを超えるこのアンソロジーは、それまで白人中心だったアメリカ文学の伝統に対してアフリカ系アメリカ人の存在を明確に記したもので、画期的な企画として受け取られたという(森あおい「アフリカ系アメリカ人の音楽・文学に見る人種意識の変遷――W・E・B・デュボイスからポスト・ソウル世代のコルソン・ホワイトヘッドに至るまで」、米倉綽編『ことばが語るもの――文学と言語学の試み』所収、英宝社、二〇一二年、九〇ページ)。このアフリカン・アメリカン文学の集大成ともいえるアンソロジーは、まずその第一章「口承の伝統(The Vernacular Tradition)」で、黒人霊歌、ゴスペル、ブルース、労働歌、ジャズ、ラップなどの歌詞、教会の説教、古い民話などを多く取り上げるという章立てのあり方を通じて、声がアフリカン・アメリカン文学の起源にとって極めて重要な要素であることを全集として示した。また、ＣＤを本に付けたという事実も、声と文字という論点にとって重要である。

(155) ジェニングズと作家ワイドマンは早くから、ＦＷＰスレイヴ・ナラティヴとアフリカン・アメリカン文学との関係に着目し、本書と同様に、ＦＷＰスレイヴ・ナラティヴを用いた文学研究をおこなっていることを言い添えておきたい。詳しくは、以下を参照されたい。Jennings, La Vinia Delois. *Toni Morrison and the Idea of Africa*. Cambridge University Press, 2008; Wideman, John Edgar. "Charles Chesnutt and the WPA Narratives: The Oral and Literate Roots of Afro-American Literature." *The Slave's Narrative*, pp. 59-78.

第4章　アーネスト・J・ゲインズと復活した奴隷たちの声

1　新《ネオ》・奴隷体験記《スレイヴ・ナラティヴ》

アメリカでは、最後の奴隷が死んだのは一九七〇年代だったといわれるが[1]、奴隷が地上から完全にいなくなった時期を境にして、逆に文学のなかで奴隷の存在感が次第に増していくという奇妙な現象が始まった[2]。たとえば、本章で詳しく検討するアーネスト・J・ゲインズの『ミス・ジェイン・ピットマンの自伝』（*The Autobiography of Miss Jane Pittman*, 1971）（以下、『ミス・ジェイン』と略記）を筆頭にして、七六年にアレックス・ヘイリー『ルーツ』（*Roots*）と、リードの『カナダへの飛行』（*Flight to Canada*）、八二年にチャールズ・ジョンスン『牛飼い物語』（*Oxherding Tale*）、そして八七年にはモリスンの『ビラヴィド』など、奴隷の体験を描いた作品が七〇年代以降に立て続けに発表され、その数は二十一世紀に入ってもまだ増え続けている。[3]

この「ネオ・スレイヴ・ナラティヴ」[4]もしくは「ポストモダン・スレイヴ・ナラティヴ」[5]と呼ばれる文学的潮流は、アンテベラム期の奴隷体験記《スレイヴ・ナラティヴ》文学のリバイバルであり、奴隷の視点で奴隷制度を描いた作品群である。そのような作品群を称して「新・奴隷体験記《ネオ・スレイヴ・ナラティヴ》」と最初に呼んだバーナード・ベルによれば、その潮流は総じて「声の語りの伝統を残し、束縛から自由への逃亡の現代的な物語」という特徴をあわせもっているという。[6]すなわち、十九世紀の奴隷体験記《スレイヴ・ナラティヴ》とは異なり、新・奴隷体験記《ネオ・スレイヴ・ナラティヴ》には声の語りが多く用いられ、奴隷自身が作品のなかで実によくしゃべるのである。エリザベス・アン・ビューリーは、その点について次のように説明する。

ジャンルとしてのスレイヴ・ナラティヴのリバイバルは、十九世紀の固定した慣習と、白人の読者におもねるという責務から自由になった二十世紀後半のアメリカ文学の最も著しい発展である。先人たちがおそらくできなかったやり方で想像力を駆使し、しかし中身に関しては事実に基づき、かつオリジナルのスレイヴ・ナラティヴの精神に対して誠実でありながら、新・奴隷体験記《ネオ・スレイヴ・ナラティヴ》は、アメリカ文学の言説に新たな声を加えるという責務を負っている。[7]

このようにビューリーは、かつては「白人の読者におもねるという責務」のために先人たちは語ることができなかった奴隷の心の内奥を新・奴隷体験記《ネオ・スレイヴ・ナラティヴ》が描き、また「アメリカ文学の言説に新たな声を加える」ことを試みている点を指摘する。第１章で確認したように、アンテベラム期の奴隷体験記《スレイヴ・ナラティヴ》は南部の奴隷制度の廃止を北部の白人読者に訴え、奴隷解放を推し進める目的があった。したがって、十九世紀当時、執筆するうえで何らかの制約があった可能性は否定できず、白人読者に受け入れられやすい表現を奴隷体験記《スレイヴ・ナラティヴ》の作者たちは選択していたといわれる。たとえばそれは、彼らの美しい書き言葉そのものからも垣間見える。

J・L・ディラードは、奴隷体験記《スレイヴ・ナラティヴ》の「超標準英語（the super-Standard English）」で書いたテクストに何らかの不自然さがあることを指摘する。「アボリショニスト協会の援助のもとで出版された逃亡奴隷のすべてのナラティヴはおそらく逃亡奴隷の感情を率直に描写しているが、しかしそれらのほとんどで書いてある超標準英語は、テクストを若干いじっていることを示している」[8]。当時は、黒人が「オランウータンから人間へと進化する発達段階に属するという見解によって、黒人は、従順で愚かな飼い犬か、せいぜい乳幼児程度の知能しかもたないとの一般認識が確立」[9]していた時代であり、そのような口に出すのもはばかられるような認識がまかり通っていた時代、自分の読み書き能力を読者にアピールすることは、彼らが人間であることを誇示することにつながったのだ。ひいては、それが奴隷制度廃止の真っ当な根拠となりえたことから、英語をいかにうまく書いてみせるか、ということさえも彼らやアボリショニストの白人協力者によって配慮されていたのであり、そのような書き言葉一つをとっても気を配る必要があったことがうかがえる。

白人読者へのこうした配慮の積み重ねが推測できるからこそ、現代の新・奴隷体験記《ネオ・スレイヴ・ナラティヴ》の潮流は、白人読者におもねることなしに、いうなれば、奴隷制度で何があったのかを奴隷自身の視点で書き直したいという目的意識を醸成している。すなわち、奴隷体験記《スレイヴ・ナラティヴ》の奴隷たちがかつて言えなかったことを、作品で奴隷に語らせるということが、新・奴隷体験記《ネオ・スレイヴ・ナラティヴ》のムーブメントを通じておこなわれているのである。たとえば、『ビラヴィド』を書いた際に、モリスンは次のようなことを述べている。

しかし最も重要なことは――少なくとも私にとって――彼ら〔十九世紀の奴隷体験記《スレイヴ・ナラティヴ》の作者〕の心の内についての言及が全くなかったことです。私にとって――奴隷解放からたかだか百年たったにすぎない二十世紀の最後の四半世紀を生きる作家にとって、黒人であり女性である作家にとって――任務は全く異なったものです。私の仕事は「恐ろしすぎて言及することができない出来事」にかけられているヴェールをいかにして引き裂くかということです。その任務はまた、黒人、もしくは周縁化されたどのようなカテゴリーに属する人々にとっても重要です。なぜなら歴史的に、私たちは自分たちが論点になっていたときでさえも、その談論にめったに招かれたためしがなかったからです(10)。

モリスンは、かつての奴隷体験記《スレイヴ・ナラティヴ》がしばしば、「恐ろしすぎて言及することができない出来事」を書きかけてやめてしまう（話題を変えてしまう）点にふれる。だからこそ、二十世紀後半に生きるアフリカン・アメリカンである作家として、当時の奴隷体験記《スレイヴ・ナラティヴ》が言い表せなかったことを『ビラヴィド』で表現することを試みようとする。それはほかでもなく、文学のなかでかつて彼らの先祖が強いられた沈黙を破る試みであり、奴隷の内面を描き、彼らに「声」を与える試みともなる。

したがって、新・奴隷体験記《ネオ・スレイヴ・ナラティヴ》の潮流とは、作家たちが、奴隷解放から百年たったいまようやくアフリカン・アメリカンたちを作品のなかで解放し始めた、遅れてやってきた文学という分野での奴隷解放運動だといえる。またそれを後押しした変化として、公民権運動からブラック・パワー・ムーブメントへと至る様々な権利の主張と、それらの運動の自信に裏打ちされ、目覚めた自己の人種に対する尊厳の意識の自覚もあった。つまり、これまで恥でしかなかった奴隷制度という負の遺産に、祖先の威厳と人間性を認識する肯定的意味が付与されたのである。(11)

ただ、ここで一つ重要なのは、失われた奴隷の声を回復していくという新・奴隷体験記《ネオ・スレイヴ・ナラティヴ》の命題が、必ずしも十九世紀の奴隷体験記《スレイヴ・ナラティヴ》との関係のなかからだけ生じたわけではないということである。アシュラフ・ラシュディは、新・奴隷体験記《ネオ・スレイヴ・ナラティヴ》が始まった背景のうちの一つとして、同時代のある作品の存在を挙げる。

当時、ブラック・パワーの出現という社会的変化、ニューレフトの社会史の発達といった知の変化、そして黒人作家のテクストを出版して教える新たな機会を得るという制度的変化に遭遇したのが一九六〇年代後半だった。これらの変化は一緒になって、向こう三十年の間、アフリカン・アメリカンが奴隷制度について書くというルネサンスへ導く状況を形成したのである。スタイロンの小説をめぐる議論が、それらの変化の必要性を示し、また促進させることに、いかに大きな役割を果たしたかを理解することは容易である。(12)

「スタイロンの小説」とは、一九六七年に発表されたウィリアム・スタイロンの『ナット・ターナーの告白』（*The Confessions of Nat Turner*）である。スタイロンは、一八三一年の奴隷反乱の首謀者ナット・ターナーの裁判記録や弁護士トーマス・Ｒ・グレイの聞き書きによる奴隷体験記《スレイヴ・ナラティヴ》をもとにして、作品を書いている。三一年十一月、死刑執行の日に独房に座るターナーが、過去を回想しながら自身の物語を弁護士に語って聞かせる。[13] ターナーが声に出して語るセリフは極めて少なく、一人称の視点で描かれたいわば長い内的独白のスタイルをとり、フォークナーもなしえなかったといわれる黒人の内面描写に挑んだという意味でも野心的な作品だった。スタイロンのこの作品は、十八カ月間も全米ベストセラーの首位を占め、さらにはピューリッツァー賞受賞の栄誉を受けるなど高い評価を受ける一方、[14] 大きな物議を醸すことになる。

2　再燃した奴隷体験記《スレイヴ・ナラティヴ》の代筆の問題

概していえば、アフリカン・アメリカンにとってターナーは、自由のために抵抗して死んだ英雄的な存在である。たとえば第１章でもふれた一八六一年のハリエット・ジェイコブズの奴隷体験記《スレイヴ・ナラティヴ》には、ある印象的な場面がある。危険な逃亡の前、父親の墓標に立ち寄った帰りに「ナット・ターナーの反乱以前には礼拝のため奴隷たちが集まるのを許されていた古い集会場の跡を通った[15]」とき、ジェイコブズには不意に父親の声が聞こえた気がする。その声は、「自由か、さもなくば死に至るまで立ち止まってはならない[16]」と言って彼女を励ますのである。それは父親の声ではあるが、ナット・ターナーのイメージがそこに重ねられていて、自由を求めながらも恐怖におののくジェイコブズに、勇気を与えているかのようでもある。

これは一例ではあるが、一般にターナーがアフリカン・アメリカンに思い起こされる姿は、自由の殉教者のイメージである。そのターナーが、スタイロン作品では、人間的弱さを露呈する存在として描かれている。そればかりか、性的嗜好として白人女性に対して強い欲望を抱いていたことを描き[17]、同性愛的な場面もあり[18]、さらに最後の絞首刑の場面では、自らの死が迫る抜き差しならない状況でも白人女性との性的合一を幻視するなど[19]の描写がある。一部のアフリカン・アメリカンにとっては、その従来のイメージとの落差から、スタイロンによるターナー像はとうてい受け入れ難いものだった。

この作品を受けて、アフリカン・アメリカンの知識人ジョン・クラークたちによって『ウィリアム・スタイロンのナット・ターナー——十人の黒人作家は応答する』（以下、『応答』と略記）という反論が、スタイロン作品の発表の翌年である一九六八年に出版された。またその年は、ゲインズのインタビューなどからはスタイロンに対する直接的な批判そのものは確認できないが、「『ミス・ジェイン・ピットマンの自伝』を書き始めた」と、ゲインズが自ら語っている年[20]でもある。

クラークら十人の黒人作家によるアンソロジー形式の『応答』には、大きく二つの要点がある。一点目は、ナット・ターナーは妻帯者だったにもかかわらず、独身男性として描かれていることに代表される、いわば史実を改変していることへの非難。二点目は、ターナーを、白人女性に対する性的欲望をもつ黒人男性として、白人男性の黒人男性に対する根強い偏見をそのままステレオタイプに描いている点、いわば黒人表象をめぐる問題である。さらには、以下のような批判もあった。

> 私は、ウィリアム・スタイロンに誠実さがないと言っているわけではない。思うに彼は、彼の人種的なバックグラウンドに鑑みて可能なかぎりの誠実さを持ち合わせている。私が言っているのは、奴隷主の孫には彼らにとっての「ジョージ・ワシントン」的存在ともいえるガブリエルが自分たちの解放のために命を捧げる覚悟だったという意味で、革命をもたらすあの黒人の男を理解するということは不可能だということだ。私は繰り返すが、この新しい小説で私たちが得られるものといえば、ナット・ターナーの告白ではなく（もちろん本人は意図していなかったが）、むしろ、アングロサクソンで南部の白人でプロテスタントである主人こと、ウィリアム・スタイロンの告白である。[21]

この容赦がない『応答』によるスタイロン批判の内容は、スタイロンは所詮、奴隷主の孫であり、そのような立場の彼が本当の奴隷の内面を語ることには限界がある。ターナーよりも前の一八〇〇年に反乱を企てたガブリエル・プロッサーはおろか、「革命的な黒人」であるナット・ターナーのことも理解できるはずがない。スタイロンは意図せずして自身の優越的な人種観を作品で露呈させているのであり、これはナット・ターナーの告白ではなく、アングロサクソンで南部プロテスタントであるウィリアム・スタイロンの告白にほかならないというものであった。このトーンは、この本のタイトルが『ウィリアム・スタイロンのナット・ターナー』とつけられていることからも明らかなように、批判の核となっている。

一方で、スタイロンはその批判に対してインタビューで次のように答えている。

> そう、〔ジェームズ・〕ボールドウィン、そして他数人も作品を支持してくれました。でも『ウィリアム・スタイロンのナット・ターナー――十人の黒人作家は応答する』という本が出版されましてね。この国で、本一冊まるごとが一冊の小説を攻撃するのに費やされたのは、それが初めてでした。作品を詳しく分析してもいなかったんですよ。[22]

もちろんこのように、ボールドウィンら黒人作家たちのなかにもスタイロンの作品の文学的完成度を擁護する向きはあった。そして、スタイロンの反論は正しく、たしかにクラークらの『応答』は文学批評ではなかったのである。たとえば、それがよくわかるのが『応答』の最後の一文である。

> 彼らの文学仲間での〔スタイロンの作品の〕幅広い、批判なき受容は、われわれがどれほどまだはるか遠くまで先に進まなければならないかを示してくれる。ナット・ターナーの、そして、実に黒人の本当の「歴史」は、まだ書かれていない。[23]

語るに落ちるとはこのことかもしれない。クラークらの批判が自ら述べているように、スタイロンの擁護者は「文学」として擁護したが、クラークら批判者は、「歴史」や黒人にとってはたして真実が描かれているか否かを基準にスタイロンを批判していたことがわかる。当時の論争を振り返ったケネス・S・グリーンバーグによれば、「ウィリアム・スタイロンと、最も激しい批判者らの間にある溝は、まるで互いの間の相互作用もまるでなく、闘いが交わってもいなかった。（略）ウィリアム・スタイロンの擁護者と、彼を批評する者たちは根本的に異なる人種、異なる政治、異なる文学的な憶測のうえで、異なる言語で話をしていたのだった[24]」。

そもそも、少し考えればわかるように、クラークらによる、奴隷制度のことは奴隷の子孫にしか書けないと言わんばかりの『応答』の批判の論調には、根本的に論理的な矛盾がある。また、白川恵子によれば、このヒステリックなまでのスタイロン批判の背景に、「六〇年代後期から、一部で、白人支配者層によって歪曲されてきた黒人史を修正せんとするあまり、黒人史の英雄的な部分を過剰に強調する傾向」があったこと、また「遅々として改善されぬ人種差別の現状の下で、黒人史と政治的なプロパガンダとが混同されることになった[25]」という事情があり、ある種のイデオロギーに満ちた歴史観や、時代の政治的鬱憤がスタイロン論争の形を借りて一気に爆発した側面がある。

だが、それでもクラークたちの怒りには、ある文脈をさかのぼってみれば理解できる一面があるようにも思えるのである。それは、奴隷体験記《スレイヴ・ナラティヴ》の言葉の権威の問題にまで戻る、世代を超えた怒りともいうべき問題であり、それがクラークたちが共有し、そしてスタイロンが持ち合わせていなかった世界観だったと考えられる。そのとき、前掲のまるで対話が成立していなかったというグリーンバーグの指摘は、実に興味深い。なるほど、『応答』の彼らの怒りは、なぜ彼らが怒っているかということさえスタイロンらにまるで理解されなかったうらみがある。そして、批判者たちの怒りの理由が相手に理解されないというこの構造は、この問題の根深さをよく表している。

たとえば、前述のようにスタイロンの『ナット・ターナーの告白』のもとになっているのは、アンテベラム期の奴隷体験記《スレイヴ・ナラティヴ》の一つ、ターナーの弁護士のトーマス・R・グレイが代筆した『ナット・ターナーの告白』だった。初期の奴隷体験記《スレイヴ・ナラティヴ》を振り返ったとき、本来それらは、奴隷が束縛から自由になるまでのプロットである。しかし、『ナット・ターナーの告白』だけは、数ある奴隷体験記《スレイヴ・ナラティヴ》でも唯一、北部へ逃亡して自由になることなく、奴隷のまま処刑された例外的な作品だ。しかも、ターナー自身は識字能力をもちえていたが、彼が留置所でグレイに語った話をグレイが書き、ターナーはそのまま絞首刑になったため、ターナーの発言の権威は大きく揺らぐことになる。

にもかかわらず、かつてグレイによって代弁されたナット・ターナーの声が、スタイロンの小説のなかでは、一般的なアフリカン・アメリカンのナット・ターナー像を逸脱した姿でよみがえる。そこにあるのは、奴隷を描写する立場にいる支配者と、描写される側に常にいる奴隷とのいびつな関係である。被支配者が支配者にかつて代弁され、いま再びスタイロンによって望まない形で代弁されてしまったことが、この作品をめぐる物議の最大の問題点なのである。要するにスタイロンの『告白』をめぐる議論は、「アメリカ文学・文化の人種的な力学」についての疑問を生じさせ、「奴隷制度がどのように描写されるかというだけでなく、誰が描写するのか」という「文化の専有」の問題だったのだといえる。(26) そして、スタイロンをめぐる議論で一気に噴出した憤りこそが、その後数十年と続く新・奴隷体験記《ネオ・スレイヴ・ナラティヴ》の潮流が始まるきっかけの、一つの原動力となったと考えられるのである。

スタイロンが新・奴隷体験記《ネオ・スレイヴ・ナラティヴ》に与えたインパクトとは、奴隷解放から百年がたったいまでも、奴隷の「声」が、主人のテクスト、すなわち支配者が書くテクストに奪われたままであるという根本的な現実を、アフリカン・アメリカン作家たちに思い出させたことにある。つまり、新・奴隷体験記《ネオ・スレイヴ・ナラティヴ》で共有される命題である奴隷の「声の回復」とは、アンテベラム期の奴隷体験記《スレイヴ・ナラティヴ》だけでなく、奴隷制度から現代のスタイロンの描いたナット・ターナーに至るまでの長きにわたって奪われた「声」の回復にほかならなかった。

3　再評価されるFWPスレイヴ・ナラティヴ

ナット・ターナーをめぐるまるでかみ合わない議論のなかで、次第に議論がかみ合い焦点化されていったことがもし一つあるとするならば、本当の歴史的事実とは何なのかを知りえない、というアポリアを共有したことではないだろうか。白川は次のように述べている。

> だが他方、彼らがスタイロン批判をするうえで拠り所としたナットに関する「歴史的事実」にも問題が残ることは否めない。「歴史的事実」という言葉によって、我々は、それがあたかも真実を語るものであると受取りがちだが、反乱に関する資料が極めて少ない今回の様なケー

スで、はたしてその「事実」がどれ程信頼できるのか。否、そもそも、「歴史的事実」とは何か。（略）テクスト化されたものを介してしか、我々は歴史にアクセスすることができないのであるならば、我々の前に提示される「歴史」は、常に「すでに読まれ、解釈された」テクストを、再度解釈し考察するという行為によってだけ存在し、読み手や解釈者が、その社会的、歴史的立場の影響から逃れることができないために、何らかの政治的意図をも含むことになる。[27]

白川の指摘のように、スタイロンを批判したクラークらは、自身の批判の根拠としてグレイが書いた『ナット・ターナーの告白』をもとにしてスタイロンの作品を照合した。だが、よく考えてみればグレイの代筆によるナット・ターナーの奴隷体験記《スレイヴ・ナラティヴ》には、そもそもどこまでターナーの声が反映されていたのか。そのために、クラークらもスタイロンと同様にグレイの記録をもとに読者たちが想像し、かつ創造してきたナット・ターナー像を支持していたのであり、彼らもまたスタイロンと同じ立場であるにすぎない、という矛盾に陥ることになったのである。

このナット・ターナーに関する「歴史的事実」が限られているという問題は、実は、一般的な奴隷についての「歴史的事実」もまた限られているという問題と同じアポリアを共有している。そのために、アフリカン・アメリカン作家たちによっていまや失われた先祖たち（奴隷たち）の「声の回復」が試みられるとき、彼らは常にその難題に立ち向かわなければならない。限られた奴隷制度に関する記録のなかで、奴隷の声の回復をしようにもはたしてどのようなものが本当の声なのか、という問題が焦点化されるのである。

たとえば、文学作品として奴隷制度を描くということは、少なからず奴隷制度の歴史を作品に取り込むことを意味する。そのとき、「奴隷制度を中心的問題として扱い、通常奴隷にされた主人公という特色をもった現代的作品、新・奴隷体験記《ネオ・スレイヴ・ナラティヴ》は、スレイヴ・ナラティヴの研究者の歴史の開拓の努力（略）に依存する」[28]部分が大きい。奴隷に関する資料として不十分だったとしても、直接話を聞ける元奴隷はすでにこの世にいない。そのとき奴隷制度をめぐる歴史は、ある種のニヒリズムに直面することになる。その点で、ユージーン・ジェノヴィーズは、このスタイロンのナット・ターナーをめぐる論議に参加した歴史学者でスタイロン擁護に回った一人でもあるが、実に興味深い歴史学上の転向をおこなうことになった。ラシュディは次のように指摘する。

> たとえば、一九六八年以前にジェノヴィーズは奴隷の証言の歴史的価値に極めて懐疑的だった。六九年以降、スタイロンの小説をめぐる議論に加わってからは、ジェノヴィーズには急進的な興味の変化があり、奴隷の証言の使用を完全に認め始め、また彼の新たな態度を反映させるため自分がこれまで取り組んできたプロジェクトを再検討したのだった[29]。

このように、スタイロンをめぐる議論が持ち上がって以降、ジェノヴィーズは、スタイロンの議論の前とは用いる研究資料を変化させる。彼がそれまでその真正性を疑っていたはずの「奴隷の証言の使用」、すなわち、FWPスレイヴ・ナラティヴの資料を用いた奴隷制度の社会史の研究に向かうのである。ジェノヴィーズは、スタイロンの議論のなかで、何が真実のナット・ターナーなのかを考えめぐらせていくうちに一つの結論に達したのではないか。アンテベラム期の奴隷体験記《スレイヴ・ナラティヴ》では、字を自分で書ける奴隷はごく少数であり、書けたとしてもくだんの事情があった。一方で字が書けなかった奴隷による奴隷体験記《スレイヴ・ナラティヴ》は、白人に代弁されることによって言葉の権威が揺らいでしまった。そこで唯一、奴隷が読み書き能力にも時代的制約にも関係なく自らの言葉で語った証言、元奴隷の聞き書きであるFWPスレイヴ・ナラティヴに注目せざるをえないという結論である。

FWPの資料がこの時期に再発見され、新しい歴史学を形成していった背景には、大学でカリキュラム編成がおこなわれ、黒人研究（Black Studies）が大きく発展し始めていたという要因もある。(30) 出版社や他の文化機関がアフリカン・アメリカン作家のための場を開拓するようになり、彼らのテクストへの新たな需要が生まれていた。

こうした、黒人研究のかつてない高まりは、奴隷に対するこれまでにないほどの関心が生じたことを意味していた。FWPスレイヴ・ナラティヴは、その後一九七〇年代の奴隷制度に関するジェノヴィーズの他、アルバート・ラボートゥー、ローレンス・レヴィーン、トーマス・L・ウェッバーなどの代表的な歴史研究の一次資料として用いられるようになる。つまり、これまでの歴史学の成果ではわからなかった奴隷の姿が、FWPの資料を積極的に使用したこの新しい社会史によってようやく見え始めたのである。

したがって一九六〇年代後半から七〇年代にかけては、従来の奴隷制度の歴史と「ニューレフトの社会史」の二つの歴史観がせめぎあうなかで、後者が前者をまさに更新しようとしていた時代の転換期となる。興味深いことに、これら二つの種類の歴史のせめぎあいは、『ミス・ジェイン』の冒頭で描かれている。プロローグは、ジェインの話を聞きたがる歴史教師が、過去何度かの来訪で断られたあと、それでも諦めずにあらためて彼女を訪ねてくる場面から始まる。ジェインの家には同居人メアリーがいて、彼女が高齢のミス・ジェインの身の回りの世話をしているらしい。歴史教師はミス・ジェインにしつこく話をせがんで、ジェインからの許諾をようやく得る。それを受けて、歴史教師を疎ましく思うメアリーが次のように言う場面がある。


「あんた一体、何のためにミス・ジェインの話を聞きたいんだい？」。メアリーが言った。

「私は歴史を教えているんですが、彼女の人生の物語は、学生にいろんなことを説明するのに必ず役立つと思うんです。」

「すでにある本じゃだめなのかい？」。メアリーが言った。

「ミス・ジェインのことはどこにも載っていないんです（Miss Jane is not in them）」と私が言った。[31]

二人のやりとりは、『ミス・ジェイン』という作品がそのなかで二つの歴史観を対比させていることを象徴している。一介の老婆にすぎないジェインの声の語りは、「すでにある本」と対峙する。たとえばハーマン・ビーヴァーズは、「「すでにある本じゃだめなのかい？」とは極めて重要な質問である。なぜなら、書かれた歴史と語られた歴史の二項対立のことを言っているからである[32]」という。それは、ＦＷＰスレイヴ・ナラティヴの元奴隷の語った話が、「すでにある本」、いわば権威がある従来の奴隷制史よりも重視されたことを意味する。
また、そのような奴隷の声の証言の優位性は、作品ではさらに次のように描かれる。

ときには話がおかしな方向に進んでいるなと思うことがあった。ミス・ジェインがある日、一つのことを話していたかと思うと、次の日にはまるっきり別のことを話すのだ。私がぶしつけに「でも、例のあの話はどうなったんですか？」と聞こうものなら、ミス・ジェインは疑い深い目つきで私を見ていうのだ。「え？　それがどうしたって？」。それにメアリーがこういって味方する。「今日の話のどこが悪いってんだい？　どこか気に入らないことでもあるんかい？（略）お前さんがジェインのやり方を変えなきゃなんねぇってんなら、自分で話をすることったねぇ。それとも、もうこのへんで話はたくさんだっていうのかねぇ[33]」

このメアリーの歴史教師に対する喜劇的な、半ば脅迫ともいえる場面でのミス・ジェインの優越について、ビーヴァーズは「これはよりいっそう根本的なことを、暗示している。それは、ミス・ジェインが話す「権利」は、話さないという選択肢を暗に含んでいる、ということでもある[34]」と述べている。かつて奴隷体験記《スレイヴ・ナラティヴ》の作者が、言いたいことに自らヴェールをかけてきたのに対して、ここではようやく相手が聞きたいことを語るか語らないかの主導権までを元奴隷が握ったことを描いている。それは、作品のなかで奴隷に言葉の権威が完全に渡されたという意味で、象徴的な場面だと思われる。

4　ＦＷＰスレイヴ・ナラティヴを擬装すること

ミス・ジェイン・ピットマンは、字が読めない百十歳の元奴隷である。一九六二年に、彼女はある歴史教師に切願され、奴隷制度から現在までの人生、約一世紀分の思い出を語ることになる。プロローグで教師は、彼女の話をポータブル録音機にとって、編集の方法を説明する。「私はミス・ジェインの言葉を最大限に残すことに努めた。彼女の単語の選び方や語りのリズムを」[35]。こうしてテープから歴史教師によって取捨選択され書き起こされたジェインの声の語りは、作品のタイトルでもあると同時に作品の枠物語ともなる。その枠物語『ミス・ジェイン』を、私たち読者はあたかもミス・ジェインの語りを歴史教師の肩越しから漏れ聞くようにして読み進める[36]。

プロローグを除いた全編が元奴隷の昔語りの体裁をとるこの作品で、奴隷制度から公民権運動までの歴史が、彼女の声の語りの方言やリズム感、イントネーションがある話し言葉によって語られている。ミス・ジェインの声がナレーターに語りの役目を譲り渡すことなく、すべてが声で語られるというこの特徴は、『ミス・ジェイン』と同様にヴァナキュラーな語りを用いて高い評価を受けるハーストンの作品『彼らの目は神を見ていた』と比較したときに際立つ。偶然にもミス・ジェインと同じ名前であるハーストンのジェイニーは、枠物語のなかで自らの声を消してしまう。ジェイニー自身の声によって語られるべき地の文は三人称となり、唯一、会話部分だけが彼女の声で語られている。[37]

西垣内磨留美は、ハーストンの『彼らの目は神を見ていた』はジェイニーが自分の言葉を獲得するまでの物語でもあるにもかかわらず、自ら声を消してしまうという問題がこれまで議論されてきたことについて、ジェイニー自身の声に作品の語りを任せることによって生じてしまう「大きな物語世界を映し出すには制約の多い一人称の語り[38]」の限界について指摘する。そして、むしろハーストンがナラティヴの合理性をあえて選択した可能性についてふれている。西垣内の指摘をふまえると、たしかに枠物語のナレーターがミス・ジェイン自身である『ミス・ジェイン』の場合、彼女の語りの声がすべてを引き受けなければならず、彼女以外の登場人物たちの声を彼女が担当するとき、そして彼女がその場にいなかったにもかかわらず全知全能的にその場面を描写するときに、とくに違和感が拭えない。なぜ『ミス・ジェイン』は、ナレーションを誰にも譲り渡すことがなかったのか。

また、『ミス・ジェイン』が、元奴隷による声の語りがまるでFWPスレイヴ・ナラティヴの聞き書きのようであり、FWPのインタビューの収集過程さえも作品で再現するという独特のスタイルをもつことこの作品の特徴である。歴史教師によるテープレコーダーを使った声の録音がFWPスレイヴ・ナラティヴのフィールドワークでのインタビュー録音を彷彿とさせるなど、FWPスレイヴ・ナラティヴを想起させる設定の数々だけではなく、ゲインズがFWPを参考にしたといって隠さないミス・ジェインの「語りのリズム[39]」は、事実FWPスレイヴ・ナラティヴの元奴隷の証言に酷似している。

ここで注目したいのが、この作品をめぐるエピソードとしてよく知られるノンフィクションとの誤解であり、「ニューズウィーク」誌からミス・ジェインの写真提供を求められるなど、ミス・ジェインが実在の人物と間違えられるケースが後を絶たなかったという出来事である。(40)この本がノンフィクションであるとされた一連の誤解は、このような表現が可能であれば、むしろ正しい誤解だったのではないか。というのも、この作品は過去についての真正な奴隷の証言であることをある意味、装っていたのではないかと思えるのである。そもそも『ミス・ジェイン・ピットマンの自伝』というタイトル自体が、フレデリック・ダグラスやブッカー・T・ワシントンの自伝を想起させる(41)のであり、「自伝」というタイトルを掲げた時点で、この作品がノンフィクションとして読まれるべき作品であることをわれわれに訴えていることにほかならない。

そのとき生じる一つの疑念は、この作品が歴史的事実とは何かということについてのわれわれの認識を根底から揺るがそうとしているのではないか、ということである。つまりゲインズは、ノンフィクションだという誤解を招くように書いている節がある。フィクションで本当の自伝や歴史的事実と誰もが思うものを作ってみせることで、本当の自伝や歴史的事実だと通常私たちが思っているものは、案外フィクション性を帯びたものであることを気づかせたかったのではないか(42)。その意味で、『ミス・ジェイン』は、公に認められている歴史の正当性に異議を申し立てた作品だといえる。

ここで、再びスタイロンのナット・ターナーを思い出したい。『ミス・ジェイン』とスタイロンの『ナット・ターナーの告白』の二つの作品を並べてみたとき、両者の作品は、奇妙な相似をなしている。まず、両者のプロローグである。アンテベラム期のグレイによるナット・ターナーの奴隷体験記《スレイヴ・ナラティヴ》には、次のような裁判記録などを含む公示が添付されていたが、小説『ナット・ターナーの告白』のプロローグにも全く同じものが添付されている。

一八三一年十一月五日（土）、最近まで故パットナム・ムーアの財産だった黒人奴隷ナット、別名ナット・ターナーの裁判のためジェルサレムで開かれた法廷の構成員であるわれわれ下掲署名者はここに以下のことを証明する、トーマス・R・グレイに対するナットの告白はわれわれの面前でナットに対して読み上げられたこと、ナットは同告白が完全であり、強制されたものでなく自由意思によるものであることを確認したこと、さらに裁判長である治安判事から何か言うことはないか（略）と問われたとき、グレイ氏に語った告白以上に言うべきことは何もないとナットが答えたこと。一八三一年十一月五日の本日ジェルサレムでわれわれの署名と印章のもとに記す。

ジェレミア・コブ〔印章〕
トーマス・プレトロー〔印章〕
ジェイムズ・W・パーカー〔印章〕
カー・バワーズ〔印章〕
サミュエル・B・ハインズ〔印章〕
オリス・A・ブラウン〔印章[43]〕

かつてオリジナルのナット・ターナーの奴隷体験記《スレイヴ・ナラティヴ》が裁判記録からの抜粋と裁判関係者らからのサインなどによって本物であることを権威づけていたように、このようにスタイロンの『ナット・ターナーの告白』も、それとほぼ同じものを自身の作品の巻頭に添えることによって、自身の作品に真実味を与えている。一方、『ミス・ジェイン』だが、こちらの巻頭には、前述のように、これがFWPスレイヴ・ナラティヴのような本物の元奴隷による聞き書きであることを信じさせるために、インタビューから出版に至るまでの過程を丁寧に綴っている。たとえば次は、「ミス・ジェインが何もかも忘れたよと言い始め(44)」、話のペースが落ちてほとんど先へ進まなくなったときの歴史教師（インタビュアー）の話である。

私にとってただ一つの救いは、私がジェインにインタビューに行く日には誰かがその家にいて、あらゆる方法で進んで力を貸してくれたことだった。（略）ここで断っておかなければならない。この物語を通して、ミス・ジェイン一人に語ってもらったけれど、他の人たちが彼女に代わって話を続けることもあった。（略）ミス・ジェインは、また話を始められるようになるまで、そこに座って耳を傾けているのだった。その話し手の言うことに同感だと、かなりの間話を続けさせることもあった。だが同意できないときには首を振って言った。「いや、違う。違う違う違う」。そうすると、その語り手はミス・ジェインに反駁しようとはしなかった。なぜなら結局のところ、これは彼女の物語なのだから。（略）最後のインタビューを終えて約八カ月後にミス・ジェインは死んだ。その葬式で彼女の話に出てきた多くの人々に会った。私はテープのことを話し、いつかもっと話を聞かせてもらえないかと頼んでみた。（略）ほとんどの場合、彼らの話の多くはミス・ジェインが前に話したことにかなり近いものだった。終わりにあたり、私は数カ月の長きにわたったインタビューの間、終始ミス・ジェインの家にいてくださったすばらしいみなさんに感謝したい。これはただミス・ジェインの自伝であるだけでなく、その人たちの伝記でもある。（略）ミス・ジェインの物語は彼らのものであり、彼らの物語はまたミス・ジェインのものである。(45)

このように手の込んだ謝辞と、『ミス・ジェイン』の出版に至るまでの道のりを丁寧に綴っている。スタイロンがグレイの代筆によるナット・ターナーの奴隷体験記《スレイヴ・ナラティヴ》を自身の作品の基軸に据えたのに対して、ゲインズはＦＷＰスレイヴ・ナラティヴを自身の作品の基軸に据える。そして、スタイロンの作品が、裁判記録からの抜粋と裁判関係者らからのサインによって作品の真正性や歴史の権威を高めているのに対して、ゲインズの作品は、ミス・ジェイン以外の人々がインタビューに居合わせたとし、かつ彼女の葬儀で出会った人々からもさらに話を聞き、ミス・ジェインばかりか彼らに対してもこの本を捧げることによって、幾重にもわたって信頼性を読者にアピールする。読者はそれを信じ、ゲインズのもくろみは成功する。つまり、両者はともに（スタイロンだけではなくゲインズも同様に）、作品に歴史の真実味を与える手続き、権威づけの行為を巧妙におこなっているのである。

以上をふまえると『ミス・ジェイン』は、ミス・ジェインが実在の人物であることを主張することに力を注ぎ、元奴隷のインタビューそのものであるように装う、極めて特殊な作品なのである。しかし、『ナット・ターナーの告白』と大きく異なるのは、『ミス・ジェイン』の場合、かつての奴隷体験記《スレイヴ・ナラティヴ》のように白人の権威によってではなく、ミス・ジェインを取り巻くコミュニティの人々によって権威が付与される点である。ビーヴァーズは、ゲインズが、十九世紀の奴隷体験記《スレイヴ・ナラティヴ》が権威づけの文書を必要としていたことを認識していて、この小説でそのフォーマットから逸脱することを責務と感じていた可能性があるという[46]。

とすれば、それは裁判記録という権威を自身の作品に付したスタイロンに対するゲインズの挑戦ではなかったのか。ゲインズは、ミス・ジェインという最近まで存命していたという実在しない元奴隷の証言の真実性を、同時代のミス・ジェインの実在しないコミュニティの人々の多くを巻き込みながら担保し、スタイロン作品がよりどころとした裁判関係者らの署名入りの裁判記録と対抗させるという離れ業をやってのけた。そして、『ミス・ジェイン』がノンフィクションであることを読者に信じさせるという成功を収め、それを通じて、ジェインの声が実在の奴隷の証言としてテクスト全体に響き渡る。

響き渡る、というのは決して比喩ではない。事実、ミス・ジェインには、声に出されない声が存在しない。いわば内面さえも声に出して語るのであり、その点でもミス・ジェインは、ナット・ターナーのスタイロンとは極めて対比的な関係にある。前述のように、スタイロンは内面の語りを一人称で、しかも内的独白として続けたのであり、ターナーの声に出す語りは積極的には描かれていない。そのような意味でも両作品は対比をなしているのであり、ミス・ジェインが声に出す語りの声を誰にも譲り渡すことがなかったのは、実はスタイロンの声をもたないナット・ターナー像に対するカウンター、すなわち彼なりの「応答」ではなかったのか。

そのとき、ゲインズがよりどころとしたのがほかでもない、従来の奴隷制史に対して一石を投じたFWPスレイヴ・ナラティヴの証言だった。そこで次節では、具体的にどのようにして、FWPスレイヴ・ナラティヴの奴隷の語りを響かせながらミス・ジェインの声そのものが作品のなかで表現されたのか、ゲインズの音声を表記する手法について考察していきたい。

5　言い間違い、同じ言葉の繰り返し

では、どのようにゲインズがFWPのスレイヴ・ナラティヴの元奴隷の声を作品で響かせているのか、またそこにはどのような工夫があるのかを論じる。そのFWPスレイヴ・ナラティヴに関して、ゲインズは次のようにいう。

私が『ミス・ジェイン』を書いたとき、私のバイブルは、『わが重荷をおろせ』(*Lay my Burden Down*)という一九三〇年代に記録された、WPAの元奴隷の短いインタビュー集でした。(略)それらを幾度も読んだあと(何度読んだか自分でも忘れました、たぶん百回は読んだと

思います）、私は、元奴隷がもっていただろうリズム、話しぶり、対話、そしてボキャブラリーを得ました。ミス・ジェインは、ご存じのように元奴隷ですからね。[47]

このように、ゲインズは元奴隷の語りの「リズム、話しぶり、対話、そしてボキャブラリー」を、FWPスレイヴ・ナラティヴに目を通すことで学んだ。では、実際にそれらの四つの特徴は、どのように作品のなかで表現されたのか。ここでは、それらのうちとくに重要だと思われる最初の三つを、『ミス・ジェイン』とFWPを比較しながら見ていきたい。[48]

まず、「リズム」である。たとえば、『ミス・ジェイン』の冒頭部は、次のような一節で始まる。一八六二年の南北戦争中、南軍と北軍がミス・ジェインの主人の家に寄ったときのことについて、ミス・ジェインは次のように語る。

ちょうどいまみたいに乾燥してて、暑い日でね、ほこりがもうもうと舞ってたよ。七月だったかね、よくわからんね。でも七月か八月だった。太陽がかんかん照りでね、忘れるもんかい。(It was a day something like right now, dry, hot, and dusty dusty. It might ’a’ been July, I'm not too sure, but it was July or August. Burning up, I won't ever forget.)[49]

このように、「マイタ（might ’a’）」すなわち本来は「マイト・ハヴ（might have）」だったと思われるが、そこに省略があることに気づく。ところが、「マイタ（might ’a’）」というように have が直前の語の一部であるかのように発音している。それに起因して、have の音が部分的に消滅し、「ア（'a'）」という母音だけになっていることがわかる。つまり、「マイト・ハヴ」と「マイタ」を発音しながら比較してみると、そこに本来あるべき音「ヴ」がないことで、音の隙間が生まれている。それはごく小さな音の隙間だが、いわばメロディーの休符の存在のように、語りの音の流れに、生き生きとした変化や動きをもたらしていると考えられる。

マリー・E・ドイルによれば、このようなゲインズの作品で声の語りを描写する代表的なテクニックに「音声表記に基づく（phonetic）、綴りと短縮(50)」があるという。たとえばドイルはその例として、ミス・ジェインが使う「y'all、go'n、kinda」などを挙げる。(51)それらの意味を一つずつ確認してみると、「アンタらみんな（y'all）」は、you all の省略であり、「ユウ・オール」を「ユオー」と音を短くしてミス・ジェインが発話していることがわかる。同様に「行った（go'n）」、つまり本来 gone は、「ゴーン」の音が省略された結果、「ゴン」という発音になる。そして「ある種の（kinda）」は、比較的珍しくはない訛りではあるが、kind of「カインドブ」の綴りを変え、「カインダ」と短く発音される。

一方、FWPではどうだろうか。このような短縮や綴りの工夫による独特の発音の再現は、ゲインズが百回は読んだというボトキンの『わが重荷をおろせ』のなかに数えられないほど見いだすことができ、ほとんど一般的な特徴だといえる。本書では第2章でふれたように、FWPスレイヴ・ナラティヴは、ナショナル・ディレクターのオルスバーグの「可能なかぎり言った言葉に近いレポートを準備すること」という指示によって、元奴隷たちの言葉を極力保存するよう努力していた。

たとえば次のような再建期の時代について証言するＦＷＰの元奴隷の語りを見てみよう。

> わしら、戦争が終わってしばらくはヤンキーは見なかったんですけどね、あの人たちはねえ、老女主人のいい馬を取って貧相な老いぼれラバを残していって、わしらのトウモロコシをぜんぶ取っては、燻製小屋にあった食べるもん何一つ残していきやしませんでしたよ。(Us didn't see no Yankees till they come along after the war gone, and they took Old Mists' good hosses and left some poor old mules, and they took all us's corn and didn't left us nothing to eat in the smokehouse.)[52]

この聞き書きは、Us didn't see no Yankees の us の目的格代名詞の主格としての使用や、同じく us's corn のように所有格と区別されない目的格代名詞[53]の使用、そして黒人英語に現れる現象としてよく知られる二重否定が肯定ではなく否定を表す[54]など、黒人英語の文法は実に刮目すべきところではあるが、ＦＷＰが『ミス・ジェイン』に与えた「リズム」の影響としてとくに注目したいのが、「オールド・ミスツス・グッド・ホセス（Old Mists' good hosses）」である。

本来ならば、「老女主人のいい馬」として「オールド・ミストレシズ・グッド・ホーシズ（Old Mistress's good horses）」となるところだろう。しかし、ＦＷＰスレイヴ・ナラティヴがおこなった、その元奴隷の言葉の音の特徴を書き取るという努力によって、大幅なスペルの脱落が起きていることが確認できる。以上のようにゲインズは、これらのＦＷＰの音声に基づく表記を作品で忠実に再現することによって、ミス・ジェインが語る言葉がもつ生き生きとしたリズム感を表現する。

このようなミス・ジェインの脱落や省略による声による語りの表記が生み出す「リズム」の他に、ドイルは「リズム感がある繰り返し（rhythmic repetitions）」を指摘する。[55] なるほど、ゲインズは、作中で「ジミー、ジミー、ジミー、ジミー、ジミー（"*Jimmy, Jimmy, Jimmy, Jimmy, Jimmy*"）」[56]というように、同じ単語の反復性によってリズムを表現する。もし、これが「ジミー（"*Jimmy*"）」の一言ならば、リズムは生じない。しかし、この同じ単語の規則的な反復によって、同じ音の長さのビートが規則的に繰り返されるような効果を生んでいる。そのとき、ミス・ジェインが実際に話をしているような臨場感をも醸し出しているといえるだろう。同様に、「わしらは歩きに歩き、歩いて歩いた。あーあ、よく歩いたもんだよ。（We walked and walked and walked and walked. Lord, we walked.）」[57]という walk の累加では、彼らが単調な道のりをくる日もくる日も歩き続けたことを印象づけている。[58]

一方、ＦＷＰスレイヴ・ナラティヴはどうだろうか。「だんな！　だんな！（Massa! Massa!）」[59]といった名前の呼びかけの繰り返しが同様に確認できる。[60] 他にも、「彼女にとっちゃあ、難儀も難儀、難儀なこった。（For her, it am trouble, trouble, and more trouble.）」[61]というように、話をより盛り上げる効果として、繰り返しが用いられている。また、「奴らは、騎兵用のピストルを抜いて、最初に、パン！　ディックは走った、二度目にパン！　ディックは走った、三度目にパン！（They pull out hoss pistols, first time, pow! Dick run on, second time, pow! Dick run on, third time, pow!）」[62]というように、口承の昔話に似て、一つの物語のなかで決まった言葉のパターンを繰り返す手法も確認できる。

6　話の脱線、時間軸の混乱

二つ目に、ゲインズがFWPから学んだミス・ジェインの「話しぶり」について見ていく。G・ジョーンズは、自身も方言を多用するアフリカン・アメリカン作家だが、アフリカン・アメリカン文学作品の黒人の語りの技法を分析した評論集『声を解放すること』で、『ミス・ジェイン』の語りの手法について興味深い分析をしている。彼女が指摘するのは、ミス・ジェインの話し方の顕著な特徴である「時制の揺らぎ」であり、それはまたミス・ジェインのストーリーテリングの技術の一つとして、聞き手（読者）を引き付けていると分析する。[63]「時制の揺らぎ」とは、ミス・ジェインが過去を振り返るとき、過去時制で描写される場面で即座に現在時制に変わる点である。[64]たとえば、奴隷解放後、ミス・ジェインが十歳だった頃に、グループのリーダーである女性ビッグ・ローラやその他の元奴隷とともに北へ向かった場面を見てみたい。

彼女には子どもが二人おった（She had two children)。一人は腕んなか、ちっちゃい女の子だった。それで彼女、ネッドの手を引いておった。心配しなさんな、ネッドのことは、あとから話すからね（Don't worry, I'll tell come to Ned later)。ああ、そうだよ。ネッドのことは、あとから話すからね。[65]

このように過去についての語りのなかに、彼女の現在の考えが交ざり込む。ということは、声の語りは、あくまでもいまここにいる語り手の視点から過去が語られているのであり、逆にいえば、声のリアリティとは、声が常にいまここに存在する肉体から発せられているということをどれほど私たちに思い起こさせられるのかにかかっている。

他にも、ミス・ジェインが義理の息子ネッドの行く末を案じる場面で、その頃ネッドの家は「いまあの子のお墓があるところからちょうど道一つ隔てて向かい側」にあったのだ[66]と、ネッドの死をあっけなく、読者に先取り的に知らせてしまう。また「彼女は見たんだよ、いや、暗かったから見えたはずはないね」と、ときに思い間違いを訂正し[67]、「ティミーが出てったのはいつだったかね？どうだったかね、さあどうだったかね[68]」と思考の過程も声に出すなど、むしろ安定した過去描写からはみ出ることで、いまここで話されている実際の肉声としてのリアリティを生み出す。書き言葉のように推敲や書き直しをすることはできない、即興的に語っている現在がリアルに表出される。そのような語りの戦略を、ゲインズはうまく用いているのである。

一方、ＦＷＰを確認したい。たとえば、奴隷制度が過去形で描写されるなか、「ヘンリー・ジョンスンについても一つおかしなジョークを話そうかねえ（I'll tell you 'nother funny joke 'bout Henry Johnson）。やっこさんはいつも掃除しなきゃなんなかったよ（He had to clean up most of time.）[69]」というように、前掲のミス・ジェインの語りと同様、彼らの語りには複数の時制が混在する。それは現在という時間を生きる語り手の声のインタビューを記録する際に、はからずも起きる現象だと考えられる。

また、次のような聞き書きもある。

時折、私はもとの場所に戻れたらなって思うのさ、だってわしらいっぱい食べるものがあったもの、それで豚をつぶすときはね、わしらいっぱい食べたどころの騒ぎじゃなかった。（略）それで肉とラードとほお肉とチトリングスだろ――ウーン、いまでもそいつが見えるのさ（I can see 'em now）[70]。

このように、このFWPスレイヴ・ナラティヴからわかるのは、いま現在語っている元奴隷の頭のなかで奴隷制度の記憶がよみがえるとき、それはまるで実況中継であるかのようであり、声の語りは過去への言及であっても、あくまでも現在の語り手のなかで生じている記憶の再現となる、ということである。その結果生じた、このような生き生きとした口調のスタイルは、もちろんはじめから意図されたというよりも、聞こえたとおりに記録するFWPの方針の副産物にすぎない。しかし、この声の語りを記録する際の特性、すなわち声の語りが常に現在という時間に結び付けられている事実にゲインズが着目し、ミス・ジェインの語りの手法に取り入れているのは極めて興味深い。

オングはいう。声で話される記憶の語り手は、いまここで「多分な肉体的要素（a high somatic component）」を伴って語らなければならず[71]、また「話される言葉は常に、全体的な生存状況の、ある様相なのであり、そうであるからこそ、常に身体をも巻き込む[72]」のだ、と。つまりオングによれば、声で語るということは、力を入れなければならず、常に人間の肉体を必要とする行為である。そして声の語りである以上、その語りは生きる肉体（声帯、その他の器官も含む）から発せられている。このようなオングの論に依拠すると、肉体で語られる声の語りには、否が応でも生きている人間の現在の時間の気配が忍び込むといえる。その点が、安定的に書き手が時間軸を制御できる、書かれた文章とは異なっているといえるのではないか。

すなわち、声で語られる物語のリアリティとは、肉体が不自由に現在にとらわれていることを読者に意識させるという点にある。声であるかぎり、必然的に過去の語りであっても、いま現在の語り手の息づかいや過去に対する嘆きなど、語り手の気配が忍び込んでしまう。過去の語りの過去形が、突然、現在形に変化する、そのような時制の変化は、すべて現在に帰属せざるをえない肉体を伴った声によるナラティヴだということに起因しているのである。『ミス・ジェイン』で生じる「時制の揺らぎ」の多さは、決して偶然ではない。ＦＷＰスレイヴ・ナラティヴに記録された元奴隷の声の語りの現在性の雰囲気を、ゲインズが意図的に写し取っていると考えられるのである。

7　読者に話しかけてくる奇妙な本

では、さらに、ＦＷＰからゲインズが学び取った三つ目の要素である「対話」を見てみたい。ボトキンがまとめたＦＷＰスレイヴ・ナラティヴで確認できるのは、現在語っている元奴隷とインタビュアーとの間の次のような「対話」である。

あんたにちょっと教えましょうかね、だんな（Just to show you, boss）、サム主人がどんなだったか、そんでどんなに若い白人ってのがひねくれていてね、怒りっぽくて残忍だったかってのを。（略）いいえ、だんな（No, sir, boss）、サム主人はね、わしらが説教とか歌うとかそういったことは一切やっちゃなんねえって、許しちゃくれなかったですよ。残忍な人でね。ほんとにそうだったですよ（I tell you he was）。（略）奴隷制度の時代はたいへんでしたよ、だんな（boss）。どんだけたいへんだったか、あんたわかんないでしょうよ（You just don’t know how tough it was）。どんだけ必死に黒人が自由になりたがってたかってのを、あっしもあんたによく説明できやせんのだけども（I can’t ’splain to you just how bad all the niggers want to get they freedom）。（略）私ら黒人が最初に自由になって主人のところを去り始めたとき、うんとこさ主人たちが怒り狂いましてね、荷台を壊し始めたんですよ。あの人たち、見つけ次第、黒人を殺してやるって言ってね。何人かは本当に、それ、やっちゃったんですよ、だんな（boss）、案の定ですよ。あんたに真実をお話ししましょうかねぇ（I’s telling you the truth）。奴らときたら数百人、黒人を殺しちゃいましてね。黒人が自由を満喫するってのが単に許せんかったんでしょう。これね、本当のことなんですよ、だんな（boss）。(73)

このように、この元奴隷が話している際の「あんた」や、「だんな」とは、ほかでもなくＦＷＰ

のライター自身である。話者はインタビュアーであるライターに向かって話しているのであり、FWPのライターが声で語った内容は記録されていないが、両者の間に「対話」があったことをこれらの呼びかけは如実に物語っている。他の元奴隷のインタビューもほぼ同様である。「なんで私がいまじゃここに住んでるかだって？（How come I here?）[74]」「暮らしぶりはよかったかだって？（Was we good?）[75]」「ああ、そうさ、だんな（Oh, yes, sir）[76]」「カーペット・バガーを追い払ったかだって？（Git rid of the carpetbaggers?）[77]」「もちろん、わしゃ戦争を覚えとるよ（Of course I'member the war）[78]」というように、FWPのライターがそばにいる気配が彼らの言葉の端々に刻み込まれている。

　一方『ミス・ジェイン』にも、語り手と聞き手である歴史教師との「対話」が描かれる。FWPのスタイルのように、歴史教師の受け答えそのものは書かれていない。しかし、ミス・ジェインが歴史教師に向かって語っている、という気配を感じ取れるのは、ミス・ジェインの言葉の端々に、聞き手としての歴史教師の存在感が書き込まれているからである。たとえば、ルイジアナのクレオールの人々の説明にミス・ジェインの話題が移るとき、彼女は「この人たちが物事をどんなふうに考えるのかってのを教えるのに、ちょいとあんたに短い話でもしようかね（I want tell you a little story）、この話は本当なんだよ[79]」と言う。ここで「あんた（you）」という目的語の存在が、ミス・ジェインが歴史教師にこの物語を語っていたことを読者に思い起こさせるのである。

　このような描写は枚挙にいとまがない。とくに驚くべき箇所は、ミス・ジェインが面倒を見ていたネッドが殺されるエピソードで、自分が好きな魚釣りを通じて実はその殺し屋とは知り合いだった、という話をする場面である。ミス・ジェインは、「夕方涼しくなると、堤を降りて魚を釣ったもんさ。（略）食べきれないときは、みんなにも分けてやったよ。ま、あのあたりで私くらい魚を食べとったもんもおらんだろう。体にいいのさ、魚は。（略）野菜もいいね。魚と野菜、それに適度な仕事。それに歩くってのも大事だね[80]」といった長生きの秘訣を歴史教師に教え始めるなど、突如、話が脱線する。それは、話がどこにいくかわからない感覚として、ストーリーテリングには不可欠な要素であり、しかもそこに聞き手がいてはじめて可能になる声の語りの特質として理解することができるだろう。

つまり、声の語りとは、誰か他の人がそこで聞いていて反応する準備をしていることを常に当てにしている（そうでなければ、語り手は、自分自身に独り言を言っているにすぎないだろう）。ゲインズは、聞き手の歴史教師の存在感をミス・ジェインが語る言葉の端々に書き込むことで、その語りが声の語りだということを読者に喚起させる。声の語りとは、本質的に聞き手との「対話」であることを、ゲインズはFWPスレイヴ・ナラティヴから学び取ったのではないだろうか。

さらに、このような聞き手の存在を語り手の言葉の端々に書き込むという手法は、『ミス・ジェイン』に意外な効果をもたらしている。作品は後半に進むにつれて、次第に「親しみをこめた「あんた」と呼びかけながら、聴衆に話しかける[81]」。声の語りが「あんた（you）」という際に、その「あんた」とは、設定上、作中の聞き手ではあるものの、同時に読者を指す可能性がある。キャラハンは、事実、彼女が繰り返す、あんたという呼びかけが、ミス・ジェインに会いたいと望むすべての者を招き入れているという[82]。読者にとって、主人公が語りかけてくる錯覚を覚える効果が生まれているのである。それはどういうことだろうか。

たとえば、次のミス・ジェインの語りのなかに、語り手と聞き手（読み手）の間にある即興的な関係が作り出されていることを顕著に見いだせる例がある。これは『ミス・ジェイン』の最終章で、時代は一九六〇年代である。奴隷居住区で暮らす、ミス・ジェインの友人ヨーコは息子が公民権運動に参加したかどで、居住区のプランテーションの所有者ロバート・サムスンによって立ち退きを迫られる。その際に、家財道具を居住区から運び出す場面である。

ヨーコは衣装ダンスの鏡になにも覆いを掛けなかったもんだから、鏡がそこら一面に反射してたよ。家から運び出すときから居住区を出るまで、鏡はあたり一面反射してねぇ。（略）あんたにも光が反射しとったはずだよ、もし、その場にいなすったらね。(83)

言うまでもないが、「あんたにも光が反射しとったはずだよ」というのは、ミス・ジェインが彼女の話を録音している教師に向かって話しているときの「あんた」である。しかし、彼女が教師に対して「あんた」と呼びかけるとき、その二人称は、本当に彼女が自分に向かって話しかけている、という奇妙な幻想を読者に与える。言うなれば、私たちはミス・ジェインのストーリーテリングに耳を傾ける者として一瞬にして彼女に結び付けられる。そのために『ミス・ジェイン』は、主人公が「読者に話しかけてくるアメリカ小説のレアなカテゴリーの一つ」(84)とときにいわれるように、声の物語であるからこそ、彼女の語りの声が読者を、語り手―聞き手という関係性のなかへと招き入れるのだ。もしくは、声の語りを模倣するテクストが、ほんの一瞬、読者に、聞き手であることを模倣させるかのようであるともいえる。

もちろん、「あんた（you）」とは、英語の性質上、総称的な「人」であり、歴史教師だけでなく、誰でも同じ立場にいたら同じことになるだろうというニュアンスを含む一般論の you でしかない。しかし、誰のことをも指す総称的な性質をもつために、「彼女の「あんた（you）」は、それらのテープを聞くだろうすべての者たちを招き入れながら、包括的な価値をもつ」[85]のである。ミス・ジェインの you という招きによって、話をするミス・ジェインのそばにいたコミュニティの人々や歴史教師だけでなく、ミス・ジェインの死後にテープを聞くあらゆる者たち、そして読者の誰もがみな、総称の you として、奴隷居住区に響く彼女の話に耳を傾ける状況が作り出される。こうして、ストーリーテリングという声の物語は、語り手とそれを聞く（読む）者たちすべてを結び付ける。

このように、声で語られる物語が生み出すテクストと読者との親密な関係を、ステプトは、「解釈共同体（interpretive communities）[86]」と呼ぶ。すでに確認したように、ストーリーテリングの声は、本質的に聞き手を必要とし、「対話」の関係を必要とする。したがってそこには、語り手と聞き手といった関係性が生まれるのだが、そのときストーリーテリングの物語の声は、テクストと読者の関係を、語り手と聞き手の関係へと変える。読者がストーリーテリングの物語を読むとき、知らず知らずのうちに、ストーリーテリングの聞き役になってしまう、という効果である。またディクスンも同様に、アフリカン・アメリカンのストーリーテリングに関して口承の伝統が、語り手と聞き手の間に即席のコミュニティを作り出し、書き手と読者の間に橋をかけ、相互的な関係を築くことを指摘する。[87]さらには、キャラハンによっても同様にその現象は言及され、それは作家と読者の間の「コール・アンド・レスポンス」と呼ばれている。

（略）黒人作家たちは自らの作品に、即興的なエネルギーと受け継がれてきた口承伝統のやり方を染み込ませる。（略）音楽とストーリーテリングの手法を応用させた語りのテクニックとしてのコール・アンド・レスポンスは、演じる者と彼らの観客の間によくある人間らしいやりとりに似ている。潜在的な関係を作家と読者の間に築くのである。[88]

キャラハンによれば、ストーリーテリングを用いる小説は、いわゆる「コール・アンド・レスポンス」を「作家と読者の間」に生み出す。そして読者を参加者としながら、アフリカン・アメリカン作家はストーリーテリングのパフォーマンスを披露しようとしているのだという。さらにその意図としてキャラハンは、ゲインズだけでなく「多くのアフリカン・アメリカンの作家が声を用いるのには、聖なる政治的目的もある[89]」という。すなわち、アフリカン・アメリカン作家たちには、自身の声の語りを多用した作品を通じて、読者がアフリカン・アメリカンの奴隷のコミュニティの文化を心に留め、それによってアメリカのモットーである「多からなる一」という、人々の多様で民主的な文化のあり方が実現されることに対する期待があるのだという。[90]

そのように考えると、ゲインズのこのストーリーテリングの物語は、どのような読者もが、彼らの「解釈共同体」に参加することを歓迎し、奴隷制度というアフリカン・アメリカン固有の経験が、より多くの人々へ開かれていくことを期待しているとも考えられる。また、ＦＷＰスレイヴ・ナラティヴを作品に応用しているために、ミス・ジェインの声を通して、読者の前には想像上の元奴隷との親密な関係性、いわば「解釈共同体」が開かれている。ゲインズがFWPスレイヴ・ナラティヴの声のように語るミス・ジェインを作り上げ、元奴隷の言葉遣いを再現し、さらには彼らが見た世界がどのようなものだったのかを見せるとき、[91]読者をそこに参加させ、様々な人を招き入れることで、一人の元奴隷が見た世界にすぎない奴隷の個としての経験は、「多」の経験に転換されようとしているのである。

8　百十歳の無敵のヒロイン

物語は、ミス・ジェインが十歳の頃の思い出から始まる。一八六二年、ミス・ジェインがまだ奴隷だった頃、南北戦争の最中である。偶然、行きがかりの北軍の大佐からつけてもらったジェイン・ブラウンという名前を、彼女は主人や女主人に鞭打たれてもかたくなに守り、それまでのタイシーという奴隷名を捨て去る。「(略)お前さん、何て名前だい？　ジェイン・ブラウンです。するとまた私を打つ。え、何て名前だって？　ジェイン・ブラウンです[92]」。過酷な畑仕事でも自己主張を貫き、ジェインはちょっとした厄介者だったことが次の描写からわかる。

「黙ってろ、おまえは面倒を起こしてばかりいやがる。お前がこの畑にきてからというもの、俺は面倒のかけられ通しだ」。班長が言った。

「あたいが面倒ばかりで何にもならねえっていうんなら、あんたなんか、はじめっから何にもなってやしないじゃないか」

気がついてみると、私の口はしびれてしまって、地面に伸びとった。（略）私は飛び起きると、その黒んぼの班長の手にガブッとかみついた。(93)

この受け答えの妙から、ミス・ジェインは子ども時代から歯に衣着せぬ物言いをすることがわかる。ジェインが奴隷解放の日に、「北ってどっち？　指さしてみせてよ。あたいがみんなに、どっちに行ったらいいか教えてやるからさ」と人々を先導しようとするのを、班長が力でねじ伏せて黙らせようとする。ジェインは殴られ、「口がしびれ」てしまい、これ以上は言葉を発することができない。

しかし、言葉が思うように出てこなければ、ジェインは、唯一の武器である歯を使って応戦する。(94)このように、非力な子どもでしかない彼女は、自分の口だけを頼りに大人たちと渡り合う。フィリップスによれば、奴隷にとって話すことがいかに危険か、むしろ沈黙は美徳だと、元奴隷チャールズ・ボールをはじめノースアップ、ダグラスがそれぞれの奴隷体験記《スレイヴ・ナラティヴ》で記していて、また、当時の奴隷法（Slave codes）では、裁判で奴隷が白人に不利な証言をすることは違法だったと述べている。(95)そのような時代背景をふまえると、ジェインという人物がいかに奴隷体験記《スレイヴ・ナラティヴ》の枠からはみ出すように描かれているかがわかる。

奴隷解放後、ミス・ジェインは、自分に自由人の名前をつけてくれた北軍のブラウンが住むオハイオを目指す。同じく北上するプランテーションの仲間たちと行動をともに移動を続けていたある日、森のなかで、のちのKKK（クー・クラックス・クラン）になる貧乏白人と南軍の生き残りにジェインたち一団が襲われる。声を殺して潜んだ茂みのなかで、のちに養子となるネッドと二人だけが生き残ったことに気づいたとき、むしろさらに前進することが彼女の頭によぎる。「先へ進まなくちゃなんない」というミス・ジェインの切迫感は、あたかもこの作品を流れる基調低音のように人生の晩年の公民権運動に至るまで、ミス・ジェインが「話が進むごとにより偉大なる自由に向かって歩く」[96]、いわばひたすら前進する感覚を醸成している。たとえばジェインが、旅路の途中で裕福な白人の婦人に対して次のように告げている場面がある。


「どうしてオハイオなんぞに行きたいの？」。白人の奥さんが聞きなすった。

「自由のためです」

「ここでもお前は自由だよ。あの解放宣言のこと聞いてないの？」

「ちゃんと聞いたよ。でも、あんなこと信じちゃいねえです。（略）泣くことなんかねえ。ただどんどん先に進むんです。奥さん。そいだけですよ」。私は言ったのさ。[97]

作品では、やや冗長にも思えるほど、導入部でルイジアナからの移動が果てしなく続く。どこへもたどり着けそうにない子ども二人のオハイオへの旅がようやく終わりを迎えるのは、道中で出会ったジョブという男が親切にも、黒人に理解がある共和党の大人物ボーン氏が経営するプランテーションに連れていってくれたことがきっかけだった。ボーンは、二人を見て次のように言う。

「ここはプランテーションだ。保育園をやってんじゃないんだ。（略）うちじゃ、お前は使いものにならないな」

「あのう、使うって、仕事をすることですか？（略）仕事なら誰にも負けません」（略）

「だがおまえはとにかく痩せっぽっちだし、せいぜい月六ドルだ。それでいいか、いやならやめるんだな」

「また生意気言うようで何だけど、他の女の人にはいくら払ってんですか？」(98)

ここで、ジェインは生まれて初めて、働いて賃金を受け取る機会を得る。斧や鍬を持って畑を耕作し始めたジェインは誰よりも仕事のスピードが速く、一カ月後には、大人の女性たちと同じ月十ドルの給料に格上げとなる。それは、初めて経済的に自立するチャンスだった。彼女がそれまで望んでいた北部人のブラウンさんを頼ってオハイオに行くような、依存心をちらつかせながらの自由ではなく、彼女が自身の力で手にした具体的な経済的自由の一つだった。

だがここで、単純にジェインが自由への移動の歩みを止めたかのように理解してしまうのは早急すぎるかもしれない。たしかに、ジェインは奴隷から賃金労働者になり、そのプランテーションに十二年間定住するが、次のようなボーン氏との契約の際の印象的な場面がある。

私は羽根ペンの先を自分の口に突っ込むと、×印を書こうとテーブルの上にかがみこんだ。書き上げてみると、とても正確に書けたように見えたんで、突っ立ったまま長いこと見つめとった。もうちょっと先にカーブを付けようか、それとも点か何か付け足そうかと思ってやりかけたら、ボーンさんがペンと紙を取り上げちまった。

「×印を書けっていったんだ、本一冊書けなんていってやしないぜ[99]」

取るに足りない描写のように見えるが、契約のサインをする場面には、長い間、識字の習得を禁じられてきたアフリカン・アメリカンにとって根本的な問題が描かれている。読み書き能力が奴隷状態から抜け出すための伝統的な自由の手段であり、自由になるためには読み書きの能力を増さなければならないという、いわばステプトがいう「自由とリテラシーを求める」アフリカン・アメリカンの神話がここにも示唆されている。ジェインは、ペンと紙を与えられ、字が書けない人がサインを書こうとする際の記号である×印を書いて、しばし感慨深そうに眺める。

しかしジェインは、「ペンと紙を取り上げられ」てしまう。働き始めて、近所の学校の先生からどうしてみんなのように学校にこないのかと尋ねられて「夜、畑から戻ってくると疲れちまってるし、ネッドさえ読み書きを覚えてくれりゃあそれでいいんです」と答えている[100]ように、二人分の生活がかかった日々の苦しい労働のせいで、彼女は読み書き能力を身に付けることは諦める。一方、ボーン氏は、ネッドに対しては、ジェインの給料から五十セントを天引きして学校にやることを提案する。[101] つまり、ジェイン自身は読み書きを身に付けることはないが、まず奴隷労働からの脱却を実現し、その稼ぎによって、ネッドは読み書き能力での奴隷状態から解放されることになる。このようにジェインとネッドのオハイオへの旅は中断され、目的地へとたどり着かなかったものの、「読み書き能力の獲得」という意味では、確実に自由に向かって前進しているといえるだろう。

次は、教育とネッドの学校建設のエピソードが、形を変えた旅として、再建期時代（奴隷制廃止後の南部で社会的再建作業が進められた時代）の中心的テーマになる。一方で、経済的状況は深刻さの一途をたどる。北部の資金が南部に流れ込み、それを借りた南部が自分の土地を取り戻して戦前的な生産関係が復活する。労働の対価としての賃金はそのまま支払われるが、アフリカン・アメリカンたちはつけでプランテーション内の店で食糧と衣類を購入しなければならず、借金体質から抜け出せない。「また奴隷に戻ったってわけさ[102]」とジェインはいう。いわゆる、悪名高いシェアクロッパー制度である。

だが、ジェインは「北へ行くことにも希望がもてなかった。南部に残っても同じかもしれん[103]」と考える。そして、「でもここにいて自分とネッドのためにやれるだけやってみよう。もうちょっと楽な暮らしができて、ネッドもましな学校に行けるようなところがあると聞いたら、そこへ行って暮らそう。それまではここに残ろう。そう思ったのさ[104]」。ネッドのさらなる識字の習得こそがこの時期の彼女の重要な関心事となる。それはミス・ジェインが、来たる時代に黒人が自立するには教育が鍵であると確信していたことにほかならない。

そのような生活が十年近く続き、ネッドは「本を読むことを覚えたし、字も書けた。家にはいつも何か本が置いてあった」[105]とジェインが回想するように、ジェインの期待どおり完全に読み書きを習得する。そして、十代後半で彼は、南北戦争から戻ってきた黒人兵士たちからなる黒人の地位向上のための組織の運動に関わっていく。じきにネッドは、いまやKKKと呼ばれるようになった元南軍兵士たちや貧乏白人からなる秘密結社の白人たちにとって、非常に目障りな存在になる。ある晩、ジェイン宅に彼らがやってくる。

　ある晩、あの子が委員会の仕事で留守にしていたときだった。（略）「ヤツはどこだ」。一人が尋ねた。「ヤツって誰です？」。私は言った。

　男は手の甲で私を張り倒した。（略）「これでもまだヤツがどこにおるか知らねえっていう気か」。さっきの男が聞いた。

「知らないね」。私は立ち上がりながら言った。[106]

　このときのジェインは、殴られても口を割らない。そして立ち上がりながら、「知らない」と声に出して言う。この場面は、ジェインが子ども時代に森で、彼らから身を守るのに「うまく隠れ、なおかつ沈黙によって生き残った」[107]こととは対照的である。もちろん、二つの場面にはそれぞれ身近に死が迫る度合いの違いがあるものの、しかしここでのジェインは以前と同じ白人集団の暴力に対して言葉を発することで抵抗し、なおかつ「立ち上がる」のである。ジェインは、すぐにネッドを旅立たせる。ネッドはルイジアナから、当時の黒人たちが集まっていたカンザスへと向かい、そこの農場で働きながら夜学へ通って教師となる。

ネッドが出て行ったあと、次に二人が再会したときには二十年がたっていて、ジェインもネッドも中年になっていた。ネッドはダグラスの名前にあやかりネッド・ダグラスと改名していることからも明らかなように、白人も黒人も平等であるというダグラスの思想を引き継いでいる。また、ダグラスの思想を胸に、ネッドは、ジェインのそばで学校建設を始めるのだという。

ジェインに束の間の、家族に囲まれた幸福がやってくる。だが、ネッドの学校建設の噂は白人たちに広まり、付け回され、ジェインは彼が殺されることを危惧する。その頃、ジェインがときどきコーヒーを飲ませてやっていた彼女の釣り仲間であり殺人を生業とすることで有名なアルベール・クルボーから、ネッドに殺人予告が出ていることを警告される。しかも、その仕事は彼が担当するという。そのときの場面が以下のとおりである。

> 「あんたに私の子が殺せるのかい？」
> 「ああ」
> 私はアルベール・クルボーを一瞬見つめた。そのとたん、頭がぐるぐる回るような感じがして、家のほうへ一歩踏み出したきり倒れちまった。誰かが遠くで「ジェイン、ジェイン、どうしたんだジェイン」と呼んでる声が聞こえた。（略）私は悲鳴を上げた。（略）でも、一生懸命叫んでいるのに、声になって出てこんかった。遠くで誰かの声がしとった。（略）自分では叫

んどったのだが、ちっとも声にはならんかったのさ。(108)

アルバート・ワーセイムは、「声にならない叫びによって責め苦を味わうミス・ジェインが、同胞の恐ろしくそして長く沈黙させられた苦しみの象徴となっている(109)」と述べる。彼女の沈黙はまた、ネッドの受難を暗示する。恐怖におののいたジェインは、ネッドが日曜に人々を川辺に集めて話を始めたときにも白人たちに見張られていることに気づき、次のように言う。「きょうは、話をしないほうがいいんじゃないかい？(110)」。ジェインはネッドに沈黙するよう懇願するが、「それこそ奴らの思うつぼだ」とネッドは返す。(111)そして、黒人の未来について語り始める。「だがいずれ死ななきゃならないとしたら、君たちはどっちを選ぶかな？　奴隷の身で満足ですといって死ぬより、私は一人の人間です、といって死ぬほうがいいと思わないか(112)」

結局、クルボーによってネッドは殺される。コミュニティの黒人たちはこのニュースを聞くと泣きだす。生きていた頃はネッドに近づきたがらなかった人たちまでもが、死んだと聞くとまるで子どものように声を上げて泣く。みんながネッドの体に触れたがり、家のなかに運び込むのを手伝いたがる。(113)道には、ネッドが撃たれたところから運び込まれた家まで血の跡が点々とつき、何年たっても黒い染みが残っていたとジェインはいう。(114)このように、道についたとれない染みは、「自由への歩み」にネッドが永続的な影響を与えていくイメージとなっている。(115)

やがて、ネッドの理想は実現され、学校は建設される。その学校も洪水で流されるが、ジェインはその土地を手放すことなく、土地の維持費や税金は寄付でまかなわれているという。(116)「そこは、この地区とこの州の子どもたちのためのものだよ。黒人も白人もね、わしらは気にせん。わしらが知ってほしいのは、一人の黒人の男が子どもたちのためにずっと昔に死んだってことさ」[117]。こうしてネッドの死は、黒人だけでなく、どのような人種にとっても重要な意味をもち、彼の学校はルイジアナ州のモニュメントとなる[118]。

同時にこの頃から、このコミュニティでミス・ジェインは、ネッドのような指導者を育てた者としての人望を集めていく。それを象徴するのが、コミュニティに新しい先生が赴任すると代々、ミス・ジェインの家に間借りすることである[119]。子どもの教育という未来へつながる重要な拠点に彼女の家が選ばれているのは、教育者であり指導者ネッドを育てた者として、ジェインが白人にも黒人にも一目置かれた存在となり信頼と尊敬を集めるようになったことを示唆している。またそのことは、ジェインはネッドのような識字能力を最後まで得ることはなかったが、違う形で彼女自身がいまだに識字という自由を追い求めていることを象徴している。

だがそのあとしばらくの間は、狂言回しのように、家事を任されて住み込みで働くようになったサムスン家（プランテーション）で起きた様々な事件を目撃する第三者として、ミス・ジェインは語るだけである。やがて変化が生じるのは、第二次世界大戦中、ミス・ジェインが屋敷勤めをやめて奴隷居住区に移りたいと申し出てからのことだ。彼女が、次の世代の当主ロバート・サムスンに尋ねる場面から、その時代の彼女とサムスン家の関係を推し量ることができる。

「ロバートのだんな、メアリーの隣のあの家に引っ越してもよろしいでしょうか？」

「わしに聞いとるのかね？　わしがまだサムスンを取り仕切っとるとは知らんかった。お前だとばっかり思ってたよ[120]」

冗談ではあっても、ミス・ジェインが、屋敷の主である白人家族にとって大きな精神的な支えとなっていることがわかる。ミス・ジェインは、敷地のなかにいまも残る古い奴隷居住区へ戻ってくると、いよいよ人生で最大の局面を迎える準備をする。それは、ネッドに替わる次の黒人リーダーを生み出すという仕事だった。続いて今度は、その居住区でジミーという子どもが成長していく姿が回想される。

まず、「ジミーが読み方を覚えると、私らはあの子を居住区の読み手（reader）にした。（略）あの子はいつも私のかわりに読んだり手紙を書いたりしてくれた。新聞も読んでくれたっけ[121]」と、コミュニティのジェインをはじめとした老人たちが、何かにつけてジミーに識字能力を高める機会を与える。ビーヴァーズは、ジミーが新聞を読むことを通じて得られる「気づき」の重要性を指摘する[122]。新聞を読ませるミス・ジェインをはじめ、コミュニティの人々の努力が、リアルタイムで世の中の公民権運動前夜の黒人問題をめぐる動きを彼に理解させることにつながる。

やがて成長したジミーはサムスンのプランテーションの居住区を出ていく。それはいよいよワシントンで、「あの判決」が出た年だった[123]。ドイルが指摘するように、「あの判決」とは、一九五四年の公立学校での人種隔離政策を違憲とした「ブラウン対教育委員会」の最高裁判決を意味すると思われる[124]。そんな政治の季節に、ジミーは都会で当然のように公民権運動に参加する。それはサムスンの農園で暮らす黒人たちにとって、ずっとジミーが自分たちのリーダーになるという長い間の夢の実現のはずだった。しかし、実際に市民的権利を求める運動が始まると、サムスン家は、運動に関わった者だけでなくその家族にも立ち退きを強制したことから[125]プランテーションの住人は恐怖におののく。地域の教会を拠点に運動を展開するべく人々を鼓舞しようと帰ってきたジミーは、ある日人々が集まった教会で言う。

僕はみんなに約束できることは何一つありません。（略）でも、僕たちは前に進まなくちゃならないんです。そうしたら、いままですでに活動していた人たちも前に進めるんです。[126]

「いままですでに活動していた人たち」とは、当時、活躍していた公民権運動のリーダー、マーティン・ルーサー・キング牧師を指している。だがそれに対して、人々は冷たい。「キング牧師とその同志はジョージアやアラバマに財産をもっとる。わしらは無一文だ[127]」と、運動に関わることで自分たちは生活できなくなると訴える。そしてジミーを指して、「また、一人殺されちまうな」と言う者もいる。[128]人々の心を掌握することに失敗したジミーは、その晩、仲間と一緒にミス・ジェインを訪ねてくる。

私はジミーに言った。あんたがやろうとしていることは、私にゃよくわかるんだよ。あんたの生まれるずっと前に、私の息子が同じことをしようとしたからなんだよ。[129]

ミス・ジェインは、教会員とは異なる解釈をする。というのも、ジミーが公民権運動の闘士として立ち上がる前に、ネッドがいた。ジミーは昼間の教会で、自分たちが前に進めば、「いままですでに活動していた人たちも前に進めるんです」と言ったが、それについて、キング牧師とその一派だけを指すとはミス・ジェインは考えていない。むしろ、「いままですでに活動していた人々」とは、ネッドのことでもあり、同時に公民権運動に至るまでに自由のために死んでいったすべての人々を意味する。

二人は会話を続ける。「ぼくはただ、ここへ来てあなたに話しておきたかったんです。ミス・ジェイン、（略）ぼくはどんどん進むしかないんです（I have to be moving on）」[130]。それは、ミス・ジェインが子ども時代に、オハイオへの旅の途中で、「ただどんどん先に進むんです（略）」[131]といったセリフそのままである。ジミーは続けて、デモを決行すること、そのデモにミス・ジェインも参加してほしいことを告げる。それを知ったメアリーが、こんなおばあさんを担ぎ出さなくてもと苦言を述べると、ジミーは「始めたのは僕じゃない、ずっと昔の人なんです」[132]と言う。この時点で、ジミーとミス・ジェインの考え方が、完全に一致する。公民権運動はこの数年の問題に対する抗議活動ではなく、ネッドやネッドが信望していたダグラスなどの人物も含め、ミス・ジェインが直接的・間接的に見てきた自由を求めて志半ばで死んだ数多くの人々が続けてきた自由を求める運動になる。だからこそ、奴隷制度から現代までの約百年を歩いてきたミス・ジェインこそが、ジミーが計画したデモの精神的支柱にならなければならない。

「あなたがいてくれれば、他の人たちも勇気が出ます」（略）
「百八歳か百九歳の人を見ると、勇気が出るってのかい？」
「そのとおりです」(133)

ここで、百八歳か百九歳の年齢ということに関して言及しておきたいのは、デモの当日、メアリーが、ジェインにコーンオムレツを食べるように勧めながら、「あんたが倒れたら、おまわりのこん棒にやられたんだってことをはっきりさせたいからね。お腹が空っぽのせいじゃないってね」(134)と冗談まじりで言う場面がある。だが、実際にデモの現場で、百八歳か百九歳の老婆が、一体どのような力をもちうるといえるのか。すなわちミス・ジェインはデモに行く年齢ではとうていなく、デモを封じ込めようとする側の誰もが最も警戒しない存在であり、むしろ逆にここまでの高齢とあっては一撃で死に至ってもおかしくないため、最も危害を加えにくい相手となるのだ。ミス・ジェインは、彼女の年齢でデモに行くこと自体が体制側の想像力を超えていて、誰も彼女に手出しができそうにない。

また、老衰でいつどこで死んでもおかしくない年齢であり、ミス・ジェインは、直前にもし自分がデモで死んだときの形見分けをするなど、その描写からは何も恐れるものがなさそうである(135)。しかも、運動が実際にこの町でも始まったという話を聞くと「ドキドキ胸が高鳴る」(136)のであり、公民権獲得に対する熱い情熱もある。彼女自身も「百八か百九になるともう怖いもんがないね」(137)と言う。

ここにいわば無敵のヒロインが、生み出されている。そのような設定の妙も、ミス・ジェインがゲインズが造形した最も愛すべき人物として記憶されるゆえんであるかもしれない。そしていまや、彼女は人生の最後に公民権運動のデモに参加することになる。こうして、彼女はここへきて十歳の頃と同じように、もう一度自由のために歩き始めるのである。

デモは決行される。その早朝、「私はしばらくの間、口もきかず歩いてった[138]」。すると人が来る気配がして、ミス・ジェインは、「(略) 立ち止まって杖に寄っかかって見た。そうしてみると、一人や二人じゃなかった。大勢おった。行進するでもなく、急いでいるでもなかった。互いにおしゃべりしているようにも見えんかった。ただ歩いとった (略[139])」のを見る。

> みんなは近づいてくると、私らを囲んだ。たいていのもんは見るからにビクついとったが、べつにそれを恥ずかしいとも思っとらんようだった。ただそこに突っ立っとるだけだったが、そこんとこが肝心なとこだったのさ。(略) 私はそこにいるみんなを見とったが、うれしさのあまり泣きだしちまった[140]。

十歳の頃のミス・ジェインが、かつては小さなネッド一人だけをお供にして自由に向かって歩き続けていたのが、いまやコミュニティの大勢の人々が彼女についてデモへ向かって歩く。このとき彼女の人生の百年の歩みと、ここにジミーの計画するデモが、歩くという直線的な前進のなかで重なっていく。彼女が歩く道路は、ネッドの血痕が残ったという道ともつながっているにちがいない。

公民権運動という一つのクライマックスに向かって、彼女の人生の行進が集約され、前に向かって歩くというごく単純な行為のなかに、人生のなかで彼女が経験した様々な前進の記憶が凝縮されていく。

しかし、ジミーは、時を同じくして何者かによって射殺されてしまう。悲しみ、悲嘆にくれて絶叫する仲間のなかで、しかしミス・ジェインは黙ったままである。そしてただ、その知らせを伝えにきた、デモを阻止しようとするサムスン家の当主ロバートにこう言う。

「ジミーは死んでなんかいるもんか」。アレックスが言った。
「まさか、あんたらがそれほどもうろくしとるとも思えんが」。ロバートは私に言った。
「死んじまったのはジミーのほんの一部さ（a little piece of him）。あの子は私らをベイヨンで待ってるんだ、だからわたしゃアレックスと一緒に行くよ」。（略）私とロバートはしばらくじーっと互いを見つめ合った。それから私はロバートの脇を通り抜けていった。[141]

それは「ジミーの一部の死」、すなわち肉体の死だけであって、ジミーの魂はデモがおこなわれるベイヨンで待ってるとジェインは言う。アンドルーズによれば、「死にあっても、人々が後戻りしたりしないように、彼は「よみがえってくる（comes back）」。ジミーは彼らが生きる場所や彼らの心のなかでよみがえり、ベイヨンという白人南部の政治秩序の象徴的な中心地で、政治的意識が目覚めるのを待っている[142]」のであり、いまや、ジェインだけでなく、多くの人々が前進を始める。

ジミーが「始めたのは僕じゃない、ずっと昔の人なんです」と言ったように、ずっと昔に始まった自由を求める壮大な彼らの闘いがいまベイヨンでデモという一つの形になる。また、ジェインがそこに行けば「ジミーの一部」に再会できると考えている以上、かつて彼女が失ったネッド「の一部」ともベイヨンで再会できるとも考えているのではないか。

興味深いのは、最後にジェインはロバートに何も言わない点である。あれほど、口の達者さで相手の上手をとってきた彼女が、ここではただ相手と見つめ合って、脇を通り抜けるだけである。これに対して、ロバートは何もできない。このように、沈黙でロバートを諭し、デモに参加しにロバートの脇を通り抜けたところで作品は終わっている。だが、のちにミス・ジェインは、歴史教師のインタビューを受け、それが作品化されているわけである。とすれば、「私とロバートはしばらくじーっと互いを見つめ合った。それから私はロバートの脇を通り抜けていった」ということを、声に出して語っているのである。つまり、語らなかった、ということまでを語って彼女の物語は幕を閉じる。

そこから読み取れることは、ミス・ジェインが、自分の人生をすべてくまなく語ることができる声の絶対的な力を手にしたということである。自分や仲間がこれまで声を上げると撃たれる状況におかれたり、声を上げても声にならなかったりしたのが、いまや何も語らずとも相手を黙らせることができ、自分は前へと進んだことを語っているのである。こうして奴隷制度から公民権運動までのミス・ジェインの人生が、すべて彼女の声を通して語られる。キャラハンは次のように言う。

再び話が語られる日がやってくるとき、次の世代の学生たちは、教師によってミス・ジェインの物語を学ぶだろうし、また彼らはミス・ジェインの声を聞きながら、何やらミス・ジェインが存在する力を体験する。そして彼らには、その物語が、彼女によって語られたとおりに聞こえてくるだろう。(143)

ここでのキャラハンの主張の要点は、声の語りは肉体を伴うからこそ、声には声の持ち主がそこに存在していることを期待させる力がある、ということである。肉体が滅びれば声も滅びる。しかし声が保存されることで、肉体の不在を超えて、声がいまだその者が生きる気配を残す。つまり声がもつ力は、そこにある（あった）はずの肉体が実在する感覚を、聞く者に覚えさせるのである。この作品が全編声の語りでなければならなかったのは、彼女の声を媒介にして、半永続的に彼女が、いまもここに生きているという存在感を表出するためだったといえる。

「自由のためです」と私は言った。（略）「泣くことなんかねえ」（略）「ただどんどん先に進むんです。そいだけですよ」(144)

このようにジェインが、テープから文字に写し取られた声の記録によって死後も読者に向かって語り続けるとき、ミス・ジェインの声の語りを読むたびに、読者は彼女の肉体が息を吹き返す感覚を覚える。また、実際にいまここで「彼女が語ったよう」なリアルな存在感を覚える。それによってミス・ジェインを身近に感じ、ミス・ジェインが歩んできた奴隷制度からの長い行進に、ジェインから不意に声をかけられた「あんた（you）」も参加する可能性があるにちがいないのである。

9　『グラマトロジーについて』と声と文字の問題

ゲインズは、「私は自分自身をストーリーテラーだと思っています。読者に、一人称の視点で話をしている人物を、そのとき彼らに話を実際にしている誰かだと見てほしいのです(145)」と言う。このような話し言葉に対するアフリカン・アメリカン作家の情熱について、ステプトは次のように言う。「私の関心は（略）なぜアフリカン・アメリカンの物語作家や小説家が「フィクション」というタームに不信を抱き、書いて<u>いる</u>という事実を乗り越えることができず、そして書かれた芸術作品で、ストーリーテリングのシミュレーションがどれほど芸術的だろうとも、それはシミュレーションでしかないのだとしても、自らを物語作家ではなく、ストーリーテラーとして見なすことを選ぶのか、ということについての理解に至ることにある(146)」

ステプトは、声の物語を描くアフリカン・アメリカン作家に対するこの挑発的な自らの問いに対して、残念ながら明確な回答を出しえていない。だがステプトの論点の有効性は、「アフリカン・アメリカン文学はリテラシーへの永続的な信仰と同時に、その文化が抱いているリテラシーへの不信によって発達してきた(147)」と述べている点に集約される。アフリカン・アメリカンの作家たちは、実は根底の部分ではアフリカン・アメリカンにとってなじみが深い口承文化のほうを信じているのであり、そのようなリテラシー（文字文化）への不信感こそが、アフリカン・アメリカン文学を揺るぎないものへと導いてきたというのである。たしかにステプトの指摘するそのような矛盾は、いくつかのゲインズのインタビューでも確認できる。たとえばゲインズは、「座って話をして稼げたらいいと思うよ、書くなんてこと忘れてね。でも残念ながらオレは作家だし、書き言葉（the written word）でやりとりしなきゃならないな」[148]と言ったこともある。事実、ゲインズは、テクストで音声をどこまで表現できるのか、そのことに神経を傾けているようである。『ミス・ジェイン』だけではなく、彼の作品の登場人物たちは、生き生きとした俗語《ヴァナキュラー》や方言でよくしゃべる。その語りの描写からは、まるで声の表情（声色）、リズム感、会話がおこなわれている場の臨場感までもが立ち現れるかのように工夫される。ステプトが指摘するように、アフリカン・アメリカン作家たちには、声の語りを文字で書いてみて、その文字を追っていくと音の気配が立ち上がり、語る声がどこからともなく響き渡ってくるような、読み手の聴覚を刺激する文学を志向するという奇妙な態度がたしかにある。

このようにアフリカン・アメリカン作家たちが大なり小なり抱える、書かれた言葉と話された言葉の間の葛藤は、ジャック・デリダの『グラマトロジーについて』を経た二十一世紀の現在、アフリカン・アメリカン文学とデリダの邂逅として立ち止まって考えなければならない論点だろう。デリダは声の先行、つまり声が起源であり、文字はその起源からの逸脱であるという西欧哲学の伝統的な言語に対する理解を音声中心主義として疑問を呈した。そこで展開した主張を大筋でまとめると次のようになる。声の言語《パロール》には充溢した人間らしい生き生きとした現前性があるのに対して、文字言語《エクリチュール》にはその声の言語《パロール》をただ紙に写し取るような代補の役割しかない。その意味で文字言語《エクリチュール》は死んだ文字で声の言語《パロール》のほうを上位概念とする従来のような認識は、ひいてはアルファベットのような文字それ自体が意味をなさない表音文字の言語モデルに特権を与えることになり、そこには民族中心主義の意識が根づいているとデリダは批判した。同時にデリダは、どのような言語も実は文字言語《エクリチュール》と無縁ではないことを主張する。

むしろわれわれは、文字言語《エクリチュール》のいわゆる派生は、いかに現実的であり実質的だろうと、ただ一つの条件〔状況《（ママ）》〕の下でしか可能でなかったということを示唆したいと思う。その条件とはつまり、「根源的」、「自然的」、などの話声言語《ランガージュ》がこれまで決して存在したことがなかったということ、またそれが書差《エクリチュール》によって手をつけられずに無疵のままであるなどということが決してなかったということ、そしてそういった言語《ランガージュ》それ自身が常に一つの書差《エクリチュール》だったということ、である。われわれはここで、原《アルシ》＝エクリチュールの必然性を指摘し、この新たな概念の輪郭を描いてみたい。[149]

このようにデリダの説明は難解なのだが、この部分については、仲正昌樹がわかりやすく文学作品を例に挙げながら解説しているので、そちらを参照しておきたい。

そうした小説での記号の役割と、パロール／エクリチュールがどう関係するのか？（略）小説は、生の現実をなるべく生き生きと描き出すことを目指し、読者にリアリティを感じさせるものほど、優れていると評価される傾向があります。作品批評でよく聞く、「人間が描けている／いない」という言い方は、人間にとっての生きた現実を前提にしているわけですね。登場人物のナマの声（パロール）が聞こえてくる感じなのがいいということでしょう。しかし、うがった見方をすれば、小説が紙に書かれたもの（エクリチュール）であって、現実そのものではなく、生きた現実そのものを紙の上ですべて再現するのが不可能なことは最初からわかっています。（略）いくら細かく描写しても、すべての要素を拾い上げることはできないし、仮に、可能なかぎりすべての知覚可能な要素を細かく順を追って描写することを試みる作品があったとしたら、かえって〝リアリティ〟を感じられなくなるでしょう。人間は可能なかぎりすべての細部を意識的に観察することなどしないし、できないからです。そう考えると、小説は、生き生きとした現実をそのまま再現しているというより、一定の約束事に基づいて、リアリティを作りだしていると考えたほうがいいのではないか、と思えてきます。（略）そこから翻って考えると、私たちの知覚も実は記号的に構成されているのではないか、と思えてきます。つまり、「エクリチュール」によって「パロール」が構成されているかもしれないということです。[150]

仲正の解釈のように、デリダのエクリチュールを文字一般だけではなく「記号」も含むと考えると、記号の体系なしに私たちはこの世界を認識できないのであり、必ずパロールのなかにエクリチュール的なもの（仲正のたとえでは「記号」、デリダの言い方をすれば「原《アルシ》＝エクリチュール」）が混在していることになる。では、アフリカン・アメリカン文学の声（パロール）と文字（エクリチュール）はどうだろうか。一見したところ、彼らの間では、音声中心主義、すなわち声で語られる話声言語（ランガージュ）のほうがはるかに重んじられてきたように思える。たとえば、この章で論じてきたゲインズでは、声があくまでも主であり、文字は声の言葉を正確に表すために声に仕えている印象さえある。しかし、ゲインズが次のように答えるインタビューを見てもらいたい。

MG：〔質問者〕もう一度お聞かせください。（略）――一九七九年のことですが――「年寄りは書けないから、話をしていた」と、あなたは言っていましたね。自身の作品で、あなたはこのストーリーテリングという口承の伝統を用いて、それを文学に変えているわけです。

ゲインズ：そう、それをやろうとしている。それが難しいことの一つなんだ。どこへでも行ってみるといい、そこらの街角のどんなバーに行っても、世界でも最高の話を語ってくれる人を見つけられますよ――彼らが、あなたに何か話してくれますよね。でも彼らにペンや紙を渡して、こう言ってみなさい。「じゃあ、それを書いてみて」って。逃げますよ。それらを落っことして、逃げ出しますよ。（略）口承の話を、つまりあそこに座っている男があなたに語ってくれる話を書き取ろうとしますね。あなたは彼が言っていることを写し取らなければならないし、二十六のアルファベットを使って正確に書き留めなければならない。極めて正確に書き留めようとするわけです。しかし、そのときダメだとわかる。なぜならジェスチャーのすべては書けない。彼の声のすべても、彼の間違った統語法も、彼が何をやるんであれ、書けないんだ。それじゃあ読者に伝わらないんだ。(略)[151]

たしかにゲインズは、声のストーリーテリングを書き取る作業でパロールをエクリチュールに変える仕事をしていて、その点でエクリチュールは副次的な立ち位置にある。だがゲインズは、声の語りを一字一句アルファベットで正確に書き表したところで、読者に伝わるように書くことはできないと言っている。おそらくゲインズは、むしろ、伝えるためには声で語られたことを記号として知覚する必要があることをこのインタビューを通じて示しているのではないか。声の語りを、記号的な要素によって知覚し、作品で再構成する、いわばパロールのなかにエクリチュールを見いだす作業をおこなわなければならないという意味で、一見、音声中心主義に見えるが実はそうではない、ということになる。[152]

二十世紀後半のアフリカン・アメリカン文学がFWPスレイヴ・ナラティヴを読み返すことを通じて、奴隷の生き生きとした声を再現しようとしてきたことに鑑みると、一見したところ音声中心主義のようではあるが、むしろ文字と声は完全な共犯関係にあるか、もしくは両者は表裏一体のものになっていると考えられるかもしれない。というのも、彼らは元奴隷の声、いわば生き生きとしたパロールをよみがえらせようとして、本来は語られたはずだがいまでは死んだ文字にすぎないFWPスレイヴ・ナラティヴをひもとき、そこから想像上の声を紙上で再構成して作品を書く。こうして新・奴隷体験記《ネオ・スレイヴ・ナラティヴ》というエクリチュールが増殖し、そのことがさらなる生き生きとしたパロール、さらなる元奴隷の声の探究を動機づけていく。したがって、エクリチュールを奪われていた彼らがパロールだけを賛美し、そこに無垢で人間らしい生き生きとした充溢をロマン主義的に見いだしているのではない。そこには、むしろ積極的にエクリチュールと結託し、もしくはかつて奪われたからこそエクリチュールにこだわり続け、エクリチュールのなかでパロールを花開かせるという、奇妙な構造があるといえる。

ゲインズが、実際に声のストーリーテラーにならず、ぎりぎりのところで作家にとどまり続けるのには、そういった動機があるのではないか。またステプトが首をかしげたように、書かれた芸術作品ではそれが単に声のシミュレーションにしかならないのだとしても、アフリカン・アメリカンの作家がストーリーテリングのシミュレーションを芸術的に文字でやってこなすことにも、同様の理由があるのではないか。すなわち、書くことを奪われたことと奴隷であることが同義だった彼らは、従順にパロールだけを主人とすることもなければ、長い西洋哲学の伝統のようにパロールを無垢なものとしてあがめることはしない。むしろ、彼らにとって自由と同義だったエクリチュールこそを手に入れて、さらには文字と声の両方にとどまり続け、やがて両者の間を行き来する複雑な手続きと行程を経て作品を作り出し、もしくはその複雑さと葛藤を引き受けていることに対して自覚的であるために、音と親和性が高い希有な文学の系譜を紡いできたのではないだろうか。したがって、アフリカン・アメリカン文学は、実はデリダが『グラマトロジーについて』で展開した声と文字についての問題の一つの解決を、奴隷の声を求める過程で体現してきたといえるのかもしれず、その点で興味深い発展を続けている。

注

（1）Taylor, *I Was Born a Slave*, p. xv.

（2）後述の『ミス・ジェイン・ピットマンの自伝』は、一九七一年の発表以降、七五年のインタビューの時点までで、ペーパーバック版で八十五万部を売り上げ、ハードカバーでは二万六千部を売り上げている（Lowe, John, editor. *Conversations with Ernest Gaines*. University Press of Missisippi, 1995, p. 80.）。また、『ルーツ』は、広く知られるようにドラマ化もされて一大ブームを巻き起こした。当時は、新・奴隷体験記《ネオ・スレイヴ・ナラティヴ》のマーケットがいかに大きかったかということがうかがえる。

（3）アフリカン・アメリカン文学の二十世紀後半の状況をみると、以下の新・奴隷体験記《ネオ・スレイヴ・ナラティヴ》に相当する作品が挙げられる。一九六六年にM・ウォーカー『ジュビリー』（*Jubilee*）、映画を小説化した六九年にジョン・オリヴァー・キレンズ『スレイヴズ』（*Slaves*）、八六年にシャーリー・アン・ウィリアムズ『デッサ・ローズ』（*Dessa Rose*）となる。九〇年に二作目の新・奴隷体験記《ネオ・スレイヴ・ナラティヴ》として、C・ジョンスンが『中間航路』（*Middle Passage*）を発表した。九四年は全盛を極め、キャリル・フィリップス『その河を渡って』（*Crossing the River*）、J・カリフォルニア・クーパー『満足を求めて』（*In Search of Satisfaction*）、ルイーズ・メリウェザー『ノアの箱船の断片』（*Fragments of the Ark*）、バーバラ・チェイス＝リボー『大統領の娘』（*The President's Daughter*）、そしてフレッド・ダグイア『最も長い記憶』（*The Longest Memory*）が発表された。詳しくは、Rushdy, Ashraf H. A. *Neo-Slave Narratives: Studies in the Social Logic of Literary Form*. Oxford UP, 1999, p.3を参照されたい。二〇〇〇年代に入ってからの作品では、最もよく知られたアメリカの文学作品を引き合いに出すことで、既存の文学を、奴隷の視点で描き直す挑戦がなされている。たとえば、〇一年のアリス・ランダル

『風はすでに過ぎ去りぬ』（*The Wind Done Gone*）や〇五年のナンシー・ロウルズ『私のジム』（*My Jim*）があり、それらはタイトルだけを見ても、南部を描いた古典の書き換えになっていることに気づく。後者の「ジム」とはもちろんマーク・トウェイン『ハックルベリーフィンの冒険』の奴隷ジムのことであり、ハックと冒険に出かけてしまったジムを待つ恋人の視点で描かれている。詳しくは、Smith, Valerie. "Neo-Slave Narratives." *The Cambridge Companion to the African American Slave Narrative*, pp. 180-184を参照されたい。

（4）Bell, Bernard W. *The Afro-American Novel and Its Tradition*. University of Massachusetts Press, 1987, p. 289.

（5）Spaulding, A. Timothy. *Re-Forming the Past: History, the Fantastic, and the Postmodern Slave Narrative*. Ohio State University Press, 2005, p. 5.

（6）Bell, *The Afro-American Novel and Its Tradition*, p. 289.

（7）Beaulieu, Elizabeth Ann. *Black Women Writers and the American Neo-Slave Narrative: Femininity Unfettered*. Greenwood Press, 1999, p. 143.

（8）Dillard, J. L. *Lexicon of Black English*. Seabury Press, 1977, p. 150.

（9）白川恵子「『ナット・ターナーの告白』をめぐる六〇年代黒人問題」、日本マラマッド協会編『アメリカの対抗文化——一九六〇年代で知るアメリカ全土の地殻変動』所収、大阪教育図書、一九九五年、一一九ページ

（10）Morrison, Toni. "The Site of Memory." *Inventing the Truth: The Art and Craft of Memoir*, edited with and introduction by William Zinsser, Houghton Mifflin, 1987, pp. 110-111.

（11）Rushdy, *Neo-Slave Narratives*, p. 227.

（12）*Ibid.*, p. 90.
（13）Ruderman, Judith. *William Styron*. Ungar Publishing Company, 1987, p. 19.
（14）前掲「『ナット・ターナーの告白』をめぐる六〇年代黒人問題」一〇七ページ
（15）Jacobs, Harriet. "Incidents in the Life of a Slave Girl. Written by Herself." *I Was Born a Slave*, vol. 2, p. 602.（ハリエット・ジェイコブズ『ハリエット・ジェイコブズ自伝――女・奴隷制・アメリカ』小林憲二編訳、明石書店、二〇〇一年、ハリエット・アン・ジェイコブズ『ある奴隷少女に起こった出来事』堀越ゆき訳〔新潮文庫〕、新潮社、二〇一七年）
（16）Ibid.
（17）Styron, William. *The Confessions of Nat Turner*. Vintage Books, 1993, p. 183, 264, 372.（ウィリアム・スタイロン『ナット・ターナーの告白』大橋吉之輔訳〔河出海外小説選〕、河出書房新社、一九七九年）
（18）*Ibid.*, p. 204.
（19）*Ibid.*, p. 426.
（20）Gaines, Ernest J. "Miss Jane and I." *Callaloo*, no. 3, May 1978, p. 24.
（21）Clarke, John Henrik, editor. *William Styron's Nat Turner: Ten Black Writers Respond*. Greenwood Press, 1987, p. 43.
（22）West, James L. W., III, editor. *Conversations with William Styron*. University Press of Mississippi, 1985, p. 245.
（23）Clarke, *William Styron's Nat Turner*, p. 91.
（24）Greenberg, Kenneth S., editor. *Nat Turner: A Slave Rebellion in History and Memory*. Oxford

University Press, 2003, p. 247.

（25）前掲『ナット・ターナーの告白』をめぐる六〇年代黒人問題」一一二ページ

（26）Rushdy, *Neo-Slave Narrtives*, p. 92.

（27）前掲『ナット・ターナーの告白』をめぐる六〇年代黒人問題」一一七ページ

（28）Beaulieu, *Black Women Writers and the American Neo-Slave Narrative*, pp. xiii-xiv.

（29）Rushdy, *Neo-Slave Narrtives*, p. 89.

（30）*Ibid.*, p. 90.

（31）Gaines, Ernest J. *The Autobiography of Miss Jane Pittman.* Bantam-Books, 1972, p. v.（アーネスト・J・ゲインズ『ミス・ジェーン・ピットマン』槇未知子訳〔福音館日曜日文庫〕、福音館書店、一九七七年）

（32）Beavers, Herman. *Wrestling Angels into Song: The Fictions of Ernest J. Gaines and James Alan McPherson.* University of Pennsylvania Press, 1995, p. 145.

（33）Gaines, *The Autobiography of Miss Jane Pittman*, p. vii.

（34）Beavers, *Wrestling Angels into Song*, p. 145.

（35）Gaines, *The Autobiography of Miss Jane Pittman*, p. vii.

（36）これまでの『ミス・ジェイン』研究史の流れは、大きく分けて三つある。まず、歴史の問題を論じた研究の流れが最も充実している。ミス・ジェインの生涯が黒人史上の奴隷制度から公民権運動までの時代とパラレルになっていることから、Babb, Valerie Melissa. *Ernest Gaines.* Twayne Publishers, 1991 とBeavers, *Wrestling Angels into Song* が、ミス・ジェインの人生の物語は民衆の歴史ひいてはアメリカの叙事詩だと論じた。一方、ミス・ジェインの個人史により引き付けた小谷耕二「南部史を書き直す——アーネスト・J・ゲインズ『ミス・ジェイン・ピットマンの自伝』」(「英語英文学論叢」第四十七号、九州大学英語英文学研究会、一九九七年)によって、この作品が一人の黒人の女性の視点で捉え直された小さな南部史であると評価された。Doyle, Mary Ellen. *Voices from the Quarters*. Louisiana State University Press, 2002 でも同様に、語り部のミス・ジェインの個人史に焦点を当てながら、さらに彼女と登場人物である四人の男性たちとの関係を黒人史に重ね合わせた。二つ目は、個別のテーマを扱った研究であり、歴史教師の存在の重要性と、彼の編集作業に着目した Doyle, Mary Ellen. "*The Autobiography of Miss Jane Pittman* as a Fictional Edited Autobiography." *Critical Reflections on the Fiction of Ernest J. Gaines*, edited by David C. Estes, University of Georgia Press, 1994 と、黒人民話との関係で考察した落合明子「黒人民衆の伝統とその発展性——「ジェーン・ピットマンの自伝」に見られるトリックスター的要素を中心に」(「人文論集」第三十巻第一・二号、神戸商科大学学術研究会、一九九四年)、ミス・ジェインと沈黙のメタファーをキーワードにして考察した Wertheim, Albert. "Journey to Freedom: Ernest Gaines' *the Autobiography of Miss Jane Pittman*." *The Afro-American Novel Since 1960*, edited by Peter Bruck and Wolfgang Karrer, Grüner, 1982 など枚挙にいとまがない。さらに三つ目は、ジェインの語りの手法を論じる流れがあり、本書は以上の研究をふまえながらも、とくに声の問題を個別に取り上げた Beckhman, Barry. "Jane Pittman and Oral Tradition." *Callaloo*, no. 3, May 1978 と Jones, *Liberating Voices* そして Callahan, *In the African-American Grain* の流れを汲む研究史に位置づけることができる。

(37) Stepto, *From Behind the Veil*, p. 166.

(38) 西垣内磨留美「ゾラ・ニール・ハーストン——受け継がれる思い」、黒人研究の会編『黒人研究の世界』所収、青磁書房、二〇〇四年、一九ページ

（39）Rowell, Charles H. "'This Louisiana Thing That Drives Me': An Interview with Ernest J. Gaines." *Callaloo*, no. 3, May 1978, pp. 46-47.
（40）Gaines, "Miss Jane and I," p. 23.
（41）前掲「南部史を書き直す」九〇ページ
（42）同論文九〇―九一ページ
（43）Turner, Nat. "The Confessions of Nat Turner, the Leader of the Late Insurrection in Southampton, Va." *I Was Born a Slave*, vol. 1, p. 243.
（44）Gaines, *The Autobiography of Miss Jane Pittman*, p. vi.
（45）*Ibid.*, pp. vi-viii.
（46）Beavers, *Wrestling Angels into Song*, p. 144.
（47）Rowell, "'This Louisiana Thing That Drives Me'," pp. 46-48.
（48）「ボキャブラリー」について、少しだけふれておきたい。『ミス・ジェイン』に表れる口語的な用語の選択として、ドイルは、ミス・ジェインが「警察官（policeman）」を「警官連中の一人（one of them laws）」と表現している点に注目している（Doyle, *Critical Reflections on the Fiction of Ernest J. Gaines*, p. 101）。この "law" は、通常の「法律」という意味ではなく、口語的な「警官」という意味で、頻繁にミス・ジェインが用いているものだ（Gaines, *The Autobiography of Miss Jane Pittman*, p. 55, 116, 163, 165, 170, 231）。
（49）Gaines, *The Autobiography of Miss Jane Pittman*, p. 3.
（50）Doyle, "*The Autobiography of Miss Jane Pittman* as a Fictional Edited Autobiography," p. 101.
（51）*Ibid.*

(52) Botkin, *Lay My Burden Down*, p. 31.
(53) Dillard, J. L. *Black English: Its History and Usage in the United States*. Random House, 1972, p. 57.（J・L・ディラード『黒人の英語――その歴史と語法』小西友七訳、研究社出版、一九七八年）
(54) *Ibid.*, p. 102.
(55) Doyle, "*The Autobiography of Miss Jane Pittman* as a Fictional Edited Autobiography," p. 101.
(56) Gaines, *The Autobiography of Miss Jane Pittman*, pp. 249-250.
(57) *Ibid.*, p. 20.
(58) *Ibid.*, p. 17, 31, 41.
(59) Botkin, *Lay My Burden Down*, p. 177.
(60) *Ibid.*, p. 52, 178.
(61) *Ibid.*, p. 249.
(62) *Ibid.*, p. 275.
(63) Jones, *Liberating Voices*, p. 166.
(64) *Ibid.*
(65) Gaines, *The Autobiography of Miss Jane Pittman*, p. 17.
(66) *Ibid.*, p. 109.
(67) *Ibid.*, p. 221.
(68) *Ibid.*, p. 154.
(69) Botkin, *Lay My Burden Down*, p. 16.
(70) *Ibid.*, p. 19.

(71) Ong, *Orality and Literacy*, p. 66.
(72) *Ibid.*, p. 67.
(73) Botkin, *Lay My Burden Down*, pp. 82-85.
(74) *Ibid.*, p. 69.
(75) *Ibid.*, p. 274
(76) *Ibid.*
(77) *Ibid.*
(78) *Ibid.*, p. 214.
(79) Gaines, *The Autobiography of Miss Jane Pitman*, p. 167.
(80) *Ibid.*, p. 107.
(81) Callahan, *In the African-American Grain*, p. 203.
(82) *Ibid.*, p. 209.
(83) Gaines, *The Autobiography of Miss Jane Pitman*, p. 234.
(84) Beckhman, "Jane Pitman and Oral Tradition," p. 102.
(85) Doyle, *Voices from the Quarters*, p. 152.
(86) Stepto, *From Behind the Veil*, p. 200.
(87) Dixon, *Ride Out the Wilderness*, p. 109.
(88) Callahan, *In the African-American Grain*, p. 17.
(89) *Ibid.*, p. 15.
(90) *Ibid.*

(91) Babb, *Ernest Gaines*, p. 79.

(92) Gaines, *The Autobiography of Miss Jane Pittman*, p. 9.

(93) *Ibid.*, pp. 11-12.

(94) 前掲「黒人民衆の伝統とその発展性」二九ページ

(95) Phillips, "Slave Narratives," p. 53.

(96) Doyle, *Voices from the Quarters*, p. 136.

(97) Gaines, *The Autobiography of Miss Jane Pittman*, pp. 27-29.

(98) *Ibid.*, pp. 62-63.

(99) *Ibid.*, p. 64.

(100) *Ibid.*, p. 68.

(101) *Ibid.*, p. 63.

(102) *Ibid.*, p. 72.

(103) *Ibid.*

(104) *Ibid.*

(105) *Ibid.*, p. 76.

(106) *Ibid.*, p. 77.

(107) Wertheim, "Journey to Freedom," p. 223.

(108) Gaines, *The Autobiography of Miss Jane Pittman*, pp. 110-111.

(109) Wertheim, "Journey to Freedom," p. 226.

(110) Gaines, *The Autobiography of Miss Jane Pittman*, p. 112.

(111) *Ibid.*
(112) *Ibid.*, p. 117.
(113) *Ibid.*, p. 122.
(114) *Ibid.*, p. 121.
(115) Doyle, *Voices from the Quarters*, p. 139.
(116) Gaines, *The Autobiography of Miss Jane Pitman*, pp. 118-119.
(117) *Ibid.*, p. 119.
(118) Wertheim, "Journey to Freedom," p. 228.
(119) Gaines, *The Autobiography of Miss Jane Pitman*, p. 160, 166.
(120) *Ibid.*, p. 213.
(121) *Ibid.*, p. 215.
(122) Beavers, *Wrestling Angels into Song*, p. 158.
(123) Gaines, *The Autobiography of Miss Jane Pitman*, p. 229.
(124) Doyle, "*The Autobiography of Miss Jane Pitman* as a Fictional Edited Autobiography," pp. 95-96.
(125) Gaines, *The Autobiography of Miss Jane Pitman*, p. 234.
(126) *Ibid.*, p. 239.
(127) *Ibid.*
(128) *Ibid.*, p. 240.
(129) *Ibid.*, p. 241.
(130) *Ibid.*, p. 247.

(131) *Ibid.*, p. 29.
(132) *Ibid.*, p. 248.
(133) *Ibid.*, pp. 242-243.
(134) *Ibid.*, p. 255.
(135) *Ibid.*, p. 256.
(136) *Ibid.*, p. 247.
(137) *Ibid.*, p. 255.
(138) *Ibid.*, p. 257.
(139) *Ibid.*
(140) *Ibid.*, pp. 257-258.
(141) *Ibid.*, p. 259.
(142) Andrews, William L. "'We Ain't Going Back There': The Idea of Progress in *The Autobiography of Miss Jane Pittman*." *Black American Literature Forum*, vol. 11, no. 4, Winter 1977, p. 149.
(143) Callahan, *In the African-American Grain*, p. 195.
(144) Gaines, *The Autobiography of Miss Jane Pittman*, pp. 27-29.
(145) Callahan, *In the African-American Grain*, p. 190.
(146) Stepto, *From Behind the Veil*, p. 199.
(147) *Ibid.*, p. xi.
(148) Rowell, "'This Louisiana Thing That Drives Me'," p. 41.
(149) ジャック・デリダ『根源の彼方に――グラマトロジーについて』上、足立和浩訳、現代思潮社、一

九七六年、一一四ページ

(150) 仲正昌樹『〈ジャック・デリダ〉入門講義』作品社、二〇一六年、三八六―三八七ページ

(151) Gaudet, Marcia, and Carl Wooton. *Porch Talk with Ernest Gaines: Conversations on the Writer's Craft*. Louisiana State University Press, 1990, pp. 7-9.

(152) 補足しておきたいのは、ヨルバ神話では口承文学は書記的なメタファーで説明されることである。神話では、イファ（Ifa）は自分の声を暗号文で示すことしかできない。したがって、イファがとりなす神々の言葉は、まずイファが記号として託宣盤に並べ、次にそれをババラウォ（*babalawo*）という別の存在が抒情詩として読み上げることではじめてイファは人間に語りかけることができるという（Gates, *The Signifying Monkey*, pp. 12-13.）。アフリカン・アメリカン文学の声の問題と、デリダの『グラマトロジー』との邂逅は、ヨルバ神話にまで考察対象を広げていった場合、より豊かな議論へと展開する可能性がある。

第5章　トニ・モリスン作品の声と文字の問題

1　『ソロモンの歌』の奇妙な名前をめぐる描写

トニ・モリスンの作品には、奴隷制度の時代にまでさかのぼることができるアフリカン・アメリカンの音楽と口承の民話からの影響がある。また、一九九三年にノーベル文学賞を受賞した際の記念講演で、モリスンは、西アフリカ社会で歌って声で過去を語り継ぐ役割を果たすグリオという語り部の例を挙げ、自身を口承の伝達者グリオとしての使命をもつ者であることを示しながら、スピーチ全体を一つの寓話のようなものとして示した。書くことが仕事のはずの小説家が、声の語りの重要性を語ったわけである（グリオのように語りながら）。モリスンが、書きながら同時に声で語らなければならないのはなぜなのか。それについて本章で考えたい。

まず、『ソロモンの歌』（*Song of Solomon*, 1977）を手がかりとして、アフリカン・アメリカンにとっての名前という一見風変わりなテーマから、アフリカン・アメリカン文学で声と文字がどのようにせめぎあっているかについて考える。『ソロモンの歌』は舞台をアメリカの一九六〇年代としていて、奴隷制度との結び付きは一見皆無であるように思われる。だが、ほぼ無為徒食に日々を生きる裕福な主人公が成長するきっかけとして南部への旅があり、また、そこで奴隷だった先祖の名前を知ることが彼の生き方にとって本質的な意味をもつ。先祖の名前が失われるきっかけとして奴隷の識字の問題を描いていて、様々な登場人物の名前の由来を語りの随所に挿入するなど、この作品の名前は単なる名前ではなく、作品そのものが奴隷制度の時代からのアフリカン・アメリカンの名前をめぐる一つのサーガの様相を呈していると思われる。

そもそも、モリスン作品だけでなくアフリカン・アメリカンの多くの文学作品は、登場人物の特徴を象徴的に表す名前を多く用いている。それらの名前は、ユニークで奇妙でもあるが、物語のなかで実に言い得て妙であり、人物の特徴をとてもよく表している。アフリカン・アメリカン作家らによる名前に対するこだわりは、以下の作品についてのフレデリック・M・ビュレルバックの論を見るだけでも十分推し量ることができる。(1) ビュレルバックによれば、ビガー・トーマス（Bigger Thomas）という名前に、主人公の願いが込められているかのようなリチャード・ライトの『アメリカの息子』、そもそも主人公の名前がないエリスンの『見えない人間』、圧巻なまでの分量で地名や名前が登場する『ソロモンの歌』、近年ではトニ・ケイド・バンバラ、グロリア・ネイラーらの作品にも名前に意味をもたせる手法が見られる。(2)

その他にも、ボールドウィンの『誰も私の名を知らない』や、マルコムXの名前のXの逸話なども添えることができるだろう。[3] たとえばマルコムX、元の名「マルコム・リトル」は、「ネイション・オブ・イスラム」というアメリカの黒人宗教組織に入会し、意識高揚の結果、元奴隷主の姓を自分の名前として取り入れることは、そのまま奴隷制度の主従の関係を潜ませることになると考え、マルコムXとなった。自分の先祖の本来の名前であるアフリカの名前が不明であるため、数学で使われる不明のXにしたのであり、その名が強制された過去に抗議するという意志表示でもあった[4]」など、名前についての話は枚挙にいとまがない。

マーガレット・M・ダンらは、作家は「名前がいかに人物を定義して制限するか、また名づける行為が、どのような作品の物語的な戦略でも、実に重要な部分となりうることに極めて自覚的である[5]」と述べている。たとえば第3章「ラルフ・エリスンとヴァナキュラーな声」で論じたエリスンの『見えない人間』に登場するブレッドソー博士（Dr. Bledsoe）は、音だけを聞けば"bleed"の過去形の"bled"に"so"となり、「そんなふうに血を流した」という意味にとれる。しかし、誰の血がどう流れたのかは明示されない。それが本人の血か、同胞の血か（もしくはどちらもか）、その解釈は読者に委ねられることになる。人物の名前は、明らかに「作品のプロットを先取り的に決定する行為」でもあると同時に[6]、常に複数の読み方を可能にさせているともいえる。

もちろん、名前が作品のなかである一定の役割を担っているのは、アフリカン・アメリカン文学だけではない。しかし、アフリカン・アメリカン文学と名前との関係を特別に取り上げなければならないのは、名前の問題をテクストのなかだけで論じることができないほど、その問題が奥深くアフリカン・アメリカン作家自身のなかにも根を下ろしているからである。それはモリスン自身がトニ・モリスンになるまでに幾度か名前を変えていること、またエリスンが『影と行為』というエッセーで「隠された名前と複雑な運命」という章を設けなければならなかったことと決して無縁ではないのである。

これまでの『ソロモンの歌』をめぐる研究では、この作品での名前の重要性は繰り返し指摘され論じられてきたものの、実際にアフリカン・アメリカンの名前の文化史をひもといたうえでこの作品を論じることはなされてこなかった(7)。そのためにここでは、以下のことを明らかにしたい。まず『ソロモンの歌』で、なぜユニークで奇妙な名前をもつ膨大な数の脇役が登場する必要があるのか。次に、この作品での名前の特異さは、はたしてどこにその歴史的な背景があり、それらの奇妙な名前は、奴隷制度から続く声と文字をめぐる問題とどのような関係があるのか、ということである。

その際に一つの導きとなるのが、風呂本惇子の先駆的研究である『アメリカ黒人文学とフォークロア』の視点だ。風呂本は様々なフォークロアと文学作品との関係を多角的に論じるが、そこに通底しているのは、「黒人文学のなかに過去からつながる流れ(8)」として理解されるフォークロアとした点である。つまり、風呂本が提示したフォークロアとは単なる過去ではなく、作品と作家に導かれ、読者の前に立ち現れる。同様に、この作品に登場する膨大な名前にも、「過去からつながる流れ」があるのではないか。ここではそのような視点で、この作品に名前という限りなく短いロアが描かれていることを提示し、そのロアが声と文字の問題を象徴していることを明らかにする。そして、そのような名前をめぐるアフリカン・アメリカンの名前のロアを、“name lore” と名づけて論じたい。

『ソロモンの歌』でまず印象的なのは通りの名前である。[9] メインズ・アヴェニューは、黒人たちにドクター・ストリート（Doctor Street）と呼ばれている。医師として町で最初の重要な黒人となった、ミルクマン（Milkman）ことメイコン・デッド三世の母方の祖父に敬意を示すべく、そのような呼び名がついた経緯をもつ。文字どおりそれは通り名だったはずなのだが、やがて郵便制度や徴兵制度などの公の場で使用されることになる。

この事態を重く見た市会議員たちに「ここは「ドクター・ストリート」ではない（not Doctor Street）」と告示され、「ドクター・ストリート」という名称の使用が禁止されるとなると、人々は自分たちの「思い出を生き生きと保ち、しかも市会議員たちをも満足させる方法を発見」して、今度は同じ通りを「ノット・ドクター・ストリート（Not Doctor Street）」と呼ぶようになる。[10] この通りの名前の面白さは、今後さらに市会議員たちによって禁止の掲示が仮に出たとしても、おそらく彼らはさらにノット・ノット・ドクター・ストリート（Not-not Doctor Street）と、さらに名称を変えて呼ぶようになるのではないか、そんな示唆を含む点にある。

クリスチャン・マラウは、「モリスンの登場人物が再び名づけたり、かつ（もしくは）すでに名づけられたものを再び定義し直すことで、名前をつけることに対する特別な価値観、自由という本質をもたらしている」[11] ことを指摘するが、ドクター・ストリートやノット・ドクター・ストリートのような「再び名づける（rename）」行為[12]によって、表面上は従っていても実際は自分たちのやり方を通すような、面従腹背的で、ある種のしたたかさによって実現された「自由」がもたらされているといえるだろう。

さて、メイコン・デッド（Macon Dead）という三代にわたる奇妙な名前の始まりはこうである。メイコン・デッド・ジュニアは、息子ミルクマンにミルクマンの父方の祖父メイコン・デッド・シニアが一八六九年の奴隷解放後、自由民局に登録にいった際のことを次のように説明する。

「パパは字が読めなかったんだ。自分の名前をサインするのもできなかった。サイン代わりにマークを使っていた。（略）パパに起こった悪いことはすべて、字が読めないことからなんだ。名前をめちゃめちゃにされたのも字が読めなかったからだ」

「名前を？　どんなふうに？」

「自由が訪れたときだ。州にいる黒人はみんな、自由民局で登録しなければならなかった」

「パパのお父さんは奴隷だったの？」

「何とばかな質問をするんだ？　決まってるじゃないか。一八六九年に奴隷でなかった人間が一人でもいるか？　黒人はみんな登録しなければならなかったんだ。（略）ところが机の向こう側にいた奴が酔っぱらっていたんだ。そいつはパパに、生まれた場所はどこかと尋ねた。（略）パパは「親父は死んだ」と言ったんだ。それから主人は誰かと聞かれて、「オレは自由だ」とパパは答えた。そのヤンキーはパパの言ったことをみんな書き込んだ。ところがその場所が間違っていたんだ[13]」

生まれはメイコン、親父は死んだと告げたが、記入する欄を泥酔状態の白人が間違ってしまい、彼はメイコン・デッドという名前で登録されてしまう[14]。また、このエピソードには机とペンが出てくる。机の向こう側でペンを持つ白人が、こちら側の黒人の名前を握っていることが象徴されている。しかも字が読めなかったために訂正の機会も失う。だが、意外なことにミルクマンの祖母は次のような反応をした。ミルクマンの父親メイコン・デッド・ジュニアは続けて回想する。「ママが気に入ったんだ。その名前が好きになったんだ。新しくて過去を拭い去ると言うんだ。何もかも一切を拭い去ると[15]」。彼らはむしろ、名前もしくは言葉の力によって自分の過去を「死（Dead）」に至らしめ、葬り去ろうとしたのであり、それは白人から与えられた「死」という姓を、全く新たな文脈に定義し直そうとする行為だったともいえる。事実、自由人として、新たな名前で人生を踏み出したミルクマンの祖父のメイコン・デッドは、原生林をすばらしい農場に変え、その地方一の豊かな収穫を誇る農夫となる。

「見たかい？」と農場は黒人たちに言った。

「どうだ、見たかい、自分にどんなことができるかを。文字と文字の違いなどわからなくても、気にすることはない。奴隷に生まれたことなど気にすることはない。自分の名前を失ったって気にすることはない、（略）どんなことだって、気にする必要はないのだ。頭を使い身を入れて頑張れば、人間にはこういうことができるのだ[16]」

初代のメイコン・デッド・シニアが切り開いた農場が語り始め、識字能力がなくても豊かになれると言う。しかし、不幸にも彼の妻は、パイロット（Pilate）の出産で早くに命を落としてしまう。メイコン・デッド・シニア自身も、ミルクマンの父親メイコン・デッド・ジュニアが十二歳の頃に、字が読めなかったために白人に騙されて土地を奪われ殺されてしまい、いわば「死」という姓を自己成就することになる。そこに、モリスンの名前（言葉）の怖さがある。たとえば、『スーラ』（*Sula*, 1973）では、白人、メキシコ系、黒人の三人の子どもがデューイという同じ名前で育てられるが、初めは別の容姿だったにもかかわらず、時間がたつと全く同じ姿と心と声をもつようになり見分けがつかなくなる。あたかも言葉とは、単なる記号ではなく、むしろ言葉が実体を生み出すと作家が考えているかのようである。

また、もう一つ名前に関する重要な描写がある。親友のギター（Guitar）がミルクマンに尋ねる。

> 「何で困ってるんだ？　自分の名前が気に入らないのか？」
> 「ああ」。ミルクマンは仕切り席の背中に、倒れるようにして頭を押し当てた。「ああ、俺は自分の名前が気に食わない」
> 「言っておくけど、なあ、お前。黒ん坊は他のすべてのものを手に入れるのと同じ仕方で、自分の名前も手に入れるんだ。精いっぱいの仕方でな。精いっぱいの」
> 　ミルクマンの眼はいまやかすんでいて、言葉もそうだった。
> 「どうして俺たちはちゃんとした仕方で、ものを手に入れることができないんだ[17]」

ギター自身は作中で、「ギターを弾くからじゃないんだ。弾きたがったからなんだ。ぼくがまだほんとに小さいときに。そういう話だよ」[18]と、自分がギターという名になった理由を説明している。一方、ミルクマンは四歳を過ぎても母親から無理やりに母乳を飲まされていたのを、自分の家の家業である不動産屋の用務員であるフレディに見つかったために、ミルクマンという名がついた[19]。そして、その名が示すとおり、三十歳を過ぎても親の庇護にあり、責任をもつことや自立とは無縁な人物として描かれている。ミルクマンの「眼はいまやかすんでいて、言葉もそうだった」。認識の輪郭がぼんやりとしたままで、しかも彼にはその理由が判然としないが、自分の「名前が気に入らない」ことだけははっきりとしている。しかしなぜここで、名前が問題なのか。

ルシンダ・マッキーサンは、この作品ではかつての十九世紀の奴隷体験記《スレイヴ・ナラティヴ》と同じように、名前と名づけのモチーフが強調されていることを主張し、彼らの名前の核心にあるのは「アイデンティティの探求」だと言う[20]。たしかに数多くの奴隷体験記《スレイヴ・ナラティヴ》では、奴隷が自由になるときに第1章ですでに確認したように定型の一つとして分類されるほど新しい名前に変える。それをキンバリー・ベンストンは「自己意識の再洗礼（(re) baptism)」と呼ぶ[21]。彼らは、奴隷制度の時代から、白人からつけられた奴隷の名前の自己否定から自由人としての人生を始めなければならなかった。

そして現代のアフリカン・アメリカン文学の主人公たちも、ギターがミルクマンに兄のように諭して聞かせたように、自分の「精いっぱいの」思いをわずか数語に凝縮させなければならない。彼らの名前は、奴隷体験記《スレイヴ・ナラティヴ》の時代からアフリカン・アメリカン文学で「完全に自由のメタファー」として作用してきたのである。[22]そして、名前を部分的に作り替える、再び名づける、名前の言葉の意味の定義を変える、といった試行錯誤を繰り返しながら、自分の「本当の名前」を探す。そのようなもがきの途中経過のような名前もまた、挫折が多い「自由のメタファー」として作用しているのである。

作品の最後では、のちに紹介するように、数十の名前だけが長大に羅列される。そしてこう続いている。「ミルクマンは眼を閉じて、黒人たちのことを思い出した。（略）彼らの名前を。憧れや、身ぶりや、欠点や、事件や、間違いや、弱さからつけられた名前を。如実に物語っていた名前を」[23]と。つまり、最後に思い出されたのは、人々の顔や姿などではなく、たくさんの名前だったのである。ならばいっそう私たちは、それらの名前が「如実に物語っていた」という箇所について、なぜ名前自体が物語ることが可能なのかを詳しく考察する必要があるだろう。

2　ユニークな名前に隠された意味

アフリカン・アメリカンの名前は、歴史的にどのような変遷をたどってきたのだろうか。これまでに黒人の名前に関する文化史を広範囲にわたって研究してきたのはニューベル・N・パケットとマリー・ヘラーである。そこで、パケットが蒐集した一六一九年から一九四〇年代中頃までの黒人の名前三十四万人分の名前の資料集（ヘラーが編集して一九七五年に出版）の一部と、パケットの論文を中心に見ていきたい。

まず、初期の一六〇〇年代だが、一七〇〇年以前では六十五人の奴隷の名前が残っている。一六一九年、ヴァージニアに最初に連れてこられた黒人の記録には、三人のアンソニー（Anthony）、二人のジョン（John）、そしてアンジェロ（Angelo）、イザベラ（Isabella）、ウィリアム（William）、フランシス（Frances）、エドワード（Edward）、マーガレット（Margaret）がいた。[24] しかしアンジェロなどは一般的な英語の名前ではなく、残りの名前もスペイン語名を英語的に直したと思われるため、ヘラーは「一七〇〇年以前には、植民地に連れてこられた奴隷のうち大半がスペイン語名だった可能性が極めて高い[25]」と結論づけている。

パケットの論文によれば、十八世紀にはルイジアナを除くアメリカ各地に住む六百三人の奴隷のうち、一五％がフランス語やスペイン語などの外国名だったという。しかし十九世紀には、それが一％以下に下がる。さらに興味深いのは、十八世紀にはアフリカンとネイティヴ・アメリカンの名前（両者の内訳は不明）を名乗る黒人奴隷が合わせて一三％だったことである。しかし十九世紀になると同様に一％以下に下がる。[26] このことから十八世紀の奴隷の周囲では、民族が様々に関係していたことがわかる。

一七〇〇年から一八〇〇年の奴隷の名前から、他にどのようなことがわかるだろうか。ヘラーが分析したデータによると、ルイジアナを除く南部の奴隷、男性九百六十二人と、南部の自由黒人男性七百六十三人を比較したところ、奴隷の男性に最も多かった名前はジャック（Jack）五十七人、トム（Tom）四十七人、ハリー（Harry）三十四人などで、奴隷の男性九百六十二人のうち一四・三

％を占めた。一方、自由黒人の間ではジャック、トム、ハリーの名前の使用度は七・二％と低く、このことから、自由黒人は奴隷に多い名前を避ける傾向があったことがうかがえる。(27)

また、一七〇〇年から一八〇〇年の間で着目すべきことは、独立戦争に参加した黒人兵士百十八人の名前だろう。彼らの姓を見ていくと、最も多い姓から順にフリーマン（Freeman）七人、ジョンソン（Johnson）四人、ブラウン（Brown）三人、グリーン（Greene）三人、ロジャース（Rogers）三人、ボール（Ball）二人、シーザー（Caesar）二人、ジャクソン（Jackson）二人、リバティー（Liberty）二人と続いている。フリーマンとリバティーの姓の使用が百十八人中七・六％を占めることから、この二つの姓には、アメリカの自由黒人が達成した独自の地位が表現されているとヘラーは述べている。(28)

一八〇〇年から六四年までの間は、ヘラーによれば、「多くの奴隷たちの名前が、彼ら自身によって発展した」時期(29)となる。そこで、一万四千百七十七人の南部の奴隷と一万三千三百五十六人の自由黒人の名前が、特異な名（unusual name）をめぐって比較検証された。結果は、奴隷男性で特異な名をもつ者は七百三十五人（七千七百五人のうち九・五％）、奴隷女性は六百三十五人（六千四百七十二人のうち九・八％）、自由黒人男性は千三百九十六人（八千六百六十八人のうち一六・一％）、自由黒人女性は千四十六人（四千六百八十八人のうち二二・三％）となった。(30)したがって、自分で名前を自由につけられる自由黒人のほうが名の非凡さの割合が高いと推察されるため、この時期は、やはり名前の創意工夫が活発になったと考えていいだろう。

ところでこれらの特異な名とは、白人の名前を基準にしたときにそこから逸脱した名前と理解される。たとえばバッカス（Bacchus）、バード（Bird）、チャーチ（Church）、コールド（Cold）、カフィー（Cuffey）、ドクター（Doctor）、ドルフィン（Dolphin）、イーデン（Eden）、フレンチ（French）、ファーストネームとして、ジョージ・ワシントン（George Washington）、ジュリアス・シーザー（Julius Caesar）、ハッピー（Happy）、キング（King）、ロンドン（London）、ニーロ（Nero）、プレザント（Pleasant）、リーズン（Reason）などの名である。[31]

南北戦争後については、国勢調査局の資料も組み込みながら、南部を中心にいくつかの都市を取り上げ、また時代区分を一八七七、九九、一九一九、三七年までの約二十年ごととして、黒人と白人の名前を比較調査しているが、[32]ここで論じるにはあまりに範囲が大規模であるため概略にとどめたい。全時代区分を通じ、白人よりも黒人が、黒人男性よりも黒人女性のほうが独創的な名前を名乗った。たとえばジョージア州オーガスタの三七年の資料によれば、黒人女性のうち特異な名前をもつ人の割合が七・六％、黒人男性では六・六％だった。[33]

しかし、高等教育を受けた者の名前を抽出すると、一九三五年に大学に入学した黒人には、白人の名前と変わらない名を使用する傾向が見られ、白人的価値体系のある側面に引き付けられていたことを裏づける、とヘラーは述べる。[34]ヘラーが編集したのは四〇年までの資料である。さらなる検討対象としては、六〇年代のブラック・ムスリムの影響下の改名が（モハメド・アリのように）実際にどれくらい進んだのか、そして現代の名前のアフリカ化の傾向がどの程度かを検証する必要があるだろう。

さて、「特異な名」は大きく十種類ほどに分けられる。また、奴隷だけでなく、自由黒人や二十世紀初めの名前にも以下のパターンによる分類が確認できる。それらを、『ソロモンの歌』に登場する名前と照らし合わせながら見てみたい。大まかな分類として、①アフリカ的・曜日の名前（African/Day names）、②短縮型（Diminutive）、③描写的・エピソード的（Descriptive/Episodic）、④記録としての名前（Record Keeping）、⑤古典・文学的（Classical/Literary）、⑥敬称（Titular）、⑦愛称（Pet Name）、⑧有名人の名前（Famous）、⑨『聖書』、清教徒的（Biblical/ Puritanical）などがある。[35]

まず、最も有名な名前は、クジョー（Cudjo）、カフィー（Cuffee）などの①曜日の名前である。[36]これはアフリカの伝統的な命名習慣にしたがって、子どもが生まれた曜日に基づいてつけている。[37]『ソロモンの歌』には、曜日の名前が一見そうとはわからないように現れる。ギターがのちに入ることになる暗殺集団は、もしも月曜日に黒人が一人殺されれば、「月曜日の男」なる者が報復行為として白人を一人無差別に殺害する。作品の主な舞台は一九六〇年代の人種的政治状況で急進的な黒人活動家による名づけが活発になり、ヨーロッパの形式を退け、アフリカ的な名前を用いた時代に一致している。[38]エリスンは、この時代のブラック・ムスリムを中心に起きた改名について「私たちの一部には、（略）激情に駆られて、血にまみれ残忍で罪深いといった過去の印象を拒否しようと、生まれながらの名前を捨ててしまう人たちがいます[39]」と『影と行為』で述べ、改名はかえって自分たちに何が起きたのかを隠蔽してしまうと危惧している。

さて、②の短縮型の名前は、サイ（Cy）、ジン（Gin）など主人の都合で「呼びやすい名」として奴隷に与えられた名だった。パケットによれば、この短縮型の名は奴隷の名前であるため、かつての自由黒人は避ける傾向があったものの、二十世紀初めには逆に増えてきているという。[40]現代の音楽シーンでは、ヒップホップのミュージシャンにこの短縮型の名が見られる傾向がある。モリスン作品では、のちほど論じる『ビラヴィド』のポール・A（Paul A）やポール・D（Paul D）が相当する。ポール・Aとポール・Dの間のBとCに相当する男たち、また作品中、他の場面に登場する奴隷シックソー（Sixo）は、六と〇、つまり六〇という番号のことだが、それより若い番号の名前の男たちはどこに消えたのか。モリスンは書かないことで、より多くを表現する。

③描写的・エピソード的な名前は、ファット・マン（Fat Man）、ポライト（Polite）、コールド（Cold）、モウニング（Moaning）、ハンサム（Handsome）、ビジー（Busy）といった、外見的な特徴や個人の個性を描写したり、何か個人に起きたエピソードをもとにつけられたりした比較的わかりやすい名である。[41] たとえば『ソロモンの歌』では、レイルロード・トミー（Railroad Tommy）、ホスピタル・トミー（Hospital Tommy）、エンパイア・ステイト（Empire State）、スモール・ボーイ（Small Boy）、ブルー・ボーイ（Blue Boy）、アイス・マン（Ice Man）、グレイ・アイ（Gray Eye）、クール・ブリーズ（Cool Breeze）、ジューク・ボーイ（Juke Boy）、シャイン（Shine）、ピンク（Pink）などがこれに相当すると考えられ、またミルクマンやギターの名も同様にエピソード的な名といえるだろう。

しかしこの種の名前は、成長途中で名づけられるニックネームに近いのではないか。ところがパケットが、ニックネームはすべての集団に現れるが、奴隷たちのものは、それが公式の名となる傾向が多く、多くの現代の黒人では、ニックネームが恒久的な名前になる傾向があると指摘しているように、[42] アフリカン・アメリカンのニックネームと本名の境界線の曖昧さは実に興味深い。彼らのような名前のあり方から見て、逆に現在の日本のように戸籍制度のもとで一つの名前しかない状態とはどういうことなのかという問いも自然に立てられるだろう。

④記録としての名前は、生まれた日時や場所などが記録されているものである。日時はエイプリル（April）、ジャニュアリー（January）、イースター（Easter）など、場所はアラバマ（Alabama）、ボルチモア（Baltimore）などの出身地の他、ヨーク（York）やロンドン（London）などの外国の街の名を子どもにつけた奴隷もいたが、それらはプランテーションの近くの港に停泊する船の目的地だったという。[43]つまり、これらの名づけの行為は、とくに奴隷にとっては記憶を保存する手段だったといえる。『ソロモンの歌』には、スカンジナビア（Scandinavia）、ロッキー・リバー（Rocky River）という名がある。

⑤古典・文学の名前は、シーザー（Caesar）、ポンペイ（Pompey）、ジュピター（Jupiter）などである。レズリー・アラン・ダンクリングはこの命名法を「奴隷所有者が薄気味悪いユーモア感覚をもっていたり、自分の教養を誇示」していたものと解釈する。[44]『ソロモンの歌』でこの分類に最も近いと思われる名前としてはニーロ（Nero）、つまりネロ皇帝の名が挙げられる。

⑥敬称は奴隷に多くつけられた名前であり、その下に何か別の名前が続くのではなく、単独で使われるドクター（Doctor）、ジェネラル（General）、キング（King）である。二十世紀初め頃にも、これらの敬称を用いた名前が存在していたことが確認できる。[45]

⑦愛称はもともと奴隷や自由黒人がプライベートで呼んでいた呼び名であり、公的記録には残っていないが、パケットはこの名に注目する。奴隷の名としてシス（Sis）やトイ（Toy）、南部の自由

黒人に限ってバド（Bud）やダーリン（Darling）が出てくるといい、もちろん白人の主人がこの名で彼らを呼ぶことはなかった。現代に入ってからは、たとえばプレシャス（Precious）やベイビー（Baby）、スウィート（Sweet）といった内輪で呼んでいた名が、外の世界（一般的に）に知られるようになったという。[46]『ソロモンの歌』ではスウィート、またスモーキー・ベイブ（Smoky Babe）がある。他に、『ビラヴィド』の、ベイビー・サッグス（Baby Suggs）は、夫からベイビーと呼ばれていたのを、そのまま彼女自身が名前にした経緯が明かされているため、この分類に挙げられるだろう。

⑧有名人の名前は、歴代の大統領の名や黒人指導者にあやかった名のことである。ヘラーもパケットも考察の対象としているが、このあやかり名は世界中どこにでもあると考えられ、特異な名前というにはまだ議論の余地があると思われる。『ソロモンの歌』のなかでは、モリスン自身が「ほとんどの名前は実際にあります。たとえばミュージシャンの名前。黒人の生活に対する『聖書』の存在の大きさを表すために『聖書』の名前もつけましたし、（略）いくつかのコスモロジーが混在する感覚を与えるために前キリスト教的な名前も使いました[47]」と述べているとおり、ミュージシャンからのあやかり名は数多い。それに相当する名前は以下のとおりである。

（略）Muddy Waters〔そのまま〕、Pinetop〔Pinetop Perkins のこと〕、Jelly Roll〔Ferdinand “Jelly Roll” Morton のこと〕、Fats〔Fats Domino のこと〕、Leadbelly〔Lead Belly のこと〕、Bo Diddley〔そのまま〕、Cat-Iron〔そのまま〕、Peg-Leg〔Peg Leg Howell のこと〕、Son〔Son House のこと〕、

Shortstuff〔Big Joe Williams & Short Stuff Macon のことだと思われる〕、Smoky Babe〔そのまま〕、Funny Papa〔Funny Papa Smith のこと〕、Bukka〔Bukka White のこと〕、Bull Moose〔Bull Moose Jackson のこと〕、B.B.〔B. B. King のこと〕、T-Bone〔T-Bone Walker のこと〕、Black Ace〔そのまま〕、Lemon〔Blind Lemon Jefferson のことだと思われる〕、Washboard〔Washboard Sam のこと〕、Gatemouth〔Gatemouth Brown のこと〕、Cleanhead〔Cleanhead Vinson のこと〕、Tampa Red〔そのまま〕(略)[48]。

以上がすべてブルース、ジャズ、カントリー、フォークロック、ロックンロール、R&Bなどのミュージシャンからの名前、また彼らの通称などの引用だと考えられる。音楽以外の他の有名人の名前の引用としては、長大な名前の羅列の最後に“Staggerlee, Jim the Devil, Fuck-Up, and Dat Nigger”[49]というくだりがある。「ストガリー」は、アフリカン・アメリカンの民衆文化やトリックスター話、うさぎどんの話などの口承の一つに位置づけられるほど伝説化した十九世紀の犯罪者の名だが、興味深いことに、「ストガリー」以降の最後の四つの名を、読者がそのまま連続して声に出して読むと、以下のような意味をなす一文になっているようである。

Staggerlee, Jim the Devil, Fuck-Up, and Dat Nigger〔Stagger Lee という十九世紀末の有名な黒人の犯罪者ときたら、畜生のクロンボウで(Jim the Devil)、くそったれめで(Fuck-Up)、つまりあいつだ(and Dat Nigger)[50]〕

このようにある種の言葉遊び、すなわち文字を声に出したときに、これらは、ストガリーに対して悪態をついてみせるような名前の並びになっている。文字を介さず、音だけで名前を紡いだ際に浮かび上がってくる無文字の自在さともいうべき特質を、モリスンが読者とともに楽しんでいるかのように思えるのである。前にふれたようにモリスンはかつて、自分が「聴覚の文学（aural literature）」を書く努力をしている、ということをインタビューで述べた。[51]「聴覚の文学」とは何なのか。彼女は次のように続ける。

（略）なぜなら、私は実際に聞いているんです。沈黙のなかで読む必要があるんです、作品のたった一つのフレーズでも、音が出ていないといけません。もし正しく音が出なかったら……（略）書きながら声に出して話しているというわけではないのですが、内なる部分が、思うに頭のなかにあって、読んでいるのです。[52]

つまり、実際に声に出して読みながら書いているわけではなくても、書いた文字を音に戻して、さらに耳で聞くことを執筆しながら必ずやっていることがうかがえる。この「聴覚の文学」の創作との関連でいえば、モリスンは自作のオーディオ・ブックを自分で朗読することでも知られるように、意図的に文字と声を決して切り離さない。したがって、文字を声に出して読み上げたときに、意味をなすメッセージが浮かび上がるような名前の並びを作り上げている可能性は、彼女の「聴覚」を研ぎすませながら書くという文字と声の二律背反的な創作活動をふまえると、全くないとは言いきれないのである。

さて、⑧と同様に、⑨の『聖書』の名前もどこにでもあるが、『ソロモンの歌』には、読み書きができなかった元奴隷、初代のメイコン・デッド・シニアに字の形の印象で選ばれた“Pilate”（ピラト／パイロット）がいる。次はメイコン・デッド・ジュニアがシニアのことを回想する描写である。

妻をお産で失ったことでうろたえ、気分的に参ってしまった父親が、『聖書』をぱらぱらとめくり、全く字が読めなかったので、自分にとって力強く立派に見える一群の文字をどうやって選んでいたのか〔彼はよく覚えていた〕。その文字の群れのなかに、並んでいる小さな木の上に王者のように堂々と、しかしそれらの木を保護するように、覆いかぶさっている大木のような格好をした大きな文字を見たことも。父親がどうやってその一群の文字を包装紙に写し取ったかも。[53]

また、『聖書』にちなんだ名前はパイロットだけでなく、意味を重視せず『聖書』からでたらめに選んだ“First Corinthians”（コリント人への第一の手紙）、“Magdalene”（マグダラのマリア）という名が作品には登場する。[54]「若い父親としてメイコンもまた、初めての男の子以外のどの子にも、『聖書』から機械的に選んだ名前をつけた。指が示したどの名前にも従った。妹に名前がつけられたときの状況を残らず知っていたからである」[55]。このような「名前の無作為抽出（blind selection of names）」[56]による名づけは、一見でたらめに見える名づけ方だが、『聖書』を用いるところに注目すべき点があると思われる。事実、ランダムに指でたどって『聖書』から名前を選ぶのは、そもそもモリスンの母方の家の命名法だったという[57]。ある意味、神に命名権を譲渡しているとも考えられる。

ヘラーは、特異な名前を次のように結論づけている。「そして人間がもつ最も興味深く、ユーモアのある手段の一つは、世界に対して、自分がユニークな存在であることを、あれこれ考えた末、集団の是認に公然と反抗する名前を選ぶことによって表明する手段を編み出してきたことである。（略）特異な名前は、私たちが通常見ている人生の厳粛さに対して、少し冷笑的で、しばしば必要とされる解毒剤を与えてくれる。それらは面白いのである。それらの名前は、ユーモアのセンスやバランス感覚の証しだ。そして機知やバイタリティや想像力が反映された、すべての人々のための遺産なのである」[58]と。

以上のように、名のパターンを見てきたが、姓と組み合わせることでさらに複雑な意味をもたせた名前もある[59]。エリスンが「黒人の社会が、あだ名を付けたり、嘲笑を誘うようなありえない名前やばかげた振る舞いを見分けたりする能力という点では随一だということです」[60]と述べたように、以下のような名前は、姓と名の組み合わせの妙であり、彼らの独壇場といえるだろう。

Thinkie Black（考える黒人／高等教育を受けた黒人〔名が Thinkie で姓が Black だが、組み合わせると別の意味をもつ。以下、同様〕）、（略）Undine Salad（水の精ウンディーネのサラダもしくは永遠のサラダ〔undine＝undyingととる〕)、Pleasure Bird（喜びの鳥）、(略) Good Price（いい値）、(略) Pink Green（ピンクで緑で）、Wash Saturday（土曜には風呂に入れよ〔翌日は日曜礼拝だからか？〕)、Golden Day（全盛時代）、(略) Rolling Church（転がる教会）、Moses Law（モーセの十戒）、(略) Butter Still（やっぱりバター）、Asia Minor（小アジア）、More Payne（よりいっそうの痛み〔スペルは異なるがpainと発音が同じ〕)、(略) Alice Self Boss（アリス自分自身のボス）(61)

『ソロモンの歌』では、Sing Byrd（歌え、鳥よ〔スペルは異なるがbirdと発音が同じ〕）がこの形に当てはまる。以上のように、アフリカン・アメリカンの名前の文化史の枠組みで『ソロモンの歌』の人物たちの名前もふまえながら、彼らの名前の特異さには奴隷制度から続く独自の命名の手法の伝統があることを確認した。そこで次節では、それらの奇妙な名前に、声と文字をめぐる問題と具体的にどのような関係があるのかを見ていく。

3　名前と識字

ある日、ミルクマンの父親もまた、名前のことをつらつらと考えている。彼は、メイコン・デッド・シニアの死後、死にものぐるいで働いて商売を軌道に乗せ、黒人の医者という名誉ある家柄の娘と結婚して成功者になる。娘たち二人の名前は、すでに確認したように、「コリント人への第一の手紙」と「マグダラのマリア」で、『聖書』を開いて偶然指がさした名前を与えている。しかし、メイコン・デッド三世と名づけた息子（ミルクマン）の場合だけは、命名の方法が異なる。メイコン・デッド・ジュニアは、家系図をたどることが困難なためにかせめてメイコン・デッドという同じ名前を息子に与え、三代にわたって同じ名前を繰り返すことでアフリカン・アメリカンの男系のつながりに必死にしがみつく。

メイコンはいまその事務所のなかを、名前のことを考えながら歩き回った――闊歩したと言ったほうがもっとぴったりする。というのは、メイコンは脚が長く、アスリートのように大股に歩いたからである。きっと、とメイコンは思うのだった。自分と妹〔パイロット〕には誰か本当の名前をもった祖先、縞めのうのような肌をし、砂糖キビのようにまっすぐに脚が伸びた、しなやかな身体つきの若者がいたにちがいないと。そしてその名前は若者が生まれたとき、愛情を込めて、真剣な気持ちでつけられたにちがいない。ジョークでも偽りでも烙印でもない名前を。しかし、そのしなやかな身体つきの若者が誰だったのか、また若者がその砂糖きびのようにまっすぐな長い脚でどこからやってきたのか、あるいはどこへいったのかは決してわからなかった。決して。そして若者の名前もわからなかった。[62]

モリスン自身は、インタビューで名前に関してどのように語っているのだろうか。

私は、父の友人たちの本当の名前を知りません。いまでもですよ。彼らは別の名前を使っていたんです。そうしたことの一つには、文化的な孤児であることへの対処、またあるときは自分が選択できない状況下で与えられた名前に対する拒否があるわけです。もしアフリカ出身であれば、名前は消えています。それは単にあなたの名前が、というだけでなく、あなたの家族の名前、一族の名前なのですからとくに問題です。あなたが死ぬとき、名前も失っているのにどうやって先祖とつながることができるのでしょうか。このことは大きな心理的な傷跡なのです。最善の方法は、自分について、もしくは自分の選択について何か表す、自分だけのものである名前をつけることですね。（略）ミルクマン・デッドは、自身の名前と物事の名前の意味を学ばなくてはなりません。[63]

またモリスンは、雑誌「ニムロッド」でも、名前について以下のようにふれている。

私が本で選んだ名前はしばしば実在の人物の本当の名前です。ブリードラブ〔『青い眼が欲しい』〕は、黒人の間で一般的な名前ですし、スーラ・マエ〔『スーラ』〕もそうです。私が知っている父親や母親や兄弟の友人たちの名前は、私が自分の本に入れた名前よりもはるかに変わっているんですよ。（略）名前はある人々にとってはただのラベルでしょうけれども、しかし別の意味で、名前は本当の象徴なのです。魔法は名前から始まります。子ども自身や、家族に関連がある名前を人々がつけるのには理由があります。しかしある種、多くの孤児であるという意味で、つまり両親や祖先を求めて探しているという意味で、黒人にとって名前は、よりいっそう重要な意味をもつのです。(64)

奴隷船に乗せられ、過去とのつながりを一度断絶させられたアフリカン・アメリカンは、モリスンの言い方を借りれば「孤児」である。彼らにとって、名前とは唯一、「両親や祖先」という自らの歴史をたどる手がかりになるからこそ重要だというのである。そのように考えると、メイコン・デット・ジュニアの思いが「しなやかな身体つきの若者」の先祖までさかのぼると同時に、名前こそが問題になるのには理由があるのである。おそらく名前は、第一世代の奴隷がアフリカ大陸から携帯できたほぼ唯一の所有物だったはずである。だがその名前は、すでに確認したように、奴隷制度のなかで失われ、英語的な名前、主人から与えられた名前、音が短く呼びやすい名前などに変更された。誰も自分の本当の名前を呼んでくれなくなる、ということが奴隷にされた過程で生じ、しかも新たな名前は借り物でしかない。モリスンは、そのような祖先からの断絶の出来事と、そのことへの対処法として、アフリカン・アメリカンが自分の名前だといえるような個性がある名前を新たにつけることに言及している。

さらにインタビューを確認すると、クリスチャン・デイヴィスは、モリスンとのインタビューで、『ソロモンの歌』の最後に登場する例の長大な名前の羅列について質問している。そのときデイヴィスは、アフリカン・アメリカンの名前を、アフリカン・アメリカンの歴史とイコールで結び付けることの可否について問いかける。「あなたが『ソロモンの歌』で「名前が証言していた」とおっしゃるとき、名前がアメリカの黒人の歴史的経験の一部ということなのでしょうか」[65]。それに対して、モリスンは次のように答えている。

> そうです。この国の黒人の歴史の再生はその重要性で最たるものです。なぜなら征服者が自分のやり方で歴史を書いているからといって私たちは実際に責めたりはできないけれども、私たちはそれを議論することは確実にできるんですから。たくさんの不明瞭化（obfuscation）、歪曲、そして消去が、黒人の存在と生命を組織的に極めて多くのやり方で消滅させるためにおこなわれてきたわけで、それを回復するのは私たちの仕事です。[66]

このようなモリスンの言葉からわかることは、『ソロモンの歌』は、決して奴隷制度を描いた作品でもなければ新・奴隷体験記《ネオ・スレイヴ・ナラティヴ》に分類されているわけでもないが、前章で確認したようなアフリカン・アメリカンの歴史の不在という問題意識によって書かれている点で、他の新・奴隷体験記《ネオ・スレイヴ・ナラティヴ》の作品と共通する、ということである。新・奴隷体験記《ネオ・スレイヴ・ナラティヴ》の作家たちが奴隷制度を様々な手法で描写し、抑圧者による記録ともいえる奴隷制度についての「公式な」歴史の正当性の限界を試し、またその正当性を覆すことを試みたこと[67]は、すでに前章で確認したとおりである。その点では、モリスンは実は『ソロモンの歌』でも、アフリカン・アメリカンの歴史を、名前という意外なモチーフを通じて回復しようとしている。この作品の数多くの名前がもつ強い存在感は、そこに最大の理由があるのである。

では、歴史的な経験を内包する失われた名前がどのようにして回復されていくのかを、ミルクマンの南への逃避行を通じて見ていこう。ミルクマンは、昔、父親と叔母であるパイロットが子どもの頃に南部の洞窟で見つけたことがあるという金塊探しの旅に出かけ、家族のゆかりの地をペンシルベニア州からヴァージニア州まで巡るうちに、ヴァージニアのシャリマーという土地で、自分と同じデッドという名字をもつ身内や、死んだ祖父母を知る者たちに出会う。断片的な過去の痕跡が、名前を通じてわかってくるにつれて、ミルクマンは高揚する。金塊よりもいつしか名前に潜む自分の家族の歴史のほうが、はるかに価値を帯びていく[68]。

そして、メイコン・デッド・シニアが自由民局で泥酔した白人に間違った名前を記録される前の名前は、ジェイクだったことも明らかになる[69]。この先祖の名前探し、つまり歴史をたどる旅のなかで、ミルクマンの身体も変化していく。片方の足が短くいびつな成長を遂げていたのが、両方の足が伸びて長さがそろう[70]。それは、メイコン・デッド・ジュニアが、自分の先祖にはかつて「砂糖キビのようにまっすぐに脚が伸びた、しなやかな身体つきの若者がいたにちがいない」と思いめぐらせたような特徴であり、ミルクマンが彼らの先祖の身体的な特徴を徐々に帯び始めていることが示される。

金塊探しからいつしか名前探しとなった旅の最終地点シャリマーには、「ソロモンの飛翔」と呼ばれる崖があり、ソロモンという奴隷が、綿摘みがいやになって、赤ん坊の息子を連れてその場所から故郷であるアフリカに飛んで帰ったという言い伝えが残っていた。だがソロモンは、アフリカに帰る途中で息子を落としてしまったのだという。ミルクマンは、早朝、車の修理を頼みながら、集落をぶらぶら歩いて回る。すると、子どもたちの歌声がする。ヒマラヤ杉にもたれかかり、子どもたちのわらべ歌を聞くうちに「ミルクマンの頭皮がぴりぴりし始めた。ジェイ、ソロモンの一人息子？　ジェイク、ソロモンの一人息子だろうか？[71]」と、自分の祖父の名前がわらべ歌で歌われていることに気がつく。

> ミルクマンは子どもたちの歌を聞き取ろうとして、耳を澄ませた。ジェイクだとしたら、ミルクマンが探している身内の一人だ。（略）ミルクマンは財布を取り出して、なかから航空券の半券を引っ張り出したが、書き留める鉛筆がなかった。（略）どうしてもよく聞いて暗記するよりほか仕方がなさそうであった。ミルクマンは眼を閉じて、子どもたちが喜々として倦むこともなくリズミカルで韻をふんだ歌と演技を繰り返し、何度も何度もゲームを繰り返すのに全身の注意を集中した。そしてミルクマンは、子どもたちが歌う文句を全部暗記した。[72]

伝説の空を飛んでアフリカに帰ったというソロモンこそが自分の曾祖父であり、ソロモンの息子こそが自分の祖父であるジェイクだったことを、ミルクマンはわらべ歌を聞いて気がつく。しかし即座に歌を書き留めようにも鉛筆はなく、暗記する以外に術はない。藤平育子は、名前が声によってよみがえり、かつミルクマンがその名前が入った歌を耳から聞いて覚えなければならないこの場面について以下のように述べている。

> 音としてだけあった土地の「名前」を訪ね、彼はやがて、やはり音の世界、子どもたちが歌う遊戯のわらべ歌を聞く。不思議なことに、祖父の名前も曾祖父の名前も、ヴァージニア州シャリマー（Shalimar）で偶然耳に聞こえた子どもたちの遊び歌の歌詞に残っていた。（略）しかし、ほぼ運命的に、筆記用具を持ち合わせていなくて、「彼は、ただ耳でよく聞き、記憶するしかないだろう」と観念し、目を閉じ、集中して、何度も繰り返される遊戯から、ついに、「ミルクマンはかれらが歌ったすべてを記憶した」のである。音と口承と記憶がミルクマンに継承される瞬間である。トニ・モリスンが、ミルクマンに〈書き言葉〉が介在する余地を与えなかったことは、アフリカ系アメリカ人の口承の伝統に鑑みてとくに興味深い。[73]

藤平の指摘のように、この場面では、ミルクマンのわからなかった祖先の名前が、書き言葉の介在しない音だけの世界で、耳を頼りに、しかも正確に伝承されている。それは、自由民局でジェイクが、白人によって誤って文字に書き留められたためにメイコン・デッドという名前になってしまった逸話とは対照的である。

祖先の本当の名前がわかったあと、家に向かって走るグレイハウンドのバスのなかで、ミルクマンは窓から見える風景を眺めて思う。

> ミルクマンはいまや道路標を興味深く読み、それらの名前の根底には何があるのだろうかと考えた。（略）記録されている名前の下には、別な名前が埋もれているのだ。ちょうど、どこ

かのほこりまみれのファイルに、ずっと記録されている「メイコン・デッド」という名前が、人々や、土地や、事物の本当の名前を人々の眼から隠しているのと同じように。名前には意味がある。(74)

このようにミルクマンは、文字で記録された名前の下には本当の名前が隠されていることに気づく。人々の名前だけでなく、アメリカの地名もそうである。そこに書かれた名前の下にある別の名前は、祖先の名前がわらべ歌からわかったように、声で発話され、人々の口の端にのぼる名前であるにちがいない。そのとき、ミルクマンにとって本当の名前とは、書かれた名前よりも、声に出して呼びかけ、口で伝えられる名前のことだろう。

しかし、モリスンは口承で伝わる名前の欠点をも描いている。それは、ジェイクの妻、すなわちミルクマンの祖母の名前がわかったときの場面に象徴される。


「いま何と言いました？（略）いえ、ぼくのお祖母さんを何て呼んだかということです」

「シング。シングという名前だったよ」

「シングですか？　シング・デッド。そんな名前をどこでつけてもらったんです？」

「あんたこそ、そんな名前をどこでつけてもらったんだい？　白人たちは黒人に、まるで競走馬みたいな名前のつけ方をするんだよ」

「そうだと思います。家の者たちがどんなふうにして名前をつけられたか、父が話してくれました[75]」

祖母の名前は北部で暮らしていたときにはわからなかったが、ここへ来て、彼はようやく知ることになる。祖父メイコン・デッド・シニアが幽霊の姿で、娘のパイロットのところにたびたび現れては、彼女に「シング」と繰り返し訴えかけてきたことを、ミルクマンは知っていた[76]。しかし鵜殿えりかが指摘するように、パイロットは、「父の思いを誤読《ミスリード》していた。（略）父親は「歌え」といっているのではなく、「シング」という彼女の母親の名前を（略）伝えようとしていた[77]」ということが、このときようやくわかるのである。つまりこの場面には、声の伝達による名前にはどこかで誤解が生じるという、その限界も表出されている。したがってミルクマンが、バスの窓の外の地名の標識を眺めながら、名前の下に本当の名前が埋まっていると気づいたあとで、すぐさま次のように考えるのには道理があるのである。

> パイロットが自分の名前を、イヤリングに納めたのももっともだ。自分の名前がわかったら、しっかりとその名前を守らなければならないのだ。名前は書き留め、記録しておかないと、人が死ぬのと一緒に死んでしまうからだ[78]。

ミルクマンの叔母パイロットの名が、字が読めなかったジェイク（メイコン・デッド）に、『聖書』から文字の形が気に入って選ばれたことは見てきたとおりである。パイロットは、父親が「文字が読めない人々がよくするように、文字の渦巻のような飾り書き、アーチのような部分や、湾曲した部分の一つひとつを綿密に写し取り、それを助産婦に差し出した[79]」際の紙切れを、イヤリングの飾りのなかに綴じ込めて、耳に穴を開けていつでもぶら下げている。その行為を、ミルクマンはもっともだと理解する。音によって発音されるだけの名前では誤解が生じる可能性がある。そして記録がない以上、人が死ぬときに一緒に名前も消えてしまう。その点で不完全だというのである。前掲の藤平は、音としての名前をさらに記録するという点について、以下のように論を展開している。

ミルクマンの名前についての思考で重要なのは、記録された「名前」の他に真実の意味をそなえた本当の名前がある、という分析だけではない。彼は、「名前」があるということと、生きていること、記憶しているということを連想させて考えているのである。彼は、記憶しておかないと、死とともに「名前」も消えてしまう、という恐れを抱いている。ミルクマンは、記憶の反対側に待ち構えている「忘却」という虚無の空間をかいま見ている。忘却に挑戦すること、そのためには、口承で伝えられた言葉をなんらかの方法で記憶にとどめ、後世に残していかなければならない。（略）人々がそれぞれに生きた日々の真実を後世に伝えるために〈書き記す〉こと、これは作家トニ・モリスンが、アフリカ系アメリカ人の苦悩、心の内面について、〈書く〉努力を傾けていることと直接に結び付いている[80]。

このように藤平は、前掲のように名前が口承によって伝わる点を評価する一方で、記録することで音による名前の限界をミルクマンが乗り越えようとしている点を確認し、さらにその行為は、モリスンが記録されない言葉を書くことで保存しようとしている努力につながると述べる。たしかに、藤平がいうように、ミルクマンが名前を書くことによって、人々の口の端にのぼる声としての名前の忘却を避けようとする行為に思い至ったのは間違いないと思われる。ただ、そこに一つ付け加えておきたい点は、パイロットが自分の名前が書かれた紙切れを耳につけているというその部位の奇妙さについてである。

パイロットは、自分の耳に自分の名前をくっつけることで、名前が「意味」をもつことについて理解していたのであり、書かれた記録は、耳で保管されることで、より確実なものとなっているように思える。(81) つまり、音の名前の不安定さを克服するために書かれた紙切れ上の名前が、さらに耳のそばにぶらさげられること、いわば音と常に一緒にあることで、より確固たる名前になっていく。パイロットの名前を綴じ込めた耳飾りには、声と文字の二つの世界が互いに支え合い共振すること、いわばアフリカン・アメリカン文学の二律背反的な性質そのものが象徴されていると考えられるのである。

4 最小の声の物語としての名前

ここまできたところで、“name lore”について考えてみよう。前出のヘラーが特異な名前が多くなった時代と主張する一八〇〇年から六四年の間に生まれた元奴隷のインタビュー（ＦＷＰスレイヴ・ナラティヴ）には、実際に興味深い名前の人物の語りが記録されている。そこでは、“name lore”が生まれた瞬間を垣間見ることができる。

以下は、自分の名前について語っている元奴隷のインタビューの一部である。

ヤック・ストリングフェロー（Yach Stringfellow）

俺は一八四七年五月の生まれ、そんで、次の五月で九十歳になる。俺はテキサスのワシントン郡ブレナムで生まれた。俺の主人と奥さまは、フランクとサラ・アン・ヒューバートってぃった。俺の親父はアフリカ出身で背が高く、まっすぐで、矢のようだったね。親父はある男に売られて、そいつがカリフォルニアに連れていっちまったんだ、四九年のゴールドラッシュのときのことだった。俺と母ちゃんはヒューバートだんなのところにいた。そいつが理由で、俺の名前は他の奴隷みたいに、主人のと同じじゃないんだ。

頭んなかが悲惨なことになっちまってね、思うように思い出せねえや。俺には兄弟や姉妹があんまりいなくってね、つまり、身内の連中がいない（no Stringfellow kinfolk）ってことよ。家族のメンバーはもう何人かはいたんだけども、みんな別の名前だった、サリーとかジョーとかトムっていう。(82)

ストリングフェローは父親が不在であり、そのために兄弟姉妹もできなかったという。つまり興味深いことに、自分の「String Fellow（仲間）がいない」ことが、そのままこの名前（姓）に表されている。

また、次のようなインタビューもある。

レイルロード・ドッキー（Railroad Dockey）

レイルロード・ドッキー、そいつが私の名前でね。ジョン・ドッキーさんのとこの奴隷でしてね、私らはアーカンソーのラマーティンに住んでて、そこで私が生まれたんです。私の母親の名前はマーサでしてね、私は四つ子でしたよ、三人が女、一人が男、で、その男の子が私だった、というわけなんです。レッド・リバー（Red River）、オーチッタ（Ouachita）、ミシシッピー（Mississippi）、そしてレイルロードが、私らの名前でした。（略）

（ジョン・ドッキーは、アーカンソーで最初に敷かれたミシシッピー・レッド・リバー・オーチッタ・レイルロード（Mississippi, Red River, Ouachita Railroad）の社長である。四つ子が生まれたことが監督官〔主にプランテーションで奴隷を管理する者〕の耳に入り、ドッキー家が四つ子に鉄道にちなんだ名前をつけてほしいと望んだ。（略）〔以上、（　）はインタビュアーによる補足〕）

そうですよ。レッド・リバーとオーチッタは、ちっちゃいときに死にましてね、ミシシッピーとレイルロードが育ちましたよ。まあそういったことは、母から聞いたんですけど。ミシシッピーは五、六年前に死にましてね、唯一残っているのが、この私ってわけですよ。(83)

ここでも、彼の名前が自身の人生の歴史を物語っている。これらは数ある資料のほんの一部にすぎないが、以上の引用からわかることは、"name lore" が生まれる瞬間、彼らの名前の構造のなかに、なぜ彼がいまの名前になったのかという個人史が明確に想起されるということである。つまりアフリカン・アメリカンの名前をめぐる物語は、その構造のなかに「原因と結果」の物語を持ち込みながら語られるのだ。

一方、『ソロモンの歌』に出てくる名前の一つに、次のような名前がある。

「エンパイア・ステイト？」
「そうだよ、エンパイア・ステイトだよ」
「エンパイア・ステイトと走り回ったりする者はいないよ。あいつはばかだ。あいつはただ、ほうきを持ってそのへんに突っ立って、よだれを垂らしているだけさ。口さえきけないんだぜ」
「きかないんだ。だからといって、きけないというわけじゃない。ただずっと昔、女房が別の男と寝ているのを見つけたら、口をきかなくなったというだけなんだ。それ以来話すことがなくなったんだ(84)」

妻に浮気をされて以来、高層ビルのエンパイア・ステイト・ビルディングが風で揺れるかのような、呆然と放心したままのようなその男の哀れな姿が、名前とそのエピソードに表されている。そして、このエピソードから推測されることは、やはり彼が「なぜそんな名前になったか」という原因がまずあり、その結果が名前で表現されていることである。この名前は、「どこかのほこりまみれのファイルに、ずっと記録されている」名前のように、紙に書かれ、放置され、時間とともに忘れられていくものではなく、名前が人々の口の端にのぼるたびに、個人の人生の物語が一瞬にして再び息を吹き返すような、名前という豊かな口承の物語でもあるといえる。

したがって、『ソロモンの歌』で名前が強調されたのは、彼らの名前というロアが、名前を失ったことがあるという集団的な歴史を物語っているからだけでなく、また同時に、個人の短い一生をも物語っているからである。先祖にさかのぼることができないという物語と、自分だけの物語とをもつ名前であるからこそ、彼らの名前はある意味で過剰でもあり、そして強烈な個性を放つといえる。そのことに私たちが気づいたとき、『ソロモンの歌』の名前の羅列は、単なる羅列でなくなる。まさに“name lore”として、一人ひとりの名前（name）が雄弁にそれぞれの自己の物語（lore）を語り始めるのである。

さて、モリスンのその後の作品でも、名前は重要な意味をもつことになる。たとえば『ビラヴィド』（Beloved, 1987）での名前に関して小林朋子は、「作品の題名ともなっている「ビラヴィド」は、自分の娘が奴隷の身分に引き戻されることを拒絶した母親セサによって殺められた二歳の娘の墓碑銘に刻まれた名前を表すだけでなく、モリスンがこの作品を捧げた中間航路の犠牲となった六千万余のアフリカ人を表象する名前でもある。モリスンはこの六千万余のアフリカ人について「誰も彼らの名前を知らないし、彼らについて考えない。そして民間伝承のなかで語られることもない」と述べているのだが、『ビラヴィド』はそのような問題意識をもつ作家が彼らの名前を呼び、彼らのことを語ろうとした試みにほかならない[85]」と述べる。

5　『ビラヴィド』の亡霊はなぜ肉体をもたなければならなかったか

最後に、モリスンの作品のなかでも、読み書き禁止法や声と文字が重要な意味をもつ『ビラヴィド』を取り上げたい。モリスンの亡霊は、肉体をもち、食い、眠り、泣き、踊り、暴れ回る。黒いドレスで着飾り、早起きをし、スケートをすれば大笑いをし、ときに性交渉までする。自分をこれほどまでに激しく主張する亡霊は、かつていなかったといえるだろう。この作品は、四半世紀、繰り返し論じられ、文学研究以外の領域も巻き込んで、一つの時代を画するような、まさにビラヴィドな（愛された）作品となった。評論の熱意を支えていたものは、亡霊が肉体をもって復活してきたということに私たちがある種の感動を覚えたからだろう。

このビラヴィドが肉体をもつ理由については、アフリカン・アメリカンのフォークロアの影響[86]、アフリカの宗教観に起源を求めるもの[87]などの説明が与えられているが、どれも断片的な言及にとどまっている。なぜなら、どの論考にも亡霊（死者）の肉体性が他の登場人物（生者）との関係のなかでどのような意味をもつのか、という作品全体を貫くパースペクティブが欠けているように思えるからである。

一九九〇年代の膨大なモリスン研究史を振り返った吉田廸子によれば、この作品をめぐる評論は多彩さと豊富さを極めていて、思考の過程でさらに新たなテーマが見いだされてきたという。そのような増殖的展開のなか、あえて挙げれば、研究動向に「ビラヴィドの正体と、子殺しを侵したセサの治癒と再生」という二つの論点が見られること(88)に注目したい。興味深いことに、それらは転じて、この作品の主体を死者の側に置くのか、あるいは生者のほうを主体とするのかという、作品の根幹部分に対する問いを露出させている。

それらをふまえて、ここでは死者と生者が出会う境界に注目したい。すなわち、まず亡霊が、書かれた記録の行間部分から出現することを示し、次に亡霊が肉体をもった理由として、生者に過去を語らせる必要があったことを明らかにし、さらに、それが文字で書かれなければならない必要性について論じる。最後に、川や洪水に象徴される過去の再現性を扱いながら、亡霊がこの世に肉体をもたなければならない理由の解明を通じて、死者と生者が出会うという問題の答えを、両者が声と文字によって結ばれているということに着目して明らかにしたい。

6　亡霊は行間から現れる

まず、この亡霊が、どこから来たのかを確認しておきたい。現代のアメリカの亡霊物語は、単にアフリカン・アメリカンだけにとどまらず、エスニック文学全体の現象となっている。キャスリーン・ブローガンによれば、『ビラヴィド』をはじめとした亡霊の出現にはある共通した機能があるという。亡霊という想像力によって、消失し、断片化された過去を回復させる。また新しく作り出された過去を現在に適応させ、そこからエスニック・アイデンティティを再創造し、現在を見直すことを可能にする、という機能である。(89)

ブローガンがいう周縁化された人々の過去の断片化や空白は、アフリカン・アメリカンの場合、第1章で確認した読み書き禁止法によって生じた面が大きいと考えられる。字を禁じられるということは、過去を記録として残すことができない、ということを意味するからである。ただ、モリスンの場合は、亡霊を呼び出す過程が少々複雑である。というのも、記録に残らなかった奴隷制度の空白部分と向き合う前に、まず彼女は残っている歴史記述そのものを作品に取り込むからである。この作品から、次の引用を見てみたい。セサがケンタッキーのプランテーションで、「先生」と呼ばれる者たちから鞭打ちを受ける場面（回想）である。

奴らが私の背中を叩き割ったとき、舌の肉をかみ切ってしまった。小さな切れ端がぶらさがってた。かみ切るつもりはなかったの。歯を食いしばったとき挟んでしまって、挟んだとたんちぎれてた。なんてこった、自分の体を食べちまうことになるって、思ったっけ。お、お、お腹の赤ん坊が傷つかないように、奴らは私のお腹が入る穴を掘った。(90)

ことの発端は、「先生」がおこなっていた黒人の「動物的特徴」と「人間的特徴」の分析がエスカレートし、「先生」の甥たちがセサの母乳を飲んで奪い、その様子を先生が記録するという出来事だった。「(略)一人は私の乳を吸い、もう一人は私を押さえ付け、本が読める先生がそれを観察して、書き留めている」[91]。そのうえ、セサが女主人にこの事件を告げたことの報復として、「先生」から鞭打ちを受けることになる。この引用を念頭に置きながら、次の歴史資料を引用したい。これは第2章でも確認した、FWPが収集した当時生存中の元奴隷に対するインタビューの記録の一部である。

アン・クラーク、百十二歳、テキサス

女奴隷たちが妊娠していたとき、彼らは地面に穴を掘り、その穴に腹を下にうつぶせにさせて、それから鞭打ったものです。彼らはいつも、私らを鞭で打ちました[92]。

モリスンがこの資料を読んでいたかどうかは定かではない。それでもこの資料と比較したときに、先ほどの引用中、史実とそうでないものとが浮かび上がってくる。すなわち「お腹の赤ん坊が傷つかないように、奴らは私のお腹が入る穴を掘った」という箇所は史実と重なるが、それ以外の、そのときセサが思っていたことはモリスンによって書き足されていることがわかる。したがって、そのの書き足された部分が、モリスンが埋めたかった何かなのである。それは彼女にとって、奴隷たちが残すことができなかった歴史の空白部分だったのではないか。

実は、この作品は亡霊物語であると同時に、奴隷制度に関する記録の集大成でもある。奴隷制度をめぐる言説、すなわち、白人によるプランテーションでの奴隷に対する観察の記録から元奴隷の証言であるＦＷＰスレイヴ・ナラティヴまでが、随所に作品のディテールとして用いられている。たとえば「先生」がおこなう人種の研究は、奴隷制当時にサミュエル・Ｗ・カートライト博士らがおこなった悪名高い医学的証明を思い起こさせる。[93]また、セサの仲間の奴隷であるシックソーの盗みの論理は、[94]当時の奴隷たちによる独特の倫理観のあり方をもとにしていると考えられ、[95]ベイビー・サッグスの森の説教は、十八世紀後半にその存在が確認されている、森や洞窟でおこなわれた祈禱集会「見えざる教会（Invisible Church）」[96]を彷彿とさせるなど、枚挙にいとまがない。

このことは、小説家が作品の舞台背景を入念に調べて下準備するといった類いの行為とは明らかに異なっているように思える。むしろ、白人の視点から書かれたアメリカの歴史を書き直すことが試みられているのである。[97]そもそも奴隷制度に関する言説とは、周縁化された民族に沈黙を強いた側が残した記録でもある。モリスンは、語られなかった部分を書くために、記録を残す側にいた者たちによって語られた部分と交渉し、作品に取り込む。実はそのような書かれたものをめぐる交渉は、モリスンよりもずっと以前の、十八世紀から十九世紀の奴隷体験記《スレイヴ・ナラティヴ》を記した元奴隷たちの時代からおこなわれてきた。

読み書きを覚えたあと、北部に逃げた元奴隷ダグラスは、奴隷解放運動での演説と執筆で名声を得たが、アボリショニストのリーダー、ギャリソンについて、彼は「私のことを自分のテクストのように扱う」[98]という言い方をしている。その比喩からわかることは、テクストがもつ力、もしくはテクストを書く者がもてる力である。また、ダグラスはこうも続ける。自分が尊敬するギャリソンに対し、わずかばかりの違和感を覚えながら、「私は常に従うことはできなかった。なぜなら私は、いまや読んでいて、考えていたからだ」[99]。自分があくまでもテクストを手にした主体となることと、一方、自分が誰かに書かれた客体であることとの間にある絶対的な差をダグラスはうまく言い当てている。

モリスンがこの作品を書き終えるとき、奴隷制度をめぐる歴史記述は、彼女の作品のなかで新たな命を与えられ、彼女の文脈で更新される。つまりモリスンは、支配者によって残された奴隷制度の記録を書き直す行為を通じて自らが書く主体となる。そして、史実に書き残されなかった声を回復させるために、モリスンは亡霊を呼び出すのだ。それが、作品での亡霊の語りである。また亡霊の出現を機に、過去を徐々に言葉にし始める生者たちの語りでもある。亡霊は、記述された奴隷制度の言説と言説の間の空白部分を埋めるための存在である。したがってこの亡霊は、書かれた記録と記録のいわば行間部分に出現しているといえるだろう。

7　声と肉体

『ビラヴィド』のなかで生者たちは、ハミという口に挟む拷問器具を装着され、前掲のように舌の先をかみ切ってしまったセサも「語ることができない」状態が舌の先（＝自分）を食べるという行為によって記される。[100] 奴隷制度から逃げようとする者は、口のなかに釘を絶えず含んで、[101] 攻撃性を忍ばせているが、それでも焼かれ殺される。ときに白人女性までもが、のど元の大きな腫瘍によって衰弱する。[102] 逃亡したセサを追跡した「先生」にわが子を奪われまいと、セサは幼い娘ののどをかき切ってしまい、生き残ったほうの娘デンヴァーは、昔の事件を聞くに堪えず突発的に聴力を失う。[103] このように口腔内の傷をはじめとした沈黙のエピソードは、強要される沈黙、すなわち奴隷制度の証言が誰にも知られないまま消えていくかにみえる象徴として繰り返し描かれる。

死者についても同様である。ビラヴィドが母親の住む百二十四番地に現れ、最初に「ビラヴィド」と名乗ったとき、その「声はたいそう低く、しかもぜいぜいした感じ[104]」で、家人はその声に驚く。蒸気機関車のような音を立てながら呼吸し、「この子はクループではないか」とのどの病を疑われる。[105] ビラヴィドの声の異常は、十八年前にセサにかき切られたのどの傷が原因だと容易に推測されるが、重要なのは、彼女が死んでもまだ言いたいことがある、ということである。ビラヴィドがセサに言った言葉は、「あなたのダイヤモンドはどこ？[106]」である。セサの過去にまつわる話は、すべてがどこかで南部のプランテーションに結び付いているのであり、「思い出す出来事という出来事は、苦痛に満ちていて、取り返しがつかないものだった[107]」はずだった。それでもふと「話を始めてみると、セサは自分が話したがっていて、また話すのが好きなのに気がついた[108]」のである。

セサのこの変化について、松本は、「物語とは、聞き手が聞くことを通して自らを変革し創造するだけではなく、語り手が聞き手に対して過去の記憶を語る過程で過去を再構築し、自らを創造する行為である」[109]と述べる。つまり、話者と聞き手の相互関係のなかで、過去は、誰の手にも負えなかった手強い苦しみではなくなる。話者は語りのなかで自らが語る主体として、自分の言葉に置き換え、過去を再構成することが可能になり、苦しくても手に負える苦しみに変わる。過去を物語るとはひりひりするような体験の再現ではない。野家啓一の言葉を借りれば、話者による「脈絡と屈折」が与えられながら、過去の「体験」は物語られることによって、「経験」へと成熟を遂げる[110]のである。

他方、「お話しして」とビラヴィドにせがまれたデンヴァーの場合、祖母のベイビー・サッグスやセサが自分に語ってくれた断片に血を通わせ、それから鼓動も打たせて、聴き手の質問を待つ。「デンヴァーの一人語りは、実のところ二重奏になっていた。(略)[111]」ように、自分が経験していない過去の断片を、それをすっかり聞き入るビラヴィドとの相互関係のなかでつなぎ合わせて形にする。オングによれば、声で語られる「物語は、聴衆に受けなければならないし、しばしば熱狂的に受けなければならない」ため、「語り手が、古い話の筋に新しい要素を盛り込むこともある[112]」という。こうして、聴き手ビラヴィドの存在によってはじめてデンヴァーの想像力は発動する。またそれは、「奴隷体験記《スレイヴ・ナラティヴ》が残した空白[113]」を埋めようとするモリスンの格闘にも重なっていることに注目しておきたい。

しかし、ビラヴィドはとても聞き上手ではあっても、断片的にしか話をすることができない。生者たちのように、ストーリーを語ることができないのである。彼女は、過去から現在から同時に語りながら、話のなかで複数の時制を交ぜるため[114]、前後の感覚がなく、時間軸に不安定さが生じる。たとえば、「あたし、橋の上にいた」「ああ、あたし、水のなかにいた[115]」と一度に言ってしまう。また「全部がいまなの、いつもいまなの[116]」というように、過ぎた時間、ひょっとするとこれから先の未来も、彼女にとっては「いま」のなかにしかない。物語が成立するためには、直線的な時間としての因果関係を基盤にする必要があるからこそ、ビラヴィドの時間感覚の欠如は物語の筋道やプロットを破壊する。

野家によれば、「物語られることによってはじめて、断片的な思い出は「構造化」され、また個人的な思い出は「共同化」される。「物語る」という言語行為を通じた思い出の構造化と共同化こそが、ほかならぬ歴史的事実の成立条件なのである[117]」。物語が語れない、すなわち、過去の出来事が断片のままで、誰とも共有されずに放置された場合、それは一定の文脈をもつ言説になりえず、歴史として残ることは困難となる。また野家は、歴史的事実（と呼ばれるもの）は、本質的に、物語行為によって幾重にも媒介されたものであることを指摘する[118]。そのためにビラヴィドは、自分のこの世に記憶されるためには、誰かに「お話しして」と頼む必要がどうしてもあるのである。

またポール・リクールによれば、発話行為とは、本質的に話し手と聞き手が形作る一定の脈略のなかで、常に「他者へ向けられて」遂行されるという性質があるという[119]（そうでなければ、話者は熱心に独り言を言っていることになる）。したがって、彼女は誘い水のように生者から物語を引き出すために、いまここに、話者にとって十分に信頼が置ける聞き手として、可視的に存在していなければならない。つまり、ビラヴィドは自分の声の回復を通じて、生者の声の回復を導く。自分の肉体の実在を通じて、生者の語りをよみがえらせる。それが、「歴史的事実の成立条件」となる。ビラヴィドが肉体をもった亡霊として復活した一つ目の理由は、生者に過去を語らせるためであった。そしてそれは、自分の存在をこの世に気づかせることにもつながるのである。

8　妹と文字文化

ラシュディは、この作品の音声的な側面を取り上げ、過去を「伝える（pass on）」ことが、世代を超えた口承の語りや耳で聞くことを通じておこなわれる可能性を指摘する。[120]しかし、この作品には読み書きをめぐる描写も決して少なくないのであり、作品の最後では、やがてデンヴァーが大学にいくことも示唆される。ここでは、ビラヴィドの出現によって語られた過去が、文字を通じて残っていく可能性について考えてみたい。

ゲイツは、奴隷制度下の人々の隷属状態は本質的に読み書きを奪われたことに起因していて、「なぜなら記憶力への依存が、奴隷を真っ先に、自分自身の奴隷に、自らの回想能力のとらわれ人にしたからである」[121]という。また同様にオングも、書くことが人を「記憶するという仕事から解放し、（略）精神が新たな思索に向かうことを可能にする」[122]と述べる。セサをはじめとした登場人物たちが、奴隷制度の記憶から逃れられない現実と、識字の描写が幾度も描かれることは無関係ではない。これは書くことがもたらす、忘却という解放のあり方の不在を意味しているといえるだろう。

家族で唯一、読み書きができたセサの夫ハーレは紙の上で計算をし、母ベイビー・サッグスの自由を買い取ることもできた。しかし彼は行方不明のままであり、デンヴァーには、父親が読み書きできたという事実だけが伝わる。シックソーという奴隷は「頭が変わっちゃうかもしれないから」[123]と、読み書きを学ぶことを拒否したばかりか、「英語には未来がない」[124]と、話すことさえ一時的にやめてしまう。シックソーは文字や支配者の言語を究極的に否定するかのように、ときどき姿をくらまして森へ行って踊る。ベイビー・サッグスが森の説教師になることをふまえると、森は、文字や支配者の言語と対抗するメタファーとして機能する。

森の「開拓地」と呼ばれる場所では、ベイビー・サッグスが、『聖書』という文字で書かれた聖典によらずに、声と踊りを中心とした説教をおこなう。彼女が「笑え」といえば子どもたちが笑いだし、「踊れ」と言えば男たちが踊りだす。そのとき彼らの足元では地に住む生き物が震え、また彼女が「泣け」と言えば女たちが泣きだす。[125]とはいえモリスンは、「ばあちゃんは、自分も本物の牧師さんみたいに『聖書』が読めればなあっていつも思ってた、って言ってたわ」[126]とデンヴァーに言わせていることから、声が育む世界をただ牧歌的に描いているわけではない。

ビラヴィドが暴れだし、家のなかが抜き差しならぬ状態になったとき、デンヴァーが以前読み書きを習ったミス・ジョーンズのところに救済を求めたことは、ある意味で象徴的である。すぐにセサたちの窮状を知りえた町の人々から、家に食べ物と名前が書かれた「紙切れ」が届けられるようになる。藤平は、デンヴァーが「共同体の人々と「書き言葉」によって交流する」[127]点を指摘する。しかもその「名前の多くは（略）各自の意匠をあしらった×印」[128]だった。それは字を書けない人が用いたサインで、そこには奴隷制度の痕跡がいまも残る。しかし、「甘美なしかも棘が多い場所へとたどり着くためにデンヴァーが歩いていくことになった小道は、人々の名前が彼ら自身の手蹟で記された何枚もの紙切れからできていた[129]」とあるように、彼らの×印が彼女を広い世界へと見送るのである。

このように、やがてデンヴァーが大学にいくだろうという希望的未来は、彼女が前の世代が果たせなかった文字文化のなかで生きることを意味する。彼女が熱心に石盤に書いた「奇跡のようにすてきな小文字のｉ[130]」は、まもなく大文字に変わるだろう。そして彼女が文字の文化で自己表現するとき、ベイビー・サッグスの森の説教が存在したという記憶は、翻って、文字の世界だけがすべてではないという新たな選択肢を彼女に与えるのである。

それはあたかも、アフリカン・アメリカンが読み書き禁止法から小説を書くようになるまでの、世代を超えた精神史を表しているようにも思える。彼らは、音声から文字に移行するなかで、声の文化と文字の文化の間で格闘してきた。ゲイツの「スピーカリー・テクスト」を思い出してもいいが、音声の語りを文字芸術に変換し、さらに文字から音声を響かせてみせるという離れ業を彼らはやってきたのである。歌や踊りに自分の思いを込める以外に選択肢がなかった、という世界がかつて存在したことと、逆説的に、だからこそ残った口承文化（黒人英語）が紡ぎ出す世界の美しさとを、作家たちは、長い時間をかけて自分の同胞が手に入れた文字によって表現したかったのではないだろうか。

将来、デンヴァーの身に起きたことと彼女が生まれる前に起きたことは、彼女が望めば言語化され記録される可能性がある。すなわち、これまで語られなかったことがビラヴィドの介在によって声に出して語られ、さらにデンヴァーによって文字になって残る。こうして、妹の手によって歴史の完成形へと移行する。そう思わせるところに、『ビラヴィド』には、過去を誰かに「伝える」ことができるという救いがあるといえる。

9　おびただしい数の奴隷の復活

凍った湖にスケートに行ったある日の夜、セサ、ビラヴィド、デンヴァーの女三人が暖炉のそばでゆるやかな時間を過ごしている。ビラヴィドが、セサの子ども以外に誰も知るはずがない子守唄を歌ったとき、セサはビラヴィドが自分の娘であることに気がつく。それから作品は、三人称から地滑り的に一人称になだれ込む。一人称になった女たちは、これまで「口にすることもできず、口に出して語られたこともない思い[131]」を一気に吐き出す。やがて、それぞれの語りは「アンタを待ってた　おまえはアタシのものだよ　あんたはあたしのものだわ　アンタはアタシのもの[132]」というフレーズに集約されていく。そのときの「語り手のアイデンティティはついに完全に不明確となって、明らかに判別ができない。セサ、デンヴァー、ビラヴィドの声は交ざり、言葉が溶け合い彼らが語っている言葉の区別は消失する[133]」のである。

多くの先行研究では、この判別不能になった三人の声を、三重奏、チャント（唱和）、コーラスといった様々な音楽的表現をイメージしながら解釈する傾向があった。しかし、三者による一人称の語りは、互いが響き合うというためには、あまりに互いの声に耳を傾けておらず、自分の気持ちだけを一息に吐き出しているのである。息を合わせたコミュニケーションが成立していないものとしてこの場面を理解しようとするとき、他にどのような解読ができるだろうか。手がかりを与えてくれるのは、「ビラヴィドは、自分をじっと見つめている自分自身の顔が、さざなみに揺れ、折り重なり、広がり、水底の落ち葉のなかに消えていくのを見つめた。体を地面にぺたりとつけて、けばけばしい縞模様のドレスを泥で汚しながら、揺れているいくつもの顔に自分の顔をくっつけた[134]」という箇所である。

テリース・E・ヒギンスは、「水は、この作品のテーマを伝える多くの役割を担っているように、『ビラヴィド』全体を貫いたイメージの一つである[135]」という。だが、デンヴァーのオハイオ川での誕生や、奴隷たちの中間航路での死のように、水は生と死を浸した液体としてあるだけでなく、その水面は垂直的に考えれば生と死の境界線となり、またときに水面は鏡として機能する。たとえば、ビラヴィドは一人称の語りで次のように言う。

　セサは彼女を見ているあたしを見てあたしはそのほほ笑みを見る　セサがほほ笑んでいる顔があたしのいる場所よ　あたしが亡くした顔なの　彼女はあたしにほほ笑んでるあたしの顔とうとうほほ笑んでいる　熱イモノ　いまあたしたちは一つになれる　熱イモノ[136]

このように、ビラヴィドが投げかける視線は、視線を送った対象との間を何往復もする。つまりここでは、見つめる立場と見つめ返される立場の逆転を何度も繰り返しながら、自他融合がおこなわれている。水は向こう側が透けて見えると同時に、こちら側を鏡として映す。自己と他者が、水面を隔てた重層的な触れ合いのなかで、互いが合わせ鏡の無限の反射のように、どこまでも同じ姿になってくれることを、ビラヴィドは欲しているといえる。たとえば、ジーン・ワイアットは、ビラヴィドがセサの顔を「自己存在の鏡として」見ていることを、母子関係の文脈で指摘する。(137)しかし、そばにいるデンヴァーの存在を忘れてはならず、ビラヴィドとセサによる鏡の関係は、デンヴァーが映り込むことで対ではなくなる。そしてトライアングルのような構図、つまり三枚の合わせ鏡になったように無限の奥行きが与えられることになったのだ。

三人の一人称の声は、セサからビラヴィドへ、デンヴァーからビラヴィドへ、さらにビラヴィドからセサに向かって、常に生死の水の境界を越えて発せられている。三者はこれまでの孤独を埋め合わせられるほどに再会を喜びながら、自他が溶け合う。「あなたは私のもの」、すなわち主客同一の現象は、まるで鏡のなかの自分を見るように、生者と死者がどちらも同じ顔になることである。そのとき三者の関係は、ちょうど三枚の合わせ鏡の無限の反射になって、無限に同じ顔が生まれ続ける。そしてそれこそが、中間航路で失われた「六千万人と、それ以上」の顔ではなかったかと思われるのである。(138)

ここで注目したいのは、亡霊が鏡に映るには、まさに物理的な肉体が必要であるということである。それが、ビラヴィドが肉体をもたなければならない二つ目の理由であった。

10　言葉にならない怒りを文字にすること

以上のような水による過去の再現性を、モリスンは次のように述べている。

ミシシッピー川は、ご存じのように、家や生活のための土地を確保するために、まっすぐにされています。ときどき川はこういった場所で、洪水を起こします。「洪水」という言葉を使いますが、しかし実際は洪水なのではなく、思い出しているんですね。もとの場所がどんなだったかを思い出している。すべての水は完全な記憶をもっていて、永遠にかつての場所へ戻ろうとします。[139]

水自体が自身のオリジナルな姿を思い出す志向性は、作品中、モリスンが「リメモリー（再記憶）」という造語を用いたことに重なる。「家が焼け落ちれば、家は消えちまうけど、でもその場所は、つまりその家の姿や形のことだけど、とどまるんだよ[140]」とセサは言う。過去の痕跡が場所のどこかに残る「リメモリー」とは、その土地の過去のオリジナルな姿を人々に思い出させ、現前化させる水の作用であり、いわばモリスンがいう「洪水」のことだろう。

三人の女たちの関係の均衡は次第に崩れ始める。ビラヴィドが怒りにかられて暴れだすと、セサが謝るが、ビラヴィドはセサの謝罪を理解しない。食べ物が尽きてもセサは仕事にいかず、ビラヴィドの面倒を見て、着飾らせてやる。興味深いのは、このカオス的状況のなかで、過去が百二十四番地で再現されていくことである。たとえば、ビラヴィドはときどき「雨ダアー！　雨ダアー！」と金切り声を上げて、のどをひっかき続け、ついにはルビーのような血の滴が吹き出して、闇夜のような肌の上でいっそう紅く輝いている。(141) それは、十八年前にセサにのどを切られた出来事の再現である。

また、ひもじさのために「セサが口に入れたことのないものを吐き出し(142)」てしまう。それは、ビラヴィドが奴隷船のなかでのことを「むかつくような自分のものを食べちまう人もいるけど、あたしは食べない(143)」と言っていたことと関連する。それぞれが抱えた様々な過去が、あたりかまわず追体験されていくのである。

共同体の女たちも同様である。三十人ほどが、ビラヴィドを追い払うため百二十四番地に集まってくる。するとまず、「自分たちが若く幸せな姿で、ベイビー・サッグスの庭で遊んでいた」頃の姿を幻視する。(144) ビラヴィドがセサと手をつないでポーチに現れると同時に、エラには、奴隷制度の忌まわしい記憶がよみがえる。彼女が白人の親子に性的玩具にされ、産んで捨てた「あのチビが戻ってきて、自分を同じように鞭で叩いたら、と考えただけでも顎が動きだし、そこでエラは吠えるように叫(145)」ぶ。怒りは感染する。他の女たちも叫びだす。言葉にできないほどの怒りは、言葉にならない音声そのもので表現するしかない。そしてそのことをモリスンは文字で書くのである。

ちょうどその頃、奴隷制廃止論者であり、セサが住む百二十四番地の所有者でもあるボールドウィンが、自分の屋敷の使用人として雇うためデンヴァーを迎えに馬車でくる。そのときの彼もまた、幼かった昔のことを思い出す。またセサは、女たちの「深い水のなかから響いてくる声」を聞いて「開拓地が戻ってきたよう」に思う。[146] さらにセサは、ボールドウィンの姿を見て、十八年前の出来事が再び起きていると思うが早いか、アイスピックで襲いかかる。それを止めようと、女たちは山になり重なる。ビラヴィドは、その光景を次のように見る。

いまセサは、あそこにいる人たちの顔の海に逃げ込んでいく。あの人たちの仲間になってビラヴィドを置き去りにする。(略) あの人たちは山になる。黒人たちの山が崩れてる。あの人たち全部の上で、鞭を手にして御者台から立ち上がり、皮膚のない男が見ている。彼はビラヴィドを見ている。[147]

それは、くしくも「あの女はなかに入ってく (略) 彼女はなかに入ってく あの小さな山はなくなってる (略) みんなは水に浮かんでる 奴らは小さな山を崩してそれを押し込む」[148] とビラヴィドが語った奴隷船のなかの様子の再現となる。そして、いまこの場にあらゆる過去が一度によみがえり、あらゆる人々が立ち会うのである。セサ、デンヴァー、ビラヴィド、開拓地 (ベイビー・サッグス)、白人の男 (ボールドウィン)、共同体の女たち、奴隷船の人の山というように、その場に全員が立ち会うということが、奴隷制度の言葉にならない怒りの爆発、つまりすべてを呼び戻してしまった「洪水」の最終局面だと思われる。したがって、この場面でこの奴隷制度の物語は、白人の男と黒人の女の闘いだったことが示唆される。ビラヴィドから見える光景のなかでは、善良なボールドウィンでさえ、圧倒的な力をもつ白人の男として鞭を持ち、山になった黒人の女たちの上に立つ。

ビラヴィドが爆発して消えたあと、「ポーチに立っていた裸の黒人女は誰だったのか」と、ボールドウィンはそのことだけを知りたがる。(149) それは、奴隷の亡霊が黒人の共同体の内部の単なる共同幻想ではなく、支配者の人種に目撃されたことの重要性を意味するのではないか。そして、彼女が、「誰だったのか」と白人が知りたがったということが、彼らをビラヴィドという歴史の空白部分そのものと対峙させたことを意味している。歴史の空白に気づかない者たちに、歴史の空白部分と向き合わせるために、亡霊は肉体をもつ必要があった。それが、ビラヴィドが肉体をもたなければならない三つ目の理由だった。

以上のように、死者と生者の出会いを声と文字に注目して検討し、ビラヴィドという亡霊がこの世に肉体をもつことの意味を考察した。まず、ビラヴィドは、死者の文字どおりの声の回復によって、生者の語り（奴隷制度の証言）を導くために肉体を必要としたのだった。また、生者と「六千万人と、それ以上」の死者が水面を通じて出会うために、ビラヴィドは肉体を必要とした。さらにビラヴィドが白人に目撃されることで、彼女の実在を支配者との間で揺るがない事実として残すことを可能にした。ビラヴィドの存在によって、はじめて声に出して語られた奴隷制度の物語と、彼女が実在したという事実は、妹のデンヴァーが文字で記録することで、歴史の完成形となる。それは、書かれた歴史と書かれなかった歴史の空白部分を埋めるようにして『ビラヴィド』を書いたモリスン自身の姿を暗示しているように思われる。

二〇一六年、ワシントンにようやく建設された国立アフリカン・アメリカン歴史・文化博物館をめぐっては、落合が指摘するように建設に至るまでに問題含みの議論が交わされた(150)。そこには、アフリカン・アメリカンがたどってきた過去が項目ごとに整理され、閲覧しやすく並べられているだろう。

だからこそ、ビラヴィドの行方は、いっそう私たちに強い印象を残す。ビラヴィドは爆発して消滅したあと、頭に魚をはやして身体は人間という、中世のヒエロニムス・ボッシュの絵画に出てくる怪物のような姿で森を走る姿を目撃されるのである(151)。その姿はいよいよすごみを増し、裸で森のなかを力強く走る。この作品で、森が文字そして支配者の言語と対抗するメタファーとして機能していたことをふまえると、森のなかを力強く走っていく亡霊は、森にひっそりと声が息づいていること、そして再び声の権威が復活する気配を、われわれに感じさせている。

ビラヴィドは博物館には収まらない。そして私たちは、博物館という姿になった過去よりも、むしろ亡霊のままの過去を、そう、ビラヴィドを愛し続けるのかもしれない。

注

(1) ビュレルバックは、逆にゾラ・ニール・ハーストンとアリス・ウォーカーが他の黒人文学のような名前を避けたのは、名前が解釈されることの暴力から無縁であろうとしたからだと論じる。詳しくは、Burelbach, Frederick M. "Naming and a Black Woman's Aesthetic." *Names: A Journal of Onomastics*, vol. 41, no. 4, December 1993, pp. 248-261 を参照されたい。

（2）Ibid., p. 248.

（3）Heller, Murray, editor. *Black Names in America: Origins and Usage*, collected by Newbell Niles Puckett, G. K. Hall, 1975, p. 4.

（4）荒このみ「訳者解説（二）マミー現象とアセクシュアリティ（非性化）」、マーガレット・ミッチェル『風と共に去りぬ』第二巻所収、荒このみ訳（岩波文庫）、岩波書店、二〇一五年、三四〇―三四二ページ

（5）Dunn, Margaret M., and Ann R. Morris. "The Narrator as Nomenclator: Narrative Strategy through Naming." *CEA Critic*, vol. 46, no. 1/2, Fall & Winter 1983-84, p. 24.

（6）Dunn, and Morris, Ibid., pp. 28-29.

（7）名前の文化誌として以下から示唆を得た。阿部珠理「名前は語る――アメリカ先住民の名づけ」「言語」第三十四巻第三号、大修館書店、二〇〇五年、六六―六八ページ

（8）風呂本惇子『アメリカ黒人文学とフォークロア』山口書店、一九八六年、iiiページ

（9）木内徹／森あおい編『トニ・モリスン』（「現代作家ガイド」第四巻）、彩流社、二〇〇〇年、九〇ページ

（10）Morrison, Toni. *Song of Solomon*. Vintage Books, 2004, p. 4.（トニ・モリスン『ソロモンの歌』金田眞澄訳〔トニ・モリスンコレクション〕、早川書房、一九九四年）

（11）Moraru, Christian. "Reading the Onomastic Text: 'The Politics of the Proper Name' in Toni

Morrison's *Song of Solomon.*" *Names: A Journal of Onomastics*, vol. 44, no. 3, September 1996, p. 198.

(12) Ibid., p. 193.

(13) Morrison, *Song of Solomon*, p. 53.

(14) *Ibid.*

(15) *Ibid.*, p. 54.

(16) *Ibid.*, p. 235.

(17) *Ibid.*, p. 88.

(18) *Ibid.*, p. 45.

(19) *Ibid.*, pp. 13-15.

(20) MacKethan, Lucinda H. "Names to Bear Witness: The Theme and Tradition of Naming in Toni Morrison's *Song of Solomon.*" *CEA Critic*, vol. 49, no. 2/4, Winter 1986-Summer 1987, p. 200.

(21) Benston, Kimberly W. "I Yam What I Am: The Topos of (Un)naming in Afro-American Literature." *Black Literature and Literary Theory*, edited by Henry Louis Gates, Jr., Methuen, 1984, p. 152.

(22) Moraru, "Reading the Ohomastic Text," p. 200.

(23) Morrison, *Song of Solomon*, p. 330.

(24) 厳密にいって、彼らは法的には奴隷ではなく、年季奉公人だった。また従来考えられきた一六一九年よりも前に、すでに三十二人の黒人がいたという記録もあるという。上杉忍『アメリカ黒人の歴史——奴隷貿易からオバマ大統領まで』(〔中公新書〕、中央公論新社、二〇一三六年)二〇ページを参照されたい。

(25) Heller, *Black Names in America*, pp. 6-7.

(26) Puckett, Newbell N. "American Negro Names." *Journal of Negro History*, vol. 23, no. 1, Jan. 1938, pp. 37-38.

(27) Heller, *Black Names in America*, pp. 8-10.

(28) *Ibid.*, pp. 9-10.

(29) *Ibid.*, pp. 41-42.

(30) *Ibid.*, p. 41, pp. 54-55.

(31) *Ibid.*, pp. 100-101.

(32) *Ibid.*, pp. 133-295.

(33) *Ibid.*, p. 155.

(34) *Ibid.*, pp. 305-306.

(35) Puckett, "American Negro Names," pp. 38-42, 45-46; Heller, *Black Names in America*, pp. 48-54.

(36) ＦＷＰ（ジョージア州）で収録され編纂された『太鼓と影』には、この命名法に基づいた "Friday" "Satdy" "Toosdy" など、曜日の名前の言及が多くある。詳しくは、Georgia Writers' Project. *Drums and Shadows: Survival Studies among the Georgia Coastal Negroes*. University of Georgia Press, 1986, p. xi, 51, 87, 156, pp. 209-210 を参照されたい。

(37) Puckett, "American Negro Names," p. 38.

(38) Rosenberg, Ruth. "'And the Children May Know Their Names': Toni Morrison's *Song of Solomon*." *Names in Literature*, edited by Grace Alvarez-Altman and Frederick M. Burelbach, University Press of America, 1987, p. 219.

(39) Ellison, *Shadow and Act*, p. 148.

（40）Morrison, *Song of Solomon*, pp. 38-39.
（41）Puckett, “American Negro Names,” p. 40.
（42）Ibid., p. 39.
（43）Ibid., p. 40.
（44）レズリー・アラン・ダンクリング『データで読む英米人名大百科――名前の栄枯盛衰』中村匡克訳、南雲堂、一九八七年、一九三ページ
（45）Puckett, “American Negro Names,” p. 41.
（46）Ibid., pp. 41-42.
（47）Morrison, Toni. *Conversations with Toni Morrison*, edited by Danille Taylor-Guthrie, University Press of Mississippi, 1994, p.126.
（48）Morrison, *Song of Solomon*, p. 330. ミュージシャンの名前については、ディラードによるユニークな研究がある。Dillard, J. L. “Jazz, Blues, and Rock Bands and Their Titles.” *Black Names*. De Gruyter Mouton, 1976, pp. 37- 45. また近年のヒップホップ・ミュージシャンの名前についてはトリーシャ・ローズ『ブラック・ノイズ』（新田啓子訳、みすず書房、二〇〇九年）七一―七二ページを参照されたい。
（49）*Ibid.*
（50）*Ibid.*
（51）Morrison, *Conversations with Toni Morrison*, p. 230.
（52）*Ibid.*
（53）Morrison, *Song of Solomon*, p. 18.

(54) *Ibid.*
(55) *Ibid.*
(56) *Ibid.*
(57) Rosenberg, "'And the Children May Know Their Names'," p. 215.
(58) Heller, *Black Names in America*, p. 310.
(59) Puckett, "American Negro Names," p. 44; Heller, *Black Names in America*, pp. 310-311.
(60) Ellison, *Shadow and Act*, p. 150.
(61) Heller, *Black Names in America*, p. 310.
(62) Morrison, *Song of Solomon*, pp. 17-18.
(63) Morrison, *Conversations with Toni Morrison*, p. 126.
(64) Morrison, Toni. "An Interview with Toni Morrison, by Pepsi Charles." *Nimrod*, vol. 21, no. 2, vol. 22, no.1, 1977, pp. 43-44.
(65) Morrison, *Conversations with Toni Morrison*, p. 224.
(66) *Ibid.*, pp. 224-225.
(67) Rushdy, *Neo-Slave Narratives*, p. 91.
(68) Harris, Trudier. *Fiction and Folklore: The Novels of Toni Morrison*. University of Tennessee Press, 1991, p. 104.
(69) Morrison, *Song of Solomon*, p. 248.
(70) *Ibid.*, p. 281.
(71) *Ibid.*, p. 302.

(72) *Ibid.*, pp. 302-303.

(73) 藤平育子『カーニヴァル色のパッチワーク・キルト――トニ・モリスンの文学』学芸書林、一九九六年、一〇九ページ

(74) Morrison, *Song of Solomon*, p. 329.

(75) *Ibid.*, p. 243.

(76) *Ibid.*, p. 208.

(77) 鵜殿えりか『トニ・モリスンの小説』彩流社、二〇一五年、一〇六ページ

(78) Morrison, *Song of Solomon*, p. 329.

(79) *Ibid.*, p. 18.

(80) 前掲『カーニヴァル色のパッチワーク・キルト』一一〇―一一一ページ

(81) Harris, *Fiction and Folklore*, p. 104.

(82) Rawick, George P., editor. *The American Slave: A Composite Autobiography*. Supplement, series 2, vol. 9, part 8, Greenwood Press, 1979, p. 3748.

(83) Rawick, *The American Slave*, vol. 8, part 2, p. 164.

(84) Morrison, *Song of Solomon*, p. 110.

(85) 小林朋子「「愛されし者：ビラヴィド」と名付ける――『ビラヴィド』における名称付与」「鹿大英文学」第十八号、鹿児島大学、二〇〇九年、二三ページ

(86) Harris, *Fiction and Folklore*, p. 156.

(87) Jennings, *Toni Morrison and the Idea of Africa*, pp. 86-87.

(88) 吉田廸子「時を超える記憶・死に挑む愛――現代《ポストモダン》の古典『ビラヴィド』の様々な読み」、吉田廸子

編著『ビラヴィド』(「シリーズもっと知りたい名作の世界」第八巻) 所収、ミネルヴァ書房、二〇〇七年、二〇―二二ページ

(89) Brogan, Kathleen. *Cultural Haunting: Ghosts and Ethnicity in Recent American Literature.* University Press of Virginia, 1998, p. 3-4.

(90) Morrison, Toni. *Beloved.* Vintage Books, 2004, pp. 238-239.(トニ・モリスン『ビラヴド』吉田廸子訳〔集英社文庫〕、集英社、一九九八年)

(91) *Ibid.*, p. 83.

(92) Rawick, *The American Slave: A Composite Autobiography*, vol.4, part 1, p. 224.

(93) Olmstead, Frederick. *A Journey in the Seaboard Slave States with Remarks on Their Economy.* Negro Universities Press, 1968, p. 192.

(94) Morrison, *Beloved*, p. 224.

(95) 奴隷仲間からなら厳密な意味で盗んだことになるが、主人のところからなら持ち去るだけだった。Rawick, George P.,*From Sundown to Sunup*, Greewood Press, 1972, p. 69.(G・P・ローウィック『日没から夜明けまで――アメリカ黒人奴隷制の社会史』西川進訳、刀水書房、一九八六年)。たとえば、次のような奴隷の聞き書きがある。「われわれはただ子どもたちが物を取るのを手伝ってやらなければならないし、子どものためにそれをやりながら、同時にわれわれのための食物も取得するのです。私は決してそれを盗みとはいいません。私はただ、ジャム、ジェリー、ビスケット、バター、糖蜜などを手に入れることを取得するというのです。(略)」。このように「取ること」と「盗むこと」との区別は、すべての奴隷に見られる一定の価値観であり、「盗む」とは言わず「場所の移動」とする考え方は、聞き書きのなかで頻繁に現れる(Rawick, *The American Slave: A Composite*

Autobiography, vol.3, part 4, p.2; *Ibid.*, vol.13, part 3, p.191他）。「取る」というこの固有の概念は、ある単語を「取って」きて、それを同じ発音でありながら別の意味に仕立て上げるという行為とつながっていて、それはまたアフリカン・アメリカンが、悪意がある言葉をその意味内容を替えて愛着をもてる言葉にする「読み替え」「書き換え」行為でもあることを、峯が以下の論文で明らかにした。峯真依子「黒人奴隷と自由の帰趨」『比較社会文化研究』第二十一号、九州大学大学院比較社会文化学府、二〇〇七年、八三―九六ページ

(96) 黒﨑真『アメリカ黒人とキリスト教――葛藤の歴史とスピリチュアリティの諸相』神田外語大学出版局、二〇一五年、六三ページ

(97) 前掲『トニ・モリスン』一一〇ページ

(98) Douglass, Frederick. "My Bondage and My Freedom." *Autobiographies*. Edited by Henry Louis Gates, Jr., Literary Classics of the United States, 1994, pp. 364-365. The library of America series 68.

(99) Ibid., p. 367.

(100) Brogan, *Cultural Haunting*, p. 82.

(101) Morrison, *Beloved*, p. 263.

(102) *Ibid.*, p. 229.

(103) *Ibid.*, p. 121.

(104) *Ibid.*, p. 62.

(105) *Ibid.*, p. 64.

(106) *Ibid.*, p. 69.

(107) *Ibid.*

(108) *Ibid.*
(109) 松本昇「埋もれた記憶――『ビラヴィド』の世界へ」、松本昇／松本一裕／行方均編『記憶のポリティックス――アメリカ文学における忘却と想起』所収、南雲堂フェニックス、二〇〇一年、二五五ページ
(110) 野家啓一『物語の哲学――柳田國男と歴史の発見』岩波書店、一九九六年、一〇七ページ
(111) Morrison, *Beloved*, p. 92.
(112) Ong. *Orality and Literacy*, p. 42.
(113) Morrison, Toni. "The Site of Memory," p. 113.
(114) Spaulding, *Re-Forming the Past*, p. 71.
(115) Morrison, *Beloved*, p. 89.
(116) *Ibid.*, p. 248.
(117) 前掲『物語の哲学』一一三―一一四ページ
(118) 同書一一四ページ
(119) Ricoeur, Paul. *Interpretation Theory: Discourse and the Surplus of Meaning*. Texas Christian University Press, 1976, p. 14.
(120) Rushdy, Ashraf H. A. "Daughters Signifyin(g) History: The Example of Toni Morrison's *Beloved*." *American Literature*, vol. 64, no. 3, Sep. 1992, pp. 585-586.
(121) Gates, Henry Louis, Jr. *Figures in Black: Words, Signs, and the "Racial" Self*. Oxford University Press, 1987, p. 101.
(122) Ong, *Orality and Literacy*, p. 41.

(123) Morrison, *Beloved*, p. 245.
(124) *Ibid.*, p. 30.
(125) *Ibid.*, p. 103.
(126) *Ibid.*, p. 246.
(127) 前掲『カーニヴァル色のパッチワーク・キルト』二〇二ページ
(128) Morrison, *Beloved*, p. 293.
(129) *Ibid.*, p. 292.
(130) *Ibid.*, p. 143.
(131) *Ibid.*, p. 235.
(132) *Ibid.*, p. 256.
(133) Holloway, Karla F. C. "*Beloved*: A Spiritual", *Callaloo*, vol. 13, no. 3, Summer 1990, p. 520.
(134) Morrison, *Beloved*, p. 283.
(135) Higgins, Therese E. *Religiosity, Cosmology, and Folklore: The African influence in the Novels of Toni Morrison*. Routledge, 2001, p. 31.
(136) Morrison, *Beloved*, p. 252.
(137) Wyatt, Jean. "Giving Body to the Word: The Maternal Symbolic in Toni Morrison's *Beloved*." *Critical Essays on Toni Morrison's* Beloved, edited by Barbara H. Solomon, G. K. Hall, 1998, p. 220. またワイアットは、乳児が発達段階で母親と自己同一化する "Mirror-Role" という現象について言及する。詳しくは、Ibid., p. 229 を参照されたい。
(138)「六千万人と、それ以上」("Sixty Million and more") は、*Beloved* の表扉に記載してある。

(139) Morrison, "The Site of Memory," p. 119.
(140) Morrison, *Beloved*, p. 43.
(141) *Ibid.*, p. 294.
(142) *Ibid.*, p. 286.
(143) *Ibid.*, p. 248.
(144) *Ibid.*, p. 304.
(145) *Ibid.*, p. 305.
(146) *Ibid.*, p. 308.
(147) *Ibid.*, p. 309.
(148) *Ibid.*, p. 250.
(149) Morrison, *Beloved*, p. 312.
(150) 落合明子「「黒人物語」を語る場を求めて——国立博物館の建設地をめぐる記憶のポリティクス」、東北大学大学院国際文化研究科図書・編集委員会編『国際文化研究科論集』第十七号、東北大学大学院国際文化研究科、二〇一〇年、一五ページ
(151) Morrison, *Beloved*, p. 315.

むすびにかえて

本書は、約百五十年にわたる奴隷体験記《スレイヴ・ナラティヴ》から現代の作品に至るまでの、アフリカン・アメリカン文学の声と文字の相克について考察したものである。アフリカン・アメリカン文学では、文字と声は、常に口承文化と、そのテクスト化の問題の間でせめぎあってきた。

十九世紀の奴隷体験記《スレイヴ・ナラティヴ》では、読み書き禁止法が施行されていた奴隷制度の爪痕によって、識字を得ることが自由と同義であり、また奴隷体験記《スレイヴ・ナラティヴ》の作者が演説から始まって本を書き著すようになる過程は、彼らが文字文化に移行することを意味した。二十世紀のＦＷＰスレイヴ・ナラティヴは、元奴隷のインタビューの記録であり、彼らの話し言葉が文字になった。以上が、奴隷の声が文字になった過程である。

その後、現代のアフリカン・アメリカン作家たちは、十九世紀の奴隷体験記《スレイヴ・ナラティヴ》以来の識字と自由の問題を作品で表現し、同時に、二十世紀のＦＷＰスレイヴ・ナラティヴから学び、奴隷の声の語りを文学で表現した。すなわち、文字から奴隷の声を聞き、彼らの声を作品でよみがえらせる取り組みをおこなった。

彼らが声や音に引かれながらも、作家として文字（書くこと）にとどまるのは、書かなければ簡単に消えてしまうものがあることを誰よりも知っているからである。街角の魅力的なストーリーテラー、かつて奴隷だったことがある南部の老人たち、そして水に消えたおびただしい数の、いままでは名前もわからない男たち女たち。消えやすいもの（声）を書く、という情熱に満ちた矛盾を抱え込んだからこそ、アフリカン・アメリカン作家たちは、声と文字が溶け合う希有な文学を作り出した。

広く文学が声としての言葉を思い出そうとしている昨今、アフリカン・アメリカン文学が経験してきた葛藤の軌跡は、文学での声という問題について考えるときに極めて示唆に富むのであり、またひょっとすると、アフリカン・アメリカン文学はその意味で、時代のずっと先を行っているのではないか、と思う次第である。

本書の各章は、すでに学術雑誌などに発表した論稿を加筆・修正してまとめた博士論文に、さらに加筆と修正を施したものである。以下に、初出時のタイトルなどの情報を示す。

第1部
第1章「黒人奴隷と自由の帰趨」「比較社会文化研究」第二十一号、九州大学大学院比較社会文化学府、二〇〇七年、八三―九六ページ、「アンテベラム期スレイヴ・ナラティヴの多面性に関する一考察」、多民族研究学会編著『エスニック研究のフロンティア――多民族研究学会創立十周年記念論集』所収、金星堂、二〇一四年、一七七―一八六ページ

第2章「連邦作家計画（FWP）と黒人作家たち――ラルフ・エリスンを中心に」「黒人研究」第八十一号、黒人研究の会、二〇一二年、三四―四一ページ

第2部
第3章「*Invisible Man* における地理の問題――聴覚、触覚、嗅覚、味覚、視覚の南部」「九州アメリカ文学」第五十二号、九州アメリカ文学会、二〇一一年、七九―八八ページ
第4章「『ミス・ジェイン・ピットマンの自伝』（*The Autobiography of Miss Jane Pittman*, 1971）という語りのネオ・スレイヴ・ナラティヴ」「奴隷の語りをめぐる声と文字の相克――スレイヴ・ナラティヴからトニ・モリスンまで」九州大学大学院比較社会文化学府学位論文（二〇一六年五月）、一五五―二〇八ページ
第5章「アフリカン・アメリカンの名前のフォークロア――*Song of Solomon* を手がかりとして」「多民族研究」第四号、多民族研究学会、二〇一一年、七一―八八ページ、「肉体をもった奴隷の亡霊――『ビラヴィド』における声と文字の輻湊」、松本昇／東雄一郎／西原克政編『亡霊のアメリカ文学――豊饒なる空間』所収、国文社、二〇一二年、二三四―二四八ページ

最後に、謝辞を述べたい。福岡県立大学時代にお世話になった田中哲也先生、九州大学大学院時代にお世話になった寺園喜基先生、菅英輝先生、毛利嘉孝先生、鏑木政彦先生、音楽に打ち込んでいた私に物を書く最初のきっかけを与えてくださった松本昇先生、西垣内磨留美先生、そして常に

新しい視点と有益なアドバイスをくださる日本アメリカ学会、日本アメリカ文学会、黒人研究の会、多民族研究学会の諸先生、本書執筆にあたってお世話になった小谷耕二先生、太田好信先生、高橋勤先生、鵜殿えりか先生、山下昇先生に、深く謝意を述べたい。

また、勤務校である中央学院大学の教員・職員の方々には様々な便宜をはかっていただいた。謝意を表したい。

なお本書は、アメリカ研究振興会から二〇一七年度の出版助成を受けた。審査にあたられた審査員の方々からいただいた有益で示唆に富むコメントは、本書で筆者の力の及ぶかぎり反映させていただいた。心からの謝辞を表したい。

そして本書の出版にあたり、青弓社の矢野未知生さんにはお世話になった。記して謝意を表したい。

［著者略歴］
峯 真依子（みね・まいこ）
1974年、大分県生まれ
中央学院大学現代教養学部助教
専攻はアメリカ文学・文化
共著に『衣装が語るアメリカ文学』（金星堂）、『亡霊のアメリカ文学――豊穣なる空間』（国文社）、『バード・イメージ――鳥のアメリカ文学』（金星堂）など

奴隷《どれい》の文学誌《ぶんがくし》　声と文字の相克をたどる

発行――2018年4月27日　第1刷
定価――3000円＋税
著者――峯 真依子
発行者――矢野恵二
発行所――株式会社青弓社
〒101-0061 東京都千代田区神田三崎町3-3-4
電話 03-3265-8548（代）
http://www.seikyusha.co.jp
印刷所――三松堂
製本所――三松堂

ISBN978-4-7872-9248-3 C0095